BASTEI
LÜBBE
TASCHENBUCH

Weitere Titel der Autorin:

Abgehakt
Sendepause

Titel in der Regel auch als E-Book erhältlich

Über die Autorin:

Wenn Gabriele von Braun nicht schreibt, arbeitet sie für einen TV-Sender im Marketing. ALLES, WAS WIR NIE GESAGT HABEN ist bereits ihr dritter Roman. Sie lebt mit ihrer Familie in Berlin.

Gabriele von Braun

Alles, was wir nie gesagt haben

Roman

BASTEI LÜBBE TASCHENBUCH

BASTEI LÜBBE TASCHENBUCH
Band 17 277

Dieser Titel ist auch als E-Book erschienen

MIX
Papier aus verantwortungsvollen Quellen
FSC® C083411

Originalausgabe

Textredaktion: Stefanie Kruschandl, Hamburg
Titelillustration: © Mark Owen/Trevillion Images
Umschlaggestaltung: Manuela Städele
Satz: Urban SatzKonzept, Düsseldorf
Gesetzt aus der Goudy
Druck und Verarbeitung: CPI books GmbH, Leck-Germany
Printed in Germany
ISBN 978-3-404-17277-1

5 4 3 2 1

Bei gleicher Umgebung lebt doch jeder
in einer anderen Welt.

Arthur Schopenhauer

1

Es gibt diese Art von Abschied, die ein Leben in sich zusammen fallen lassen droht wie ein Soufflé. Mein Leben. Meine Tränen vermischen sich mit Schneeregen, der mir auf der zugigen Aussichtsplattform völlig unsentimental ins Gesicht peitscht. Die Boeing 777 ist verschwunden, geschluckt von gierigen, viel zu tief hängenden grauen Wolken. Dabei war ich noch längst nicht so weit, alles ging viel zu schnell. Mein Magen krampft sich schmerzhaft zusammen. Emma ist weg, gegangen an einem ungemütlichen Januarmorgen.

Ich kralle mich an Oliver fest. »Jetzt ist sie im Himmel«, schniefe ich mit brüchiger Stimme unter meiner riesigen Kapuze und drücke meine Nase in Emmas buntes Baumwolltuch, das ich mir umgeschlungen habe. Zum Abschied habe ich meinen dicken grauen Strickschal dagegen getauscht, den kann sie in der Kälte wesentlich besser gebrauchen. Das Tuch duftet so intensiv nach ihr, zart blumig, frisch und irgendwie ein bisschen nach Pfannkuchen. Es ist, als würde sie direkt vor mir stehen. Mein ganzer Körper zittert, mir ist bitterkalt.

»Katja! Hör auf damit! In neun Stunden kommt sie zurück auf die Erde«, schimpft Oliver und reibt mir die Schultern. Doch wärmer wird mir dadurch nicht. »Hilft es dir eigentlich irgendwie weiter, wenn du so tust, als sei Emma spurlos verschwunden?« Oliver zieht sich seine graue Strickmütze noch tiefer ins Gesicht.

»Das ist nicht witzig!«

»Sag ich ja. Sie ist sechzehn Jahre alt und sitzt im Flieger nach Philadelphia. Und sie freut sich riesig darauf, dort für ein halbes Jahr auf die Highschool zu gehen. Noch einmal: Sie lebt! Es geht ihr gut!«

Ich nicke matt. Oliver geht wesentlich entspannter damit um, dass unsere kleine Emma, der Mittelpunkt unseres Lebens, plötzlich flügge geworden ist. Er hat mich sogar gerügt, als ich ihr vorschlug, der Heimat vielleicht nur ein halbes Jahr den Rücken zu kehren. Ich solle ihr da nicht reinreden, sagte er. Dabei war er dann auch froh darüber, dass wir Weihnachten zusammen zu Hause feiern konnten. Nun muss ich damit leben, dass wir uns monatelang nicht sehen werden. Besuche und Heimflüge sind unerwünscht, da das Kind so nur abgelenkt werden würde, außerdem sei die Zeit ja sehr kurz, sagte die Mitarbeiterin der Agentur allen Ernstes. *Kurz!*

Oliver reißt mich aus meinen Gedanken. »Komm, wir müssen los. Um elf kommt Frau Hansen«, sagt er und schiebt mich wie ein kaputtes Auto in Richtung Parkplatz. Als ob mich jetzt Frau Hansen interessieren würde.

Oliver ist Dermatologe und hat eine gutlaufende Privatpraxis. Ich arbeite dort halbtags als Praxismanagerin, wie Oliver es nennt. Ich mag den Begriff nicht, er klingt zu groß. Kurz gesagt kümmere ich mich um Organisatorisches, den Einkauf und die Praxisausstattung.

»Hoffentlich fängt sich Emma durch die Klimaanlage im Flieger nichts ein! Wer soll sich denn um sie kümmern, wenn sie krank wird? Ach Oli, warum ist Loslassen nur so verdammt schwer? Es macht mir Angst. Wird es nach Emmas Rückkehr wieder genauso sein, wie es einmal war?«, sinniere ich auf dem Weg, Olivers starke Hand im Rücken.

Er antwortet nicht, sondern mustert mich im Gehen genervt von der Seite, aber da sehe ich noch etwas anderes in seinem Blick: Mitleid.

Das macht mich so ärgerlich, dass ich abrupt stehenbleibe und frage: »Warum schaust du mich an, als sei ich ein dreibeiniger Straßenköter? Sie ist auch deine Tochter!«

Oliver ist die Ruhe in Person, er schiebt mich einfach weiter. »Du kennst meine Meinung. Es ist gut und wichtig, dass Emma diesen Schritt geht. Und natürlich wird sich etwas verändert haben, wenn sie zurückkommt. Es wäre ja schlimm, wenn es nicht so wäre. Außerdem wird es Zeit, dass du dich auch auf andere Dinge im Leben fokussierst. Unsere Tochter lernt nun, selbstständig zu werden. Das sollten wir feiern!«

Ich trete in eine mit dünnem Eis überzogene Pfütze und murmele: »Ja, unbedingt.«

Auf der Heimfahrt von Hamburg nach Kiel verwechselt Oliver die Autobahn mit dem Nürburgring. Aber statt mich darüber aufzuregen und diesen Leichtsinn anzuprangern, beiße ich mir auf die Zunge. Das Schicksal liegt nicht in unserer Hand – und noch mehr negative Energie führt zu nichts. Also ruhig bleiben, Thema wechseln. Das ist nicht leicht, aber ich bemühe mich zumindest.

»Morgen gehe ich einkaufen. Soll ich dir Rasierschaum mitbringen?«, frage ich also, anstatt zu brüllen: »Geht's noch? Fahr sofort 100 km/h langsamer, ich hänge am Leben – und an Emma.«

»Hm«, brummt Oliver und macht das Radio lauter, es kommen Nachrichten.

Ich drehe die Sitzheizung voll auf und tanke wohlige Wärme, starre auf die vorbeiflitzende Landschaft und versuche, mich für Emma zu freuen. Aufbruch zu neuen Ufern, das ist doch wunderbar! Letztlich ist es wirklich egoistisch von mir, mich dagegen zu sperren und zu leiden, nur weil mein Kind glücklich ist und sich sein größter Wunsch erfüllt. Wenn ich sie nur jetzt nicht schon so vermissen würde!

Ich zähle die Markierungspfähle am Straßenrand und atme tief ein und aus. Plötzlich zieht ein alter schwarzer Volvo mit einem illuster beklebten Heck vor uns auf die linke Spur. Oliver tritt auf die Bremse. »Idiot!«, flucht er und zeigt der Windschutzscheibe einen Vogel.

»Hey, schau mal, das ist doch der gleiche Ärzte-ohne-Grenzen-Aufkleber, wie du ihn auf deinem klapprigen Käfer hattest. Den hätten wir nicht gesehen, wenn er rechts geblieben wäre«, versuche ich die Situation zu entschärfen.

Wie lange habe ich daran nicht mehr gedacht, geschweige denn einen solchen Aufkleber gesehen? Oliver und ich lernten uns während des Medizinstudiums kennen. Ich wollte Kinderärztin werden, und wir träumten beide davon, einmal gemeinsam für *Ärzte ohne Grenzen* zu arbeiten.

Ein melancholisches Lächeln umspielt Olivers Mund. »Der Käfer! Wie ich den geliebt habe! Mein Gott, ist das lange her. Damals schien alles möglich zu sein, die Welt stand uns offen.« In seinen Augen blitzt ein Leuchten auf, wie ich es schon lange nicht mehr gesehen habe. »Und nun sitzen wir in einem BMW X5 mit Vollausstattung! Wenigstens funktioniert hier die Heizung«, fährt er fort und drosselt die Geschwindigkeit. Der Schneeregen ist stärker geworden, die Scheibenwischer laufen auf Hochtouren.

Im Radio berichtet eine viel zu gut gelaunte Männerstimme über den Weltcup im Skispringen.

»Mist! Der hatte doch alle Chancen!«, kommentiert Oliver aufgebracht.

Da überkommt mich plötzlich eine unsagbare Wehmut. Diese Chancen hatten wir auch einmal. Ich schlucke schwer. »Was wäre wohl gewesen, wenn damals nicht...« Meine Worte gehen in der Geräuschkulisse unter. Gut so, ich kann sowieso nicht weitersprechen. Nein, es ist nicht gut, an Tagen wie diesem daran erinnert zu werden, was hätte sein können.

Ich zappele auf dem Sitz hin und her und versuche krampfhaft, mich abzulenken. Wir überholen einen silbernen Toyota. Am Steuer sitzt eine ältere Frau, daneben eine etwas jüngere. Vielleicht ist das auch so eine Klammermutter wie ich. Ich versuche mich über mich selber lustig zu machen, indem ich mir vorstelle, dass ich Emma auch mit achtzig noch behüte wie den heiligen Gral. Aber so recht gelingt mir das nicht.

Unsere Praxis befindet sich in einem Neubau in weißgetünchter Bauhaus-Ästhetik mitten in der Stadt. In gewisser Weise ist Oliver tatsächlich ein Arzt ohne Grenzen geworden. Er hat es über die Schwelle Kiels hinaus zu Ruhm gebracht und sich als *Anti-Aging-Papst von Schleswig-Holstein* einen Namen gemacht, so zumindest stand es vor einiger Zeit in einem kostenlosen Wochenblatt. Seitdem läuft die Praxis noch besser. Oliver hat ein feines Händchen und den perfekten Blick für seine Patienten. Er erkennt in Sekunden, welche vermeintlichen Schwächen sich wie optimieren lassen. Dass die Gesichter, die er bearbeitet, meist zu gesunden Menschen gehören, stellt seine ärztliche Ethik schon lange nicht mehr infrage. Schließlich helfe er den

Menschen dabei, sich besser zu fühlen, betont er gern und hat damit ja auch irgendwie recht. Früher hätten wir uns gemeinsam darüber aufgeregt, aber diese Zeiten sind lange vorbei. Und so koordiniere ich den Praxisablauf und arbeite daran mit, den Patienten in den puristisch eingerichteten Räumen mit homöopathisch grün gestrichenen Wänden ein gutes Gefühl zu geben. Darüber hinaus ist Oliver ein hervorragender Arzt, der auch Krankheitsbilder behandelt, die mit dem Thema Schönheit so viel zu tun haben wie der Himalaya mit einer Sandburg. Neulich hat er einen jungen Mann, der wegen eines vermeintlichen Tumors an der Wange eine Zweitmeinung einholen wollte, behandelt. Der Patient litt fürchterlich und war völlig entstellt. Die Symptome, Blutungen und Juckreiz, sprachen für die finstere Diagnose. Doch Oliver fand heraus, dass die Geschwulst durch eingewachsene Haare verursacht wurde. Er entfernte sie, und der Mann war geheilt.

»Ah, da geht an diesem trüben Tag doch gleich die Sonne auf! Frau Hansen, guten Morgen. Wie geht's? Folgen Sie mir unauffällig«, flötet Oliver augenzwinkernd.

Bis auf sie ist das Wartezimmer noch leer.

Frau Hansen legt eine Illustrierte zurück in den Wandhalter und erhebt sich schwerfällig. »Moin Oliver. Ach, ich kann dir sagen, es wird sicher nicht mehr besser.«

Oliver hakt sich bei ihr ein. »Dafür sehen Sie aber blendend aus! Und gleich noch ein bisschen besser.«

»Ach, mein lieber Herr Petersen, du hast auch immer einen passenden Spruch parat. Wenn ich dich nicht hätte.«

Die beiden kennen sich seit Olivers Kindheit. Seine Mutter ist mit Frau Hansen befreundet. Deswegen legt er sich bei ihr immer besonders ins Zeug und siezt sie nach wie vor, obwohl sie ihn seit jeher duzt.

Ich stehe neben Margit, der guten Vollzeitseele der Praxis, hinter dem nussbaumfurnierten Tresen und verfolge die Szene, bis die beiden im Behandlungszimmer verschwunden sind. Mein Mann, er ist schon ein echter Womanizer.

Auch nach all den Jahren finde ich ihn noch attraktiv. Er ist groß und sportlich, er läuft und spielt regelmäßig Fußball. Seinen Geheimratsecken stand er zunächst äußerst missgünstig gegenüber, doch inzwischen haben sie Bleiberecht und werden nicht mehr durch Überkämmen mit längerem Haar weggeschummelt. Ich finde sogar, dass sein Gesicht mit den von dunklen Wimpern umrandeten grünen Augen, dem symmetrischen vollen Mund und dem markanten Unterkiefer noch charismatischer wirkt, seitdem er seine grau-braun melierten Haare ganz kurz trägt. Und diesen wunderbaren Mann habe ich jetzt die nächsten Monate lang für mich allein!

Margit unterbricht meinen Gedankengang. »Die Komplimente, die er ihr macht, finde ich doch etwas weit hergeholt. Von hinten sieht sie aus wie dreißig und von vorn wie fünfundsiebzig.« Margit zieht ihren weißen Kittel glatt und druckt die Patientenliste des Tages aus.

»Sag das nicht so laut. Sie ist achtundsechzig.«

»Und hat eindeutig zu viel geraucht und zu viel Sonne getankt, da hilft jetzt nicht mehr viel.«

»Wer weiß, wie sie ohne Behandlung aussehen würde«, sage ich und stibitze ein zuckerfreies Pfefferminzbonbon aus der Glasschale neben der großen braunen Vase, für die wir extra ein Blumen-Abo abgeschlossen haben. In dieser Woche gab es eine feine Zusammenstellung aus Korsischem Nieswurz, Goldnessel, Haselnuss, Efeu und einem Ranunkelstrauß.

Margit kichert und streicht sich übers Gesicht. »Da hast

du nun auch wieder recht. Irgendwann frage ich Herrn Petersen, wie viel Rabatt er mir gibt, wenn ich auch im Paket buche.«

»Ach, hör doch auf, du siehst *wirklich* toll aus!«

Margit ist Mitte fünfzig und in einem Topzustand, sie hat einen makellosen Teint, ist drahtig und trägt einen blonden Bob. Gute Gene, würde man dazu wohl sagen. Wobei, so ganz auf medizinische Hilfe verzichtet Margit nicht. Ein- bis zweimal im Jahr gönnt sie sich eine Injektion in die Stirn. Margit passt perfekt in diese Praxis und ist auch schon seit neun Jahren dabei.

»Sag mir das nur immer wieder! Dafür siehst du heute richtig schlecht aus. Es ist wegen Emma, oder?«

»Ja, ich vermisse sie schon jetzt unglaublich. Dieser Abschied war der blanke ...«

Unser Gespräch wird durch das Klingeln des Telefons unterbrochen. »... dann am dreißigsten Januar um halb elf. Einen schönen Tag noch«, sagt Margit mit ihrer angenehm weichen Stimme, bevor sie wieder umschaltet. »Freu dich auf die neugewonnene Freiheit. Du musst nun keine Rücksicht mehr nehmen. Ihr könnt tun und lassen, was ihr wollt.«

Margits Sohn ist vor einem Jahr zu Hause ausgezogen. Kurz darauf offenbarte sie ihrem Mann, dass sie jemand anderen kennengelernt habe, woraufhin er ebenfalls auszog. Nun wohnt sie allein, hat einen jüngeren Geliebten namens Timo und scheint diesen Zustand wirklich zu genießen.

Das Surren des Türöffners kündigt den nächsten Patienten an.

»Tja, das hört sich wirklich toll an. Ich hoffe, ich kann das auch schnell so sehen. Aber jetzt habe ich hinten einiges zu tun, und dann gehe ich in mein frisch befreites Heim«, sage ich noch schnell, bevor ich hinter einer Milchglaswand verschwinde, die meinen Schreibtisch vor neugierigen Blicken verbirgt.

Unser Zuhause haben wir Olivers Eltern zu verdanken, denn wir leben in ihrem Haus. Sie fühlten sich dort nicht mehr wohl und wollten sich nach der Pensionierung freimachen von Grund und Boden und der »kulturellen Unterforderung« ein Ende setzen – so drückte es meine Schwiegermutter, eine ehemalige Sonderschullehrerin, damals aus. Eine Metropole sollte her. Daraus wurde dann Lübeck. Seit ihrem Umzug vor sechs Jahren kreisen Karin und Friedrich ausschließlich um sich und die kulturelle Vielfalt der Welt. Ständig sind sie auf Reisen, und wenn sie doch mal im Lande sind, haben sie immer zu tun. Meine in der Provinz Berlin lebenden Eltern sehe ich wesentlich öfter.

Unser Haus liegt am Ende einer kleinen ruhigen Straße kurz vor den Toren von Kiel. Die Ostsee ist nicht weit entfernt. Manchmal, wenn der Wind gut steht, dann kann ich sie riechen. Wie sehr ich das liebe! Wir haben das reetgedeckte Fachwerkhaus mit großem Garten und vielen alten Obstbäumen nach der Übernahme sanieren und umbauen lassen. Ich fühle mich wahnsinnig wohl hier. Wir haben nette Nachbarn, frische Eier von den Hühnern nebenan und die besten Äpfel der Welt im eigenen Garten.

Ich schließe die Haustür auf und werde von ohrenbetäubender Stille empfangen. Es ist halb vier. Normalerweise dringt um diese Zeit Musik, gern von One Direction, aus Emmas Zimmer oder ihr Lachen, wenn sie mit ihren Freundinnen telefoniert, aber heute ist da nichts außer dieser hundsgemeinen Ruhe.

Ich hänge meine Jacke an die Garderobe, halte inne und betrachte mich im großen, silbergerahmten Wandspiegel. Das soll also die Mutter einer erwachsenen Tochter sein, denke ich. Das kann gar nicht sein! Ich sehe doch immer noch so aus wie immer, so wie *ich*: Eigentlich ganz vorzeigbar mit meiner schlanken Figur und meinen überschulterlangen braunen Haaren, die ich meist zu einem Pferdeschwanz gebunden oder locker hochgesteckt trage. Mein Kleidungsstil ist sportlich, selten elegant. Oliver hat einmal zu mir gesagt, dass ich mit meinen großen braunen Augen ein bisschen aussehe wie Winona Ryder, nur besser. Allerdings war er da beschwipst.

Ich löse mich von meinem Spiegelbild und gehe in Emmas Zimmer. Hier sieht alles so aus wie immer. Miley Cyrus und Katy Perry grinsen mich von der in Orchidee gestrichenen Wand in großen Posen an, als wäre das Leben eine stetige Party. Nur Robert Pattinson schaut so, als hätte er schon erkannt, dass dem nicht so ist. Aber vielleicht war er beim Fotoshooting nur total verkatert. So ganz kann ich Emmas Schwärmereien nicht immer nachvollziehen. Worüber denke ich hier eigentlich nach? Verdammt! Normalerweise würde ich jetzt mit ihr über Gott und die Welt schnacken und ihr bei den Hausaufgaben unterstützend zur Seite stehen. Aber *normalerweise* gibt es nicht mehr.

Ich beginne damit, aufzuräumen. Auf der Lehne ihres Schreibtischstuhls türmt sich ein Klamottenstapel. Ich lasse Strümpfe, Unterwäsche und Shirts auf den Boden fallen, das kommt alles in die Wäsche, ebenso wie ihr Bettzeug. Dann hebe ich vier neben ihrem Bett liegende Bücher auf. Emma liest gern parallel, diesmal eine Fantasy-Saga, *Der Fänger im Roggen*, ein Pferdebuch und Jostein Gaarders *Sofies Welt*. Ich schlucke und streiche sanft über das Cover, bevor ich mir eilig die Dreckwäsche schnappe und mich damit in Richtung Waschkeller bewege.

Auf dem Weg dorthin höre ich mein Telefon klingeln, das im Flur liegt. Ist es vielleicht Emma? Kann sie jetzt schon gelandet sein? Ob irgendetwas passiert ist? Aber als ich hektisch nach dem Handy greife, blinkt mir nur Lou auf dem Display entgegen.

Sie ist meine liebste Freundin – und meine Gynäkologin. Lou heißt eigentlich Luise, hasst diesen Namen aber, weil sie in ihrer Schulzeit auf übelste Weise gehänselt wurde. Sie war sehr klein und dünn, hatte Hasenzähne und lief bei der kleinsten Gelegenheit knallrot an. Irgendwann galt ihr Name in ihrer Klasse – und leider auch darüber hinaus – als Synonym für Menstruation. »Ich kann nicht mit zum Schwimmen kommen, Luise ist zu Besuch«, war noch einer der harmloseren Sätze, wie sie mir einmal anvertraute. Wir lernten uns während des Studiums kennen. Lou ist einer der auffassungsstärksten Menschen, die ich kenne. Oft gibt sie mir Antworten auf Fragen, bevor ich sie überhaupt gestellt habe. Sie weiß immer sofort, was mit mir los ist, und stand mir auch in meinen dunkelsten Stunden stets zur Seite. Ich liebe sie einfach.

»Na Hasenmaus, hast du den Abschied überlebt?«

»Wenn du mich hören kannst, ja.«

»Jetzt dramatisiere die Sache mal nicht so sehr. Dienstag, achtzehn Uhr.«

»Hey, ich wollte dich gerade fragen, ob wir uns sehen!« Lou und ich gehen einmal pro Woche Badminton spielen und anschließend in die Sauna, für nächste Woche stand der Termin aber auf der Kippe.

»Hauke muss ein wichtiges Projekt abschließen. Unser Ausflug nach Hamburg ist gecancelt.« Hauke, ein gefragter

Informatiker, ist seit drei Jahren Lous Freund. »Außerdem freue ich mich viel mehr darauf, dir noch mal persönlich ordentlich den Kopf zu waschen. Vorher habe ich leider keine Zeit. Hältst du so lange durch?«

»Weiß ich nicht. Heute ist erst Freitag! Ach, Lou! Wir haben verabredet, dass wir erst nach drei Tagen skypen. Emma möchte unbedingt testen, ob sie so lange durchhält, ohne mich zu sehen. Sie wird nur eine kurze Nachricht schicken, wenn sie angekommen ist.«

Während ich mich ausjammere, werfe ich die Wäsche, die ich noch immer im Arm halte, im Keller ab und gehe zurück in Emmas Zimmer.

»Prima. Glaub mir, Schatzilein, das tut euch beiden gut.«

»Ehrlich gesagt dachte ich bisher, dass sich *guttun* irgendwie anders anfühlt.«

»Du sollst endlich begreifen, dass du auch lebensfähig bist, wenn Emma nicht in deiner unmittelbaren Nähe ist!«

»Hm.« Ich nehme Schlumpi in die Hand, Emmas alten Plüschaffen, und atme ihn ein. Er riecht nach ihr, er lag abends immer mit in ihrem Bett, aber in Amerika wollte sie ihn nicht dabeihaben. Emma hat ihn seit ihrer Geburt. Seit ihrer und ... Verflixt, ich bin heute wirklich näher am Wasser gebaut als Venedig. Mir laufen schon wieder die Tränen übers Gesicht.

»Katja? Ich kriege das alles mit! Hier wird nicht mehr geheult!«

»Ich bin gleich fertig«, sage ich, küsse Schlumpi und lege ihn behutsam auf das kahle Bett. »Versprochen?«

»Ja. Ich versuche es. Danke, dass du da bist!«

»Ich hab dich auch lieb. So, jetzt muss ich wieder an die Arbeit. Mach dir einen schönen Abend mit Oliver, verführ ihn doch mal wieder.«

»*Mal wieder*, du bist lustig! Bis Dienstag.«

Verführen, allein dieses Wort finde ich albern. *Verführen* können die Heldinnen in Filmen und Büchern, aber nicht ich in meiner Realität. Und schon gar nicht heute! Außerdem war ich noch nie eine von den Frauen, die sich in Strapse werfen und ihren Mann am Küchentisch scharfmachen. Wer weiß, vielleicht sollte ich das mal ausprobieren? Man muss es ja nicht gleich übertreiben, was das Outfit anbelangt.

Das Gespräch mit Lou hat mir jedenfalls gutgetan. Im Wohnzimmer drehe ich die Anlage so laut auf, dass die Bässe die Gläser in der Vitrine zum Tanzen bringen. Ich schließe mich ihnen an, schüttele mein Haar und springe im Takt wild im Zimmer umher. Dabei komme ich ziemlich ins Schwitzen. Weg mit all der Traurigkeit! Ich freue mich auf die neue Zeit! Wahrscheinlich muss ich mir das nur oft genug klarmachen. Oliver hat heute Morgen gesagt, dass wir feiern sollten. Ich werde mich nicht länger dagegen sträuben, sondern es versuchen. Ein schöner Abend wird uns guttun. Kurzentschlossen fahre ich zum nächsten Supermarkt, kaufe ein, fahre zurück und bereite Olivers Leibgericht zu, Zitronenhuhn mit Safranreis.

Kurz nach halb acht werde ich unruhig. Meist ist Oliver spätestens um halb sieben zu Hause, freitags sogar früher. Dann sitzen wir alle zusammen am Tisch, essen und erzählen von unserem Tag. Wir *alle* ... Ich öffne eine Flasche Weißwein und schenke mir ein Glas ein. Runter damit! Der Wein ist jetzt genau das Richtige.

Ich spreche laut zu mir: »Katja Petersen, in den nächsten Monaten ist alles anders, das solltest du inzwischen wirklich begriffen haben!«

Ich nicke und versuche erneut, Oliver zu erreichen. Aber weder in der Praxis noch auf seinem Telefon kriege ich ihn. Ich habe den Tisch so gedeckt, als wäre heute wirklich ein Festtag, mit Stoffservietten und dem guten weißen Porzellangeschirr mit Goldrand. Das Licht von sechs Kerzen gaukelt eine entspannte Gemütlichkeit vor, gespiegelt in den Terrassentüren, die hinaus in den Garten führen. Sogar den Kamin habe ich zum Lodern gebracht, obwohl das normalerweise Olivers Job ist. Draußen in der Dunkelheit weht noch immer ein eisiger Wind. Ich kann ihn ums Haus pfeifen hören und fröstele trotz der Wärme hier drinnen für einen Moment. Dafür, dass ich an diesem ersten Freitagabend ohne Emma allein hier sitze, hätte ich mir weder das schicke blaue Kleid anziehen noch mich kämmen, geschweige denn schminken müssen. Ich wollte, dass Oliver heute Abend etwas anderes sieht als ein Nervenbündel. Aber noch immer keine Spur von ihm. Also werde ich notgedrungen wieder zum Nervenbündel. Ihm wird doch wohl nichts passiert sein? Unruhig tippele ich mit dem Glas in der Hand durchs Zimmer.

Außerdem müsste Emma längst angekommen sein, aber noch habe ich keine Nachricht von ihr. Was habe ich nur verbrochen, dass niemand mit mir sprechen will? Wirklich, das ist ein richtig schöner Abend! Ganz genau so habe ich mir das mit dem Feiern vorgestellt. Prost!

Inzwischen ist es kurz nach neun. Ich gehe ins Schlafzimmer, schäle mich aus dem engen Kleid und steige aus Trotz in die schlabberigste meiner Jogginghosen, dazu werfe ich ein Sweatshirt mit dem Aufdruck »Winners make goals« über, das Lou mir von einem Motivationskurs mitgebracht hat, zu dem sie mich nicht überreden konnte. Dann blicke ich zum gefühlt neunzigsten Mal auf meinen E-Mail-Eingang. Plopp! Eine Mail von Emma. Endlich!

Liebe Mama, lieber Papa,

ich bin gut gelandet. Die Gastfamilie ist sehr nett. Sie haben einen Hund. Er heißt Jimmy und ist sooo süß. Ist das nicht toll? Macht euch keine Sorgen.

Emma

Sie ist gut angekommen. Gott sei Dank! Aber kann das wahr sein? Anscheinend vermisst sie mich ja überhaupt nicht. Dabei sollte ich mich natürlich darüber freuen, dass es ihr gut geht. Außerdem hat Emma nun einen Hund, das übertrifft natürlich alles. Ich musste ihr das leider verwehren, weil ich allergisch gegen Hundehaare bin. Schon wieder spüre ich, wie mir Tränen in die Augen steigen. Diesmal versuche ich gar nicht erst, sie zu unterdrücken, sondern lasse ihnen freie Bahn und wähle sogar die passende musikalische Untermalung. *»No alarms and no surprises ...«*, singe ich mit Radiohead.

»Katja?« Ich zucke zusammen. Die Stimme war lauter als die Musik. »Ob mit dir alles in Ordnung ist, brauche ich dich ja nicht zu fragen.« Oliver schaut mich zweifelnd an.

Ich drehe die Musik leise und wische mir übers Gesicht. »Wo warst du denn so lange? Ich habe mit dem Essen auf dich gewartet. Ich wollte doch mit dir feiern.«

»Hast du wirklich *feiern* gesagt? Schickes Outfit.« Ein Lächeln umspielt Olivers Mund. »Komm mal her.« Er nimmt mich in den Arm. »Tut mir leid. Ich bin bei Volker hängengeblieben.«

Ich schlinge meine Arme um ihn. »Warum hast du mir nicht Bescheid gesagt?«

»Mein Telefon war im Auto. Du weißt doch, Männer und

ihr Hobbykeller, da können sie schon mal die Zeit vergessen.« Volker ist ein guter Freund von Oliver. Sein neuestes Projekt ist die Sanierung eines alten Holzbootes in seiner Garage.

Oliver drückt mich fester an sich. Wir schwingen leicht hin und her, als würden wir tanzen. Diese Art von Nähe hatten wir lange nicht mehr, und ich genieße sie sehr, schließe die Augen und schmiege meinen Kopf an seine Schulter. Kurz darauf sitzen wir am Tisch und essen. Dank der Warmhaltefunktion schmeckt das Huhn noch ganz passabel. Aber von Nähe ist nicht mehr viel zu spüren. Wir schweigen. Oliver stochert mit gesenktem Blick lustlos im Essen herum.

»Schmeckt es dir nicht?«, frage ich.

Er schaut mich an. Seine Augen funkeln im Kerzenlicht. Bilde ich mir nur ein, dass sie traurig blicken?

»Doch, es schmeckt hervorragend«, sagt er nach einer kurzen Pause.

Ich strecke meine Hand nach seiner aus und drücke sie fest. »Es ist so ruhig am Tisch ohne Emma.«

»Ja, das ist es wirklich.«

»Sie ist gut angekommen. Und die Gastfamilie hat einen Hund.«

»Na siehst du. Dann ist doch alles gut. Du, sei mir nicht böse, aber ich bin total erledigt, ich gehe gleich ins Bett.« Er befreit sich von meiner Hand und reibt sich die Augen.

Ich gieße Wein nach und tue so, als hätte ich den letzten Satz nicht gehört. Ich möchte nicht, dass unser erster zweisamer Abend so endet. »Was stellen wir jetzt an mit unserem Dasein als Stroheltern? Wollen wir morgen Abend in die Oper gehen? Oder ins Theater? Oder zum Tanzen? Ich weiß gar nicht, wann wir das zuletzt gemacht haben. Wir haben einiges aufzuholen.« Ich möchte die Situation auflockern, versuche mich an einem offensiven Augenaufschlag und einem verführerischen Lächeln. Netter Versuch, er zündet nur nicht. Vielleicht hätte ich doch ein anderes Outfit wählen sollen.

»Ehrlich gesagt würde ich mich morgen gern endlich um das Steuerthema kümmern und zu Walter fahren. Das kann länger dauern.« Walter ist unser Steuerberater und wohnt in Rendsburg. Das Thema Steuern ist so gar nicht meins, da würde ich lieber den ganzen Tag nässenden Ausschlag behandeln als mich damit zu beschäftigen. »Ist das dein Ernst?«

»Ja. Dann ist es abgehakt. Wir haben jetzt so viel Zeit, da kommt es auf den einen Tag auch nicht an.«

»Schade.« Ich schütte den letzten Tropfen aus der Weinflasche in mein Glas. Langsam merke ich, wie mir der Alkohol zu Kopf steigt.

»Ach, komm schon! Das läuft uns nicht weg. Wir holen das nächste Woche nach.« Oliver gähnt, steht auf, räumt seinen Teller ab und deutet einen Kuss auf meine Stirn an. »Gute Nacht«, sagt er entschlossen.

Ich halte ihn nicht zurück. Mein Magen krampft sich so zusammen, wie er es heute Morgen schon einmal tat. »Schlaf gut«, fiepse ich und starre dann minutenlang in die nur noch schwache Glut im Kamin. Wir haben nicht nachgelegt – und irgendwann ist es erloschen, das Feuer.

Bevor meine Gedanken noch trüber werden, schwinge ich mich mit letzter Kraft auf, bringe Ordnung in die Küche und zappe durchs Fernsehprogramm. Die Präsentation von Wolle in einem Teleshoppingkanal schafft es für einen Augenblick, mich abzulenken. Ich bestelle zehn Knäuel.

Um kurz nach Mitternacht lege ich mich neben Oliver ins Bett. Meine kalten Füße schiebe ich unter seine Decke und genieße seine wohltuende Wärme. Irgendwann schlafe ich ein.

2

Oliver schleicht kurz nach sieben aus dem Bett. Ich bin schon wach, tue aber so, als würde ich noch schlafen. Nach dem gestrigen Abend sind sowohl mein Kopf als auch mein Herz noch etwas schwer. Ich möchte ihn nicht verabschieden, bevor er zu Walter fährt, weil ich ihn gern heute bei mir gehabt hätte. Traurig umschließe ich sein Kissen. Es riecht so gut nach ihm. Nachdem Oliver weg ist, stehe ich auf. Ein beißendes Gefühl von Einsamkeit legt sich schlagartig auf mich. Ich muss diese Stille loswerden und schalte das Radio ein. Einer aufgesetzt fröhlich klingenden Morgencrew gelingt es mit einem *Best of* der vergangenen Woche, sie im Keim zu ersticken. Wobei ich nicht weiß, ob das besser ist.

Ach, was soll's! Was kann es Schöneres geben, als am Wochenende endlich einmal in Ruhe beim Frühstück zu sitzen? Schamlos die Ellenbogen aufstützen, Selbstgespräche führen, das Messer ablecken ... Das Telefon klingelt. Da denkt jemand an mich! Ich blicke zur Uhr. Emma wird es wohl kaum sein, die dürfte noch tief und fest schlafen. Oder etwa nicht? Mein Herz beginnt zu rasen. Ich springe auf und stürze zum Hörer. Es ist meine Mutter.

»Du wolltest doch anrufen, wenn Emma gut angekommen ist! Jetzt mache ich mir Sorgen!«

Der Vorwurf in ihrer Stimme ist nicht zu überhören.

»Entschuldige, ich hätte mich gleich bei dir gemeldet. Kein Grund zur Sorge. Sie ist gut gelandet.« Ich setze mich wieder hin und beiße in mein Marmeladenbrot.

»Und? Wie geht's dir?«

Ich möchte meiner Mutter nicht die Wahrheit erzählen.

»Och, super. Obwohl ich auf Entzug bin. Ich habe schon seit zwei Tagen nicht mehr gebügelt.«

Meine Mutter macht sich seit Jahren über mich lustig, weil ich, seit Emma auf der Welt ist, sämtliche Sachen von ihr bügele. Ihre Strümpfe, Unterwäsche, Hosen, Pullis, Stirnbänder, Mützen, einfach alles. Oliver hat mich deswegen ebenfalls schon tausend Mal aufgezogen. Ich solle endlich damit aufhören, weil ich damit nichts, was geschehen ist, glattbügeln könne, sagte er. Vielleicht habe ich mich all die Jahre so ins Zeug gelegt, weil ich genau daran geglaubt habe. Ich gebe zu, dass mein Tick wohl etwas befremdlich wirkt. Spätestens jetzt scheint die Zeit dafür gekommen, mich davon zu befreien. Denn was sollte ich auch sonst machen? Alle Sachen, die gebügelt in Emmas Schrank liegen, noch einmal plätten? Wenn es so weit kommen sollte, dann müsste ich mein Leben ernsthaft überdenken.

»Versprich mir bitte, dass du deine Manie nun nicht auf den armen Oliver ausweitest.«

Die Sachen von Oliver und mir behandele ich stiefmütterlich. Ich bin ganz froh darüber, dass er mehr der Pullover-Typ ist.

»Kann ich nicht garantieren. Vor mir liegen ein Stapel Unterhosen, seine Sportklamotten und die Autozeitschriften.«

»Katja!«

»Mama, natürlich nicht. Ganz so verrückt bin ich nun doch nicht.«

»Da bin ich mir nicht so sicher.«

»Mach dir keine Sorgen, ich kriege das hin.«

»Glaub mir Kind, die Zeit ist reif, um dich ein Stück weit

abzunabeln. Für dich ist das noch wichtiger als für Emma. Und das Schöne ist, dass sie trotzdem immer deine Tochter bleibt.«

»Das hatte ich ganz vergessen. Danke. Wenn ich dich nicht hätte! Bis bald, Mama.«

Ich trinke meinen Milchkaffee aus und bleibe mit meinem Blick an dem großen bunten Bild hängen, das an der gelben Wand gegenüber dem Küchentisch hängt. Es sieht aus wie abstrakte Kunst, ist aber ein Werk, das ich mit vier gemalt habe. Meine Mutter hat es bearbeiten und rahmen lassen. Ich bin schon oft gefragt worden, wer denn der Künstler sei. Meine Mutter. Sie hat mir all die Liebe und Nähe gegeben, die ich brauchte, aber sie hat mich immer an der langen Leine gelassen. Wie oft hat sie mir in den letzten Jahren gesagt, dass ich mich nicht nur auf Emma konzentrieren dürfe, weil ich sonst eines Tages in ein riesiges Loch fallen würde. Ich habe das jedes Mal abgetan. Nun weiß ich, was sie meinte.

Meine Mutter ist Goldschmiedin und designt auch mit Mitte sechzig noch ihren eigenen Schmuck. Sie wollte nie in ihrem Leben etwas anderes machen. Ich dagegen schon. Nur spielte das irgendwann keine Rolle mehr.

Ich räume mein Geschirr in die Maschine und streife dann durch das leere Haus. Langeweile werde ich heute nicht haben. Es gibt einiges zu tun. Obwohl es bereits Mitte Januar ist, sieht es bei uns noch immer so aus, als käme morgen der Weihnachtsmann. Notgedrungen nehme ich die Weihnachtsbeleuchtung ab und verstaue all die Engel, Nussknacker, Kerzenhalter und die große Pyramide wieder in ihren Kisten. Den Tannenbaum hat Oliver schon letzte Woche zerhackt. Ich bin ein Weihnachtsfan und finde, dass das Fest der Liebe ganzjährig gefeiert werden sollte. Daher zögere ich den Rückbau jedes Jahr so lange wie möglich hinaus.

Weihnachten hat es geregnet. Jetzt schneit es draußen in dicken Flocken. Es sieht aus wie im Winterwunderland. Schade, dass Emma das nicht sieht, sie liebt den Schnee. Ich mache ein Foto von unserem weißen Garten und schreibe ihr dazu:

Jetzt fehlt nur noch dein Schneezoo. Ich denke an dich, Mama

Emma war immer meisterhaft darin, Tiere aus Schnee zu bauen. Ob es heute noch so wäre?

Wehmütig betrachte ich auf der Kommode im Wohnzimmer gerahmte Kinderbilder von ihr. Daneben stehen Familienfotos und einige von Oliver und mir. Was für ein schönes Paar wir waren! So jung, und doch längst nicht mehr unbeschwert. Erinnerungen und Gefühle steigen plötzlich in mir hoch wie Wasser bei Sturmflut. Es liegt einfach an der Zeit, denke ich, an dieser Umbruchzeit. Da gibt es kein Entkommen.

Oliver und ich sind seit siebzehn Jahren ein Paar. Wir hatten die gleichen Ideale, wollten nicht nur für *Ärzte ohne Grenzen* arbeiten, sondern demonstrierten auch für eine atomwaffenfreie Welt und engagierten uns für Amnesty International. Die Welt ein kleines bisschen besser machen, das war unsere Mission.

Nach nur sechs Monaten Beziehung wurde ich ungeplant schwanger. Wir freuten uns darauf, Eltern zu werden. Mit Oliver konnte ich mir alles vorstellen. Dass ich mit dem Studium dann erst mal pausieren sollte, nahm ich gern in Kauf. Doch alles kam anders, das Schicksal meinte es nicht gut mit uns. Es fällt mir noch immer sehr schwer, diesen dunklen Punkt in meinem Leben zu akzeptieren. Ich schlucke schwer und betrachte unser Hochzeitsfoto. Oliver und ich heirateten kurz nach Emmas Geburt, da war ich dreiundzwanzig. Auf dem Foto sehe ich den überschminkten Schmerz und die Trauer in meinem Gesicht. Die Hochzeit sollte uns nach allem, was passiert war, Trost spenden und Halt geben. Wir wollten uns beweisen, dass wir zusammengehören, auch an dunklen Tagen. Mein Studium habe ich nie wieder aufgenommen.

Ich stelle das Foto zurück und lasse meinen Blick durch die Terrassentür in den hellgrauen Schneehimmel gleiten.

Mit Oliver rede ich schon lange nicht mehr über die schlimmste Zeit meines Lebens, unseres Lebens. Er scheint das finstere Kapitel nach all den Jahren für sich genauso beerdigt zu haben wie … Nein, ich möchte mich jetzt nicht weiterquälen mit der Erinnerung.

Ich hauche einen Kuss auf ein Foto, das Emma als fünfjährigen Lockenkopf mit türkisfarbenem Badeanzug und Strohhut am Strand zeigt. Stolz posiert sie neben einem beachtlichen Sandschloss, das sie mit Oliver gebaut hat. Dann werfe ich meinen alten Parka über, schlüpfe in Boots, gehe nach draußen und schippe Schnee. Die körperliche Betätigung an der frischen Luft tut gut.

Später unternehme ich einen langen Spaziergang und stapfe über verschneite Felder und Wiesen in Richtung Ostsee. Ich lasse die letzten Häuser hinter mir und sehe nichts als diese wunderschöne, wie in Watte gepackte Natur. Als ich endlich die aufgewühlte See vor Augen habe, wird mein schweres Herz leichter. Das Rauschen der Brandung klingt für mich wie eine Ansprache: *Du schaffst das, Katja, du schaffst das!*

Am Abend bin ich so kaputt, dass ich gleich nach der Tagesschau auf dem Sofa einschlafe und erst kurz vor Mitternacht aufwache. Auf dem Bildschirm wird einer Frau ein Sack über den Kopf gestülpt, das lässt nichts Gutes ahnen. Ich mache den Fernseher aus und gehe ins Bett. Von Oliver habe ich den ganzen Tag nichts gehört. Er fehlt mir, und das nicht nur, weil mir niemand die Füße wärmt.

Es ist Sonntagabend. Unsere gemeinsame *Tatort*-Zeit, die uns heilig ist. Oder besser: die uns heilig war, denn heute sieht es fast so aus, als würde Oliver den Anfang verpassen.

»Oli! Beeil dich, der Vorspann läuft schon«, rufe ich durchs Haus.

»Ich brauche noch ein paar Minuten, bin gleich da!«

Was kann ihm denn plötzlich wichtiger sein als der *Tatort*?

»Was machst du?«, brülle ich und kriege keine Antwort.

Ich mag nicht allein *Tatort* schauen. Dann lieber gar nicht. Ich schalte um und sehe einen Mann und eine Frau, die bei strahlendem Sonnenschein an Klippen entlangspazieren. Dabei hatte ich mich so darauf gefreut, mich auf dem Sofa an Oliver zu kuscheln und dabei dem Krimi zu folgen.

Obwohl er den ganzen Tag zu Hause war, haben wir uns nur beim Frühstück etwas länger unterhalten. Aber das war kein gutes Gespräch.

»Ich fühle mich jetzt viel besser«, teilte er mir über seinen Besuch beim Steuerberater mit. »Walter ist einfach genial.«

»Und sein Weinkeller auch, oder?«, hakte ich nach.

»Zugegeben, der ist wirklich nicht schlecht. Eine kleine Weinprobe konnte ich natürlich nicht ablehnen.«

»Und dann bist du noch Auto gefahren?«

»Ach Katja, ich kann schon auf mich aufpassen. So schlimm war das nicht.«

»Wann warst du denn überhaupt zu Hause?«

»Ich habe nicht auf die Uhr geschaut. Und sei mir nicht böse, aber auf so ein Verhör habe ich keine Lust.«

Er stand auf und verschanzte sich in seinem Arbeitszimmer, das Mittagessen ließ er ausfallen. Was war nur los mit uns? Ich spürte wieder schmerzlich, dass etwas fehlte.

Der Höhepunkt des Tages bestand am Nachmittag aus dem Wiedersehen mit Emma per Skype. Sie wirkte etwas müde, aber zufrieden. Ganz aufgeregt hat sie erzählt, dass in Philadelphia ebenfalls Schnee liegt und dass sie mit der Gastfamilie schon eine Tour durch die Stadt unternommen hat. Philadelphia sei ganz toll, und das Haus der Familie am Stadtrand auch. Zum Beweis führte sie Oliver und mich durch die Räume und zeigte mir ihr Zimmer. Auch Gastvater Dan und Gastmutter Sarah, Gastschwester Amber und Hund Barack winkten in die Kamera. Die Familie inklusive des Hundes wirkte sehr sympathisch. Mir fiel ein Stein vom Herzen, auch wenn ich gleichzeitig einen feinen Stich verspürte.

»Meinetwegen können wir uns immer sonntags sehen, aber nicht öfter«, sagte Emma bestimmt.

Ich spürte, wie stolz sie auf sich war. In der Vergangenheit war es meist so, dass Emma in der Fremde ein so starkes Heimweh entwickelte, dass ich sie wieder abholen musste, egal ob aus dem Reit-Camp, von einer Klassenfahrt (dann meist mit der Ausrede verbunden, dass sie krank sei) oder von den Großeltern. Ich muss zugeben, dass ich sie nie lange zappeln ließ und immer zur Stelle war, wenn sie nach mir verlangte. Oliver fand das unmöglich, aber ich konnte nicht anders. Und nun war alles neu. Emma beharrte auf ihr Recht auf Weiterentwicklung, das musste ich anerkennen. Letztlich konnte auch ich mich dadurch nur weiterentwickeln. Den Gedanken ließ ich innerlich mit einem drastischen *Amen* ziehen.

Ich greife in das Schälchen mit Erdnüssen, das vor mir auf dem Tisch steht. Endlich kommt Oliver.

»Was, kein *Tatort?*«, fragt er.

Ich schalte um, von dem Alternativprogramm habe ich ohnehin nichts mitgekriegt. »Doch, aber ohne dich mochte ich ihn nicht sehen. Was war denn los?«

»Ich bin noch einmal den pathologischen Befund von Frau Christiansen durchgegangen. Freitagnachmittag kam das Ergebnis, malignes Melanom. Ich habe sie für morgen früh in die Praxis bestellt.«

Ich greife nach der Fernbedienung und stelle den Ton aus.

»Scheiße.«

Oliver lässt sich neben mir auf die Couch fallen. »Ja, das ist es. Sie muss so schnell wie möglich operiert werden.«

Mir gehen die Patientenschicksale immer sehr nah. Schwarzer Hautkrebs wird in unserer Praxis nicht häufig diagnostiziert, umso erschütternder ist jeder Fall. »Wie weit hat es sich schon ausgebreitet?«, frage ich. Bei allem Verständnis für Olivers Arbeit wundert es mich trotzdem, dass er am Sonntagabend Befunde studiert, es muss wirklich schlimm sein.

»Das möchte ich jetzt nicht ausführen, für heute ist Feierabend.«

Was würde ich dafür geben, um Oliver wieder nah zu sein. Es kann doch nicht sein, dass unsere Nähe genauso verloren gehen kann wie ein Portemonnaie oder ein Kassenzettel.

»Möchtest du noch etwas essen?«, frage ich.

»Nein, danke. Aber ein Bier wäre nicht schlecht.«

»Bekommst du sofort.«

Ich springe auf und komme mit zwei Flaschen zurück.

Oliver öffnet die Flasche mit einem lauten Plopp und nimmt einen großen Schluck. Obwohl ich Bier nicht besonders mag, trinke ich eins mit. *Auf die Nähe*, denke ich.

Der *Tatort* flimmert nun wieder mit Ton vor sich hin. Ich stelle meine Flasche ab und breite die kuschlige braune Felldecke über uns aus.

»Bitte halt mich ganz fest!« Kaum ist der Satz raus, merke ich, wie flehend ich mich anhöre.

Oliver legt erstaunlich unbeholfen einen Arm um mich.

»Nicht so! Mit beiden Armen! Und fester.« Ich nehme ihm die Flasche aus der Hand und lege seine beiden Arme um mich, dann ziehe ich ihn ganz dicht an mich heran.

»Wir schaffen das!«, flüstere ich.

»Was meinst du?«

»Alles!«

»Hm.«

Ich habe auf einmal das Bedürfnis, Oliver zu küssen, so richtig. Das machen wir kaum noch. Und so bedecke ich sein Gesicht mit kleinen Küssen und arbeite mich zielsicher zu seinem Mund vor. Doch er erwidert mein Begehren nicht. Stattdessen gibt er mir einen flüchtigen Kuss auf den Mund und erklärt damit meinen Annäherungsversuch für beendet. Diesmal schaffe ich es nicht, das einfach hinzunehmen.

»Rieche ich unangenehm? Habe ich etwas Ansteckendes, von dem ich nichts weiß? Oder willst du mich nur nicht mehr?« *Liebst Du mich überhaupt noch?* Ich habe Angst vor seiner Antwort. In meinem Hals ist ein Kloß, den ich nicht mal eben so herunterwürgen kann. Olivers Schweigen ist wie Folter.

»Oliver?«

»Katja, versteh doch, ich bin einfach kaputt. Deswegen müssen wir doch keine Wissenschaft daraus machen.«

»Du machst es dir immer leicht. Über *uns* zu reden, das war noch nie deine Spezialität. Wie ich mich fühle, das interessiert dich anscheinend gar nicht.«

»Natürlich interessiert es mich. Aber das müssen wir doch nicht jetzt ausdiskutieren. Außerdem weiß ich doch, wie es dir geht. Deswegen kann ich dir nur raten, die Zeit ohne Emma jetzt erst mal für dich zu nutzen. Mach was Schönes. Du hast alle Möglichkeiten.«

»Was soll das denn heißen? Dass du dabei keine Rolle spielst? Danke für deine aufbauenden Worte. Gute Nacht.«

Mit großer Geste befreie ich mich von der Decke und stehe auf.

»Mein Gott, jetzt mach doch deswegen kein Theater!«

»Mach ich auch nicht. Die Vorstellung ist für heute beendet.« Ich drehe mich um und verlasse das Zimmer. Der Kloß in meinem Hals hat Nachwuchs bekommen und sich nun auch in meinem Magen ausgebreitet. Es ist ein Wunder, dass ich bei dem Gewicht noch laufen kann.

Kann das alles sein, was von Oliver und mir übrig ist? Hat Emma all das nur übertüncht, als sie noch bei uns war? Leise weine ich mich in den Schlaf.

In der Praxis gehen Oliver und ich professionell miteinander um, wie Margit feststellt. Sie hat mitgekriegt, dass wir schon rosigere Zeiten hatten. »Ihr solltet euch für das kommende Wochenende pure Zweisamkeit verordnen. Fahrt doch einfach mal weg. Neue Umgebung, anderes Bett«, raunt sie mir anzüglich zu.

»Mach dir keine Sorgen, so schlimm ist das alles nicht«, lüge ich leise mit einem Blick ins gut besetzte Wartezimmer. Es muss niemand mitkriegen, worüber wir hier sprechen.

Ich mag Margit zwar sehr, aber sie ist immer noch unsere Mitarbeiterin und soll nicht detailliert über unser Privatleben Bescheid wissen. Das zumindest predigt Oliver mir, wenn er wieder einmal erstaunt darüber ist, was sie alles weiß. Es fällt mir nicht immer leicht, die Distanz zu wahren.

»Dann ist es ja gut.« Margit beugt sich wieder über den Computer, kommt aber nicht voran mit ihrer Arbeit, weil ständig das Telefon klingelt.

Im Hintergrund wuselt Elli herum, die heute nach einem Infekt ihren ersten Arbeitstag im neuen Jahr hat. Sie ist die zweite Arzthelferin und unterstützt Oliver und Frau Jensen, die Assistenzärztin, die seit gestern aus dem Urlaub zurück ist. Elli ist Mitte dreißig, nett und unauffällig, Mutter zweier Söhne und geplagt von einer Schuppenflechte. Sie würde niemals woanders arbeiten, denn hier sei sie stets bestens versorgt, betont sie gern.

Die Ärztin Imke Jensen ist seit einem halben Jahr in der Praxis beschäftigt. Sie ist erst achtundzwanzig, verfügt über einen Porzellanteint, blondes Engelshaar und eine Zuchtperlenkette. Imke, die ich beharrlich Frau Jensen nenne, ist unheimlich freundlich. Sie lächelt eigentlich immer. Selbst als ich sie einmal sanft darauf hinwies, dass sie auf dem empfindlichen Parkett nicht zwingend täglich Absätze mit fünf Millimeter Durchmesser tragen müsse, hat sie mich angestrahlt. Seitdem schwebt sie in Birkenstock-Pantoffeln durch die Praxis. Ich finde zwar, dass sie noch ein Semester in Auffassungsgabe belegen sollte, aber Oliver ist mit ihr fachlich sehr zufrieden.

Ich setze mich an meinen Schreibtisch und blättere in den Angeboten unseres Blumenlieferanten. Alternativ könnte ich mir auch die Nägel feilen, die neuen Proben der Cremehersteller testen oder in einer Ecke meditieren. Heute brennt nichts an. Ich bin eine von den *Managerinnen*, die sich über zu viel Stress nicht beklagen können, darüber sollte ich doch froh sein. Oder?

Margits Stimme lässt mich aufhorchen. »Hallo Frau Christiansen. Wie geht es Ihnen heute?« Ehrliches Mitgefühl schwingt darin mit. Auch sie war geschockt, als sie von der Diagnose erfuhr. Frau Christiansen weiß seit gestern Bescheid. Oliver hat mit einem befreundeten Kollegen im Krankenhaus gesprochen. Er wird sie noch in dieser Woche operieren.

»Ach wissen Sie, ich glaube an das Schicksal. Und wie immer das hier alles verlaufen wird, ich werde es annehmen.«

Wow, denke ich und will sofort meinen Hut ziehen vor so viel Gelassenheit. Doch dann höre ich, wie sich Frau Christiansen räuspert und ergänzt: »Quatsch. Mir geht's so richtig beschissen. Wie man sich eben so fühlt, wenn man mit achtundsechzig sein eigenes Todesurteil vor die Füße geknallt kriegt.«

Ich unterbreche meine Tätigkeit und gehe nach vorn, wo Margit Frau Christiansen gerade die Schulter tätschelt. »Sagen Sie so etwas nicht. Vor allem dürfen Sie sich nicht verrückt machen, das ist reine Zeitverschwendung, glauben Sie mir«, sagt sie aufmunternd.

»Hallo Frau Christiansen. Margit hat recht. Erst nach der Operation wissen wir mehr. Und wenn die Lymphknoten nicht befallen sind, hat der Krebs noch nicht gestreut. Dann geht Ihr Leben weiter wie bisher. Nur sollten Sie die Sonne meiden.«

Plötzlich steht Oliver neben uns und beäugt mich kritisch. Er schätzt es nicht besonders, wenn ich mein medizinisches Halbwissen wie Bonbons an seine Patienten verteile.

»Moin, Frau Christiansen. Ich bin wirklich froh, dass es so schnell klappt und Sie übermorgen bei meinem Kollegen unterm Messer liegen. Er ist eine wahre Koryphäe auf diesem Gebiet.« Oliver lächelt sie ermutigend an.

»Ich freue mich auch schon die ganze Zeit, nur kann ich das leider nicht so zeigen«, erwidert Frau Christiansen trocken.

»Kein Problem. Margit, machen Sie bitte die Überweisung für das Krankenhaus fertig? Und wir sehen uns dann, sobald der Befund da ist. Das wird schon!«

Mein Mann ruft seinen nächsten Patienten auf und verschwindet flugs in seinem Behandlungszimmer.

Das wird schon ist eine dieser Floskeln, die ich überhaupt nicht mag. Die Aussage ist so überflüssig, wie einem todkranken Menschen im letzten Lebensstadium gute Besserung zu wünschen. *Was* wird *es* schon? Gut? Schlecht? Gar nichts?

»Können wir noch irgendetwas für Sie tun?«, frage ich.

»Ja, implantieren Sie mir bitte eine Tonne starke Nerven.« Sie entnimmt ihrer Handtasche ein 4711-Erfrischungstuch und betupft damit die Schläfen. Dass es die Dinger noch gibt! Meine Großmutter hat die Tücher ebenfalls benutzt. Der vertraute Geruch des Eau de Cologne weckt Kindheitserinnerungen in mir und blendet alles Schwere für einen Moment aus.

»Wenn es weiter nichts ist. Das machen wir gern«, sage ich.

»Danke. Ich wusste, dass ich mich auf Sie verlassen kann. Der Krebs gehört ins Meer und nicht in den Menschen. Wann begreift er das endlich? Aber die Hoffnung stirbt zuletzt.« Frau Christiansen streckt nun kampfeslustig ihre geballte Faust in die Höhe.

Ihre Geste bringt mich zum Lächeln. »Genauso ist es«, pflichte ich ihr bei.

Margit händigt ihr den Überweisungsschein aus. »Alles Gute. Wir sehen uns bestimmt nächste Woche.«

Nachdem Frau Christiansen gegangen ist und sich das Wartezimmer etwas geleert hat, zaubere ich Kaffee mit extra viel Milchschaum aus unserer neuen Supermaschine. Die haben wir uns vor einem Monat angeschafft. Es war eine der besten Investitionen der letzten Jahre, wenn man mal von dem Fettzellen zerstörenden Laser absieht, der nicht nur bei Frauen auf großes Interesse stößt.

»Das ist schon verrückt, dass wir Menschen darauf gepolt sind, immer vom Schlimmsten auszugehen, egal was es auch ist, egal, was wir darüber wissen«, sinniert Margit.

»Na ja, im Fall von Frau Christiansen ist es ja durchaus nachvollziehbar. Aber grundsätzlich werden wir dadurch sicher weniger enttäuscht.« Ich reiche Margit ihren Kaffee.

»Danke. So kann man es natürlich auch sehen.«

»Lass uns auf das Leben anstoßen. Und darauf, dass wir damit klarkommen, egal welche Aufgaben es uns auch stellt.« Ich erhebe meine Tasse.

»Ja. Das ist gut. Wie leicht sich das anhört – und wie schwer es ist, das hinzukriegen. Du hast übrigens heute noch nicht einmal über Emma gesprochen. Prost«, sagt Margit. Unsere Tassen berühren sich mit einem dumpfen Schlag.

»Solange ich weiß, dass es ihr gut geht, versuche ich, auch

mal andere Dinge zu thematisieren. Aber einfach ist das nicht. Nochmal Prost!«

»Was gibt's denn zu feiern?«, fragt Elli im Vorbeigehen. Sie trägt ein Tablett mit Mullbinden, Spritzen und Desinfektionsspray vor sich her.

»Nur das Leben«, sagt Margit.

»Das will ich auch feiern. Habt ihr noch was zum Anstoßen für mich? Ich bin gleich wieder da.«

»Aber klar«, sage ich und mache ihr auch einen Kaffee.

Kurz darauf gesellt sich Elli zu uns und nimmt mir dankbar die Tasse ab. »Auf ein Leben ohne Jucken«, sagt sie, kratzt sich am Oberarm und nascht etwas Milchschaum.

»Seht ihr, so hat eben jeder etwas, auf das er hofft«, sage ich und weiß nur zu gut, dass das Blöde an der Hoffnung ist, dass sie sich nicht zwangsläufig erfüllt.

»Elli, kommen Sie bitte?«, ruft Oliver da. So löst sich unsere kleine Runde schnell wieder auf.

Bevor ich Feierabend, besser gesagt Feiernachmittag, mache, passe ich eine kurze Patientenpause ab und husche in Olivers Zimmer. Der starrt gebannt auf seinen Monitor.

Ich bemühe mich, unser angespanntes Verhältnis etwas aufzulockern. »Na, Herr Doktor, ist das denn jugendfrei, was Sie da studieren?«

Oliver ist so vertieft, dass er kurz zusammenzuckt. »Katja, auch für dich gilt: anklopfen und nicht anschleichen.«

»Entschuldige bitte.«

Ich stelle mich hinter ihn und massiere seine Schultern. Das kann ich nicht lassen. Weil ich es immer mache, wenn ich auf einen kurzen Plausch zu ihm gehe.

»Was ich hier sehe, ist übrigens ganz und gar nicht jugendfrei. Es sind die Blutwerte von Frau Köster.«

»Und?«

»Ulcus molle.«

»Wie bitte?«

»Das ist eine Geschlechtskrankheit.«

»Klingt eher wie ein Künstlername. Davon habe ich noch nie etwas gehört.«

»Die Krankheit tritt in unseren Gefilden selten auf. Sie ist eher in den Tropen anzutreffen. Frau Köster war in der Dominikanischen Republik und hat sich da anscheinend recht gut amüsiert. Zu mir kam sie dann mit kleinen Hautgeschwüren. Nun weiß ich zumindest, was die Ursache ist.«

Ich massiere fester. »Sachen gibt es!«

»Wie gut das tut! Aber ich habe gerade keine Zeit. Wenn du mich jetzt bitte allein lässt, ich muss mit Frau Köster sprechen, bevor Frau Jensen sie übernehmen darf.« Energisch entfernt Oliver meine Hände von seinen Schultern. Ich lehne mich an den Schreibtisch.

»Ja, ich bin gleich weg. Heute Abend treffe ich Lou. Hast du auch etwas vor?«

»Ich gehe Fußballspielen.« Oliver klingt genervt, aber wann soll ich sonst mit ihm reden? Heute Morgen war er schon viel zu früh in die Praxis gefahren.

»Bei dem Wetter?«

»Wir spielen in der Halle. Katja, bitte, ich muss weitermachen.«

»Ja, sofort. Was hältst du davon, wenn ich für Samstag Karten für die Oper besorge?«

»Okay. Aber jetzt raus hier.«

Ich verabschiede mich mit einem schnellen Küsschen. Das Wochenende gehört uns. Vielleicht habe ich mir Olivers Distanziertheit nur eingebildet.

Auf dem Weg zum Empfang kommt mir Frau Jensen in einer hellblauen Bluse mit weißem Kragen entgegen. Während Oliver in der Praxis stets Pullover mit V-Ausschnitt trägt, besteht ihre Arbeitskleidung aus einer Blusenkollektion von unvorstellbarem Ausmaß. Dazu duftet sie stets so rein wie ein junger Frühlingsmorgen.

»Schönen Feierabend«, sagt Frau Jensen wie immer lächelnd nach einem Blick auf die Uhr.

Wir haben uns eher selten besonders viel zu sagen. »Danke, für Sie später auch.«

Dann nicke ich Frau Köster zu, die ihren Platz im Wartezimmer verlässt und sich auf den Weg zu Oliver macht. Ich bin überrascht über ihr spannendes Liebesleben. Sie ist Mitte sechzig und sieht eigentlich so anständig aus mit ihrer akkurat frisierten Fönfrisur und der hochgeschlossenen weißen Rüschenbluse. Aber was heißt das schon? Wir Menschen sind eben einfach gut darin, unsere Fassade sauber zu halten.

3

Das weiße Winterwunderland hat sich in ein schmutzig graues Tauwetterreich verwandelt. Ich parke meinen Mini vor dem Sportcenter und wate mit meinen gummierten Bergstiefeln, die noch nie einen Gipfel gesehen haben, durch den Matsch zum Eingang. Die Verabredung mit Lou ist das Highlight meines Tages. Ich sehe sie bereits aus der Ferne fertig umgezogen in der Lobby stehen. Sie hat sich ihren Badmintonschläger unter den Arm geklemmt und plaudert mit einem durchtrainiert aussehenden Mann. Aus dieser Perspektive fällt mir auf, dass Lou mit ihrer schlanken Figur und ihrer neuen honigblonden Frisur eine gewisse Ähnlichkeit mit Cate Blanchett aufweist. Längst ist ihr nicht mehr anzusehen, wie sehr sie als Kind gehänselt wurde. Ich schleiche mich von hinten an und signalisiere ihrem Gesprächspartner, dass er mich nicht verraten soll. Dann halte ich ihr die Augen zu. Der Mann grinst.

»Katja! Ich bin mitten in einem Gespräch!« Sie pflückt meine Hände von ihren Augen und dreht sich lachend zu mir um.

»Ich wollte nur mal dein Reaktionsvermögen testen. Hallo Schatz«, sage ich. Wir umarmen uns kurz.

»Ich war zu früh dran, aber Michael hat mich gut unterhalten. Er arbeitet als Personal Trainer. Vielleicht sollten wir mal darüber nachdenken, uns professionell betreuen zu lassen.« Lou lächelt zweideutig, während der durchtrainierte Michael eifrig nickt.

»Na ja, ins Schwitzen komme ich auch alleine«, nuschle ich. Lou geht sehr offen auf Menschen zu, was ich von mir nicht behaupten kann. Smalltalk mit Fremden, besonders, wenn sie Personaltrainer sind und eine Statur wie Hugh Jackman aufweisen, ist nicht mein Fachgebiet.

»Aber zu zweit oder dritt kann man die Trainingserfolge besser feiern. Schön, dich kennenzulernen«, sagt er.

»Okay, du hast mich schon fast überzeugt. Ich bin übrigens Katja.« *Und ich muss dringend etwas lockerer werden.*

Wir schütteln uns die Hände. Michaels Händedruck ist so fest, dass er damit Kokosnüsse knacken könnte. Meine Hand schmerzt nach.

Da plötzlich beginnt ein Baby aus vollem Hals zu schreien. »Wer kommt denn auf die Idee, einen Säugling hierher mitzunehmen?«, fragt Lou entgeistert.

»Ich.« Michael geht auf einen blauen Kinderwagen zu, der neben dem Getränkeautomaten am Eingang steht.

»Oh, wer hätte das gedacht«, entfährt es Lou.

Das Hugh-Double nimmt das Baby aus dem Wagen, beginnt zu summen und wiegt es in seinen muskulösen Armen sanft hin und her. Er scheint alles um sich herum vergessen zu haben.

»Was für eine interessante Persönlichkeitsveränderung! Ob er auch Windeln wechselt?«, kommentiert Lou und scheucht mich in die Umkleidekabine.

Während ich mich umziehe und meine Sachen in den schmalen Spind stopfe, denke ich über Lou nach. Sie hat nie den Wunsch verspürt, eigene Kinder zu haben, geschweige denn zu heiraten. »Die Ehe ist kein Garant für die Liebe, genauso wie es Kinder nicht für das Glück sind«, betont sie gern. Ihr Freund Hauke hat ihr deswegen nie Vorhaltungen gemacht, nur ab und zu einen Antrag. Er dachte, er kann sie bekehren, zumindest was die Ehe betrifft. Hauke hat bereits zwei Kinder aus einer geschiedenen Ehe. Seine acht- und zehnjährigen Söhne leben bei der Mutter in Spanien, weswegen Lou allerdings nicht besonders traurig ist. Die beiden haben sich bisher nicht allzu tief in ihr Herz gebrannt.

»Igitt, nicht anfassen!«, riefen die Kinder beim letzten Besuch und hauten dazwischen, als Hauke und Lou Hand in Hand spazierten. Als Hauke es wagte, Lou einen Kuss zu geben, da brüllten sie: »Das ist voll eklig.« Sie taten dann lautstark so, als würden sie sich übergeben. Und so ging das angeblich in einer Tour. Ich impfte Lou das Mütter-Mantra ein: »Es ist alles nur eine Phase. In diesem Alter verhalten sie sich gerne mal so. Tief einatmen und ommm.« Doch meine Worte besänftigten sie nur unwesentlich.

Lou war eine Zeitlang der Überzeugung, dass Patientinnen sie wegen ihrer Kinderlosigkeit misstrauisch beäugten. Dick und fett stand die Frage im Raum, wie es sein konnte, dass ausgerechnet sie als Frauenärztin nie selbst ein Baby zur Welt gebracht hatte. Das machte ihr ein schlechtes Gewissen. Erst als eine Patientin zu ihr sagte, dass sie nicht geschieden sei, aber dennoch ihren Beruf als Scheidungsanwältin ausüben könne, wurde Lou klar, dass sie einfach nur gelassener werden musste. Diese Gabe hat sie inzwischen perfektioniert.

Wir jagen die Federbälle übers Netz, als hinge unser Leben davon ab. Eine solche Geschwindigkeit haben wir lange nicht an den Tag gelegt. Ich hechte von einer Ecke in die andere, meine Schuhsohlen schrubben quietschend über den gelenkschonenden Hallenboden. Schon nach kurzer Zeit bin ich außer Atem und völlig verschwitzt. Aber ich kämpfe weiter, Auspowern ist heute genau das Richtige. Lous Kopf ist inzwischen knallrot und triefend nass geschwitzt. Als ein Ball ins Netz geht, stöhnt sie laut auf. »Komm, Pause, ich kann nicht mehr. Du hast gewonnen.«

»Aber wir haben doch gar nicht gezählt.«

»Das macht nichts.« Sie lässt erst den Schläger und dann sich auf den Boden fallen. Ich wische über mein ebenfalls tropfendes Gesicht und gehe in die Knie.

»Das ist äußerst fair von dir!«, keuche ich.

»Puh, war das ein Spiel. Mir reicht's für heute.«

»Mir auch. Ab unter die Dusche und dann in die Sauna!«, befehle ich.

Nach dem ersten Durchgang inklusive eines Schwimmstoßes im eiskalten Tauchbecken sinken wir, eingehüllt in flauschige weiße Bademäntel, in die bequemen Ruheliegen. Ich schließe die Augen und genieße das wohlige Gefühl von Ruhe und Entspannung. Lou sieht das allerdings etwas anders und zwingt mir eine Unterhaltung auf.

»Und, wie genießt ihr eure Zweisamkeit?«

Widerwillig öffne ich meine Augen und fixiere die holzvertäfelte Decke. »*Genießen* ist etwas weit hergeholt. Es ist nicht leicht im Moment.«

»Wieso? Was ist los?« Lou richtet sich auf.

Ich berichte ihr von den letzten Tagen und meinem fehlgeschlagenen Annäherungsversuch. »Da weist mich mein Mann zurück, weil er ja ach so kaputt ist, der Arme.«

»Das kann ich mir bei Oliver gar nicht vorstellen. Oh Schätzchen, wir haben auch wirklich lange nicht über dein Liebesleben gesprochen. Wann hattet ihr denn das letzte Mal Sex?« Lou schaut mich an wie Erika Berger zu ihren besten Zeiten. *Sie spricht gekonnt und professionell über Themen, die andere scheuen.*

»Keine Ahnung, in diesem Jahr jedenfalls noch nicht. Mit meiner Lust verhält es sich noch immer ungefähr so wie mit Blitzeis im August ...«

»Du nun wieder.«

»Und als ich am Sonntag endlich mal wieder bemerkte, dass ich Lust auf ihn habe, da stieß er mich einfach zurück. Was raten Sie mir nun, liebe Expertin?«

»Ihr müsst euch als Paar erst wieder aneinander gewöhnen. Nicht als Eltern, als Mann und Frau, verstehst du?«

»Mensch, so simpel ist das? Da hätte ich auch von allein draufkommen können.«

»Höre ich da etwa Ironie in deiner Stimme?«

»So ein Quatsch. Immerhin sehe ich Oliver zu Hause kaum noch, da können wir uns prima annähern. Ach Lou, im Ernst, ich kann ihn kaum mehr greifen, seit Emma weg ist. Welche Basis haben wir noch? Was ist geblieben von unseren gemeinsamen Zielen und Träumen?«

»Sag es mir.«

»Nichts. Dabei wollte ich doch einmal so viel mehr.« Ich seufze. Lou steht auf und füllt am nahegelegenen Wasserspender zwei Einwegbecher. »Hier, trink was«, sagt sie und drückt mir einen in die Hand.

»Danke.« Ich nehme einen großen Schluck und sage dann mit verstellter, krächzender Stimme: »Und, was machen Sie beruflich?« Nun wieder normal: »Ich bin Hautarztfrau.« Erneut knarzend: »Das ist ja ganz wunderbar.« Wieder ich: »Ja, nicht wahr, das war schon immer mein Traum.«

Lou verzieht das Gesicht. »Lustige Vorstellung, aber Mitleid kann ich nicht aufbringen. Du hast dir das so ausgesucht.«

Ich nicke betreten. »Wenn Emmas Abwesenheit dazu beiträgt, dass du dein Leben überdenkst und erkennst, dass da noch mehr geht, dann umso besser. Mensch Katja, was hattest du früher für einen Biss. Wenn nicht ...« Lou stockt und schaut mich betreten an. »Komm, es wird Zeit für den zweiten Durchgang.«

Ja, ich hatte Biss, und alles wäre möglich gewesen. Aber das ist lange her. Sofort spüre ich einen Findling im Bauch. Das extrem schnelle Reaktionsvermögen meiner Seele überrascht mich doch immer wieder. Stumm und schwer folge ich Lou in die Schwitzzelle. Nach zehn Schweigeminuten in der sengenden Hitze und einem erfrischenden Tauchgang finden wir zurück auf unsere Ruheliegen. Das eiskalte Wasser hat mich aufgeweckt, die Schwere ist gewichen. »Ich könnte meinen Job bei Oliver an den Nagel hängen und mir endlich etwas Eigenes suchen.« Für einen Moment schwelge ich in Gedanken. »Ja, ich würde gern mit kranken Kindern arbeiten. Daran hat sich nichts geändert, obwohl ich nicht Kinderärztin geworden bin.«

»Dass du darüber nachdenkst, ist zumindest schon mal ein Anfang.«

Doch da kommen auch schon die Zweifel über mich wie lästige Fliegen. »Ach, vergiss es. Ich kann Oliver in der Praxis nicht im Stich lassen.«

Lou rollt mit den Augen. »Hör doch auf, nach Ausreden zu suchen! Oliver ist der Letzte, der dich dabei nicht unterstützen würde. In der Praxis bist du durchaus ersetzbar, glaub mir.«

»Das sagst du so leicht.« Ich spiele am Gürtel meines Bademantels herum, während Lou weiter auf mich einredet.

»Du kannst dich mit deinem Leben abfinden, wenn du Ende neunzig bist. Aber wenn das schon jetzt alles ist, dann hast du es verschenkt. Wach endlich auf! Da lang geht's, nach vorn!« Lou ist lauter geworden, fuchtelt energisch mit ihrem rechten Arm herum und zeigt dabei in Richtung Ausgang. Ich bin ganz benommen von ihrer Vorstellung. »Ist ja gut! Du kennst auch wirklich kein Pardon.«

»Denk drüber nach, ich gebe dir eine Minute zur Verdauung.«

»Danke, es geht schon, meine Darmbakterien leisten gute Arbeit.« Ich trinke noch einen Schluck Wasser. »Es poppt gerade so viel hoch. Solange Emma bei uns war, habe ich unser Leben nicht groß hinterfragt. Alles funktionierte. Aber nun merke ich, dass Oliver und mich kaum mehr etwas verbindet als die Praxis. Das zu erkennen tut weh.«

Lou nickt. »Und was wünschst du dir?«

»Dass Oliver und ich wieder glücklich werden und dass ich den Mut aufbringe, Dinge zu ändern. Dass alles gut ist, wenn Emma zurückkommt.«

»Tut mir leid, ich habe vergessen zu erwähnen, dass ich durch die Feen-Prüfung gerasselt bin. Deine Wünsche kannst du dir nur selbst erfüllen, indem du aktiv wirst.«

»Zu dumm aber auch!« Ich löse den Knoten aus meinem nassen Haar und wuschele durch sie hindurch.

»Deine unbefriedigende berufliche Situation und das Zusammenleben mit Oliver sind zwei völlig verschiedene Paar Schuhe. Sieh das nicht als Einheit! Such dir aus, wo du zuerst ansetzt.«

»Dann fange ich zunächst damit an, Oliver und mich wieder auf Vordermann zu bringen. Endlich können wir nun all die Dinge tun, die ich wegen Emma immer hintangestellt habe. Für das Wochenende habe ich Opernkarten besorgt. Vielleicht verbringen wir ja endlich mal wieder einen romantischen Abend miteinander.«

Als sich in den Wochen vor Emmas Abreise der Verlustschmerz in mir ausbreitete wie ein Buschfeuer, da habe ich versucht, mich damit zu trösten. Ich habe Oliver aufgezählt, was wir alles unternehmen könnten. Er hat jedes Mal genickt, aber nie etwas dazu gesagt.

»Tu dir den Gefallen und fang nicht an, die Dinge allzu sehr zu verklären. Weißt du noch, als wir einmal in den Semesterferien eine Aufführung von *Tosca* besucht haben und Oliver nach zwanzig Minuten gegangen ist, weil er meinte, das sei Folter? Wart ihr danach jemals wieder in der Oper?«

Ich wackele nervös mit den Zehen. Warum kann man manche Dinge einfach verdrängen, während andere immer wieder auf einen einstechen? »Aber das ist so lange her. Zu Hause hören wir gern mal Puccini.«

»*Du* hörst die Musik gern. Abgesehen davon ist Emma schon lange kein Kleinkind mehr. Ihr hättet auch schon vor ihrer Zeit in den USA alles Mögliche zu zweit machen können. Erwarte nicht zu viel. Oli und Katja reloaded, das kann dauern und bedeutet ein Stück Arbeit.«

»Oje, ich gebe nur ungern zu, dass du recht hast. Oliver musste sich bei mir oft genug einen Korb abholen, wenn er mit mir etwas unternehmen wollte. Jetzt werde ich mich mal ins Zeug legen.«

»Interessant, was du heute für Einsichten ausschwitzt.«

»Obwohl Oliver doch auch ein bisschen Einsatz zeigen könnte, oder?«

»Katja? Worüber haben wir gerade gesprochen?«

»Ja, schon gut.« Da merke ich, wie ich wieder zurückfalle. »Wenn damals nicht … Also, wenn Emma kein Einzelkind wäre, dann wäre bestimmt alles anders. Dann könnte ich mich jetzt um …«

Lou unterbricht mich aufgebracht. »Den restlichen Nachwuchs kümmern? Katja! Hör auf! Du könntest ein Dutzend Kinder haben, aber irgendwann kommt immer der Zeitpunkt, an dem du ein Kind gehen lassen musst. Du kannst das nicht aufhalten.«

Ruckartig stülpt sich eine Glocke über mich, während sich meine Kehle zusammenschnürt. *Irgendwann kommt immer der Zeitpunkt, an dem du ein Kind gehen lassen musst.* Unter der Glocke hallt der Satz nach wie ein Echo. Ich umschlinge meine Knie und lasse den Kopf darauf sinken. Abrupt blicke ich in den Abgrund, in meinen ganz persönlichen, der tiefer ist als der Marianengraben. *Du weißt doch, warum du so sensibel bist; das liegt an der Zeit, an dieser Umbruchzeit, da kommt alles hoch.* Ich schließe die Augen, aber die Tränen lassen sich dadurch nicht aufhalten. Vor sechzehn Jahren nahm mein Leben völlig unerwartet eine drastische Wende. Da habe ich meine Tochter verloren, Sophie, Emmas Zwilling – und irgendwie auch den Glauben an mich selbst. Im Laufe der darauffolgenden Jahre hatte ich vier Fehlgeburten. Kein Fötus wurde älter als fünfzehn Wochen. Es war die Hölle. Immer wieder Hoffnung, immer wieder schmerzlichste Enttäuschung und dazu die Angst, dass es wieder passieren könnte. Zumindest darin wurde ich nicht enttäuscht. Jedes Mal, wenn ein Kind zu den Sternen ging, zündete ich eine Kerze an.

»Warum musst du es dir noch schwerer machen?«, fragte Oliver und ging zur Tagesordnung über. Nach der dritten Fehlgeburt schloss er mit der Familienplanung ab. »Nimm es an. Wir haben eine wunderbare Tochter. Es ist gut, wie es ist«, hat er gesagt. Er konnte nicht mit mir trauern. Sein Baby war die Praxis, in die er immer mehr Zeit und Geld investierte, alle anderen wurden unter den Teppich gekehrt.

Ich versuchte, die Erinnerungen an Sophie ebenso zu verdrängen wie die Fehlgeburten. Der einfachste Weg war, nicht mehr darüber zu sprechen und die dunklen Flecken auf meiner Seele durch eine Mauer des Schweigens abzuschirmen. Irgendwann übernahm mein Umfeld diese Art Schweigegelübde.

Den Wunsch nach einem weiteren Kind gab ich trotzdem nicht auf. Lou checkte mich regelmäßig durch, behandelte eine Schilddrüsenunterfunktion und eine Gelbkörperhormonschwäche. Medikamentös war ich so eingestellt, dass es keinen Grund für die Tragödien gab. Aber es gibt etwas, bei dem auch Ärzte an ihre Grenzen stoßen, die Heilung der Seele. Letztlich war mein inniger Kinderwunsch der Versuch, Sophie zurückzuholen. Und genau das konnte nicht gelingen, denn so simpel ist das Leben nicht.

»Nimm dein Schicksal an. Du hast eine wunderbare Tochter, genau das sollst du schätzen und nicht immer weiter nach mehr streben«, predigte Lou vor zwei Jahren, als es zum vierten Mal passierte. Monate zuvor hatte ich Oliver überredet, es doch noch mal zu versuchen und mich mit Hormonen vollgepumpt. Mit ihren Worten sprach Lou nicht nur Oliver aus der Seele, sondern auch mir, denn ich war völlig am Ende. Trotzdem schaffte ich es, mir vor Emma nicht mehr anmerken zu lassen als eine Magenverstimmung. Letztlich habe ich es Lou zu verdanken, dass ich das Schicksal nicht weiter herausforderte. Sie überzeugte mich davon, dass ein Schlusspunkt am besten durch ein Ritual gesetzt wird. Und so fuhren wir, bewaffnet mit zwei Flaschen Champagner, zu einer Waldlichtung. In der Dämmerung entfachten wir ein kleines Feuer. Wir tranken den Schampus und sangen lauthals *Always look on the bright side of live*. Dann verbrannten wir meine Hormontabletten und meine zwanghafte Besessenheit.

Nach dieser Prozedur fühlte ich mich tatsächlich besser.

Ich führte lange Gespräche mit einer Therapeutin und begann zu akzeptieren, dass es weitaus härtere Schicksale gibt, als Mutter eines Einzelkindes zu sein. Lou setzte mir eine Spirale ein und Oliver atmete merklich hörbar auf. Das Leben lief weiter, auch ohne Hoffnung auf ein Baby.

Lou krault mir den Nacken, und ich kehre mit meinen Gedanken zurück aus der Vergangenheit. »Hey Schatz!« Sie streicht mir eine Haarsträhne aus meinem nassen Gesicht.

»Gehe ich noch als stabil durch?«, wimmere ich.

»Absolut … Komm her.« Lou drückt mich. »Das wollte ich nicht.«

»Es geht schon wieder. So wie heute hat es mich lange nicht mehr übermannt.«

Lou streicht mir über den Kopf. »Vielleicht wäre es doch ganz gut, wenn du ab und zu darüber redest.«

Ich nicke und schaue auf die Uhr. Es ist kurz vor zehn. »Komm, lass uns gehen«, sage ich plötzlich sehr müde und verspüre nichts als den Wunsch, mich in meinem Bett an Oliver zu kuscheln oder wenigstens an Schlumpi.

Da Oliver noch nicht zu Hause ist, als ich ins Bett gehe, drücke ich den Stoffaffen an mich. Emma würde sich darüber amüsieren. Wie sollte sie auch verstehen, dass er mir in genau diesem Augenblick ein kleines Stück Geborgenheit gibt?

Die restliche Woche vergeht schnell. Ich gehe zum Friseur, aber wie immer lasse ich nur die Spitzen schneiden und so bemerkt niemand, dass ich dort war. Außerdem stricke ich an den einsamen Abenden aus der flauschigen grau-blauen Teleshop-Wolle einen Schal und eine Mütze für Emma. Beides schicke ich ihr. Die Temperaturen in Philadelphia liegen im zweistelligen Minusbereich, da kann sie meine Handarbeit sicher gut gebrauchen.

Oliver arbeitet weiterhin mehr als sonst. Er empfängt nun häufiger als früher in den Abendstunden seine beruflich eingespannten Patienten. Meist kommt er erst nach Hause, wenn ich bereits auf dem Weg ins Bett bin.

Dann steht endlich das Highlight meiner Woche an: *Madame Butterfly*. Und damit die erste Verabredung, die ich seit Langem mit meinem Mann habe.

4

Die Kraft der Musik überwältigt mich. Wozu ist die Liebe fähig? Ich heule Rotz und Wasser und schnäuze beinah ununterbrochen in mein Taschentuch. Madame Butterfly hat so lange mit der Hoffnung auf ein Leben mit Pinkerton gelebt. Und dann heiratet dieses miese Schwein eine andere Frau und kommt nur zu Butterfly zurück, um ihr das gemeinsame Kind zu nehmen. Ich schiele zu Oliver, der der Szenerie nicht zu folgen scheint. Er ist nicht bei mir; er ist gar nicht hier. *Aber wo bist du dann?* Ich schluchze laut auf und ernte einen verstörten Blick von ihm. *Er sitzt nur dir zuliebe hier.* Butterfly hat sich inzwischen herzergreifend von ihrem Kind verabschiedet. Nachdem es außer Sichtweite ist, ersticht sie sich, weil sie ohne es nicht leben will. Das Orchester spielt dramatisch auf, und dieser unsägliche Pinkerton ruft mehrmals ihren Namen, wieder Musik, und dann fällt der Vorhang. Tosender Applaus setzt sein. Ich kann nicht klatschen; ich muss mich erst wieder fangen. *Weil das Leben unberechenbar ist.* Warum habe ich nichts mit Happy End ausgesucht?

Oliver drängt zum Aufbruch, noch bevor das Licht wieder an ist. »Schön, dass es dir gefallen hat, aber so schnell brauche ich das nicht wieder«, sagt er. Wir sind auf dem Weg zur Garderobe. Ich ignoriere sein Resümee und reibe mir mit dem Handrücken über die juckenden Augen. »Bin ich sehr verschmiert im Gesicht?«

Ein Lächeln umspielt Olivers Mund. »Überhaupt nicht.

Du siehst nur aus wie ein Brillenbär. Das verleiht dir etwas Intellektuelles.«

»Ach Oli, sei bitte ernst!«

»Dass ihr Frauen auch immer so schnell sentimental werdet.«

»Hat es dir überhaupt nicht gefallen?«

»Doch, es war interessant.«

Lou hatte wie so oft recht mit ihren Bedenken. »Trotzdem danke, dass du diesmal durchgehalten hast«, sage ich.

»Keine Ursache. Wollen wir noch etwas trinken gehen?«

»Unbedingt! Bitte entschuldige mich einen Moment, ich verjage nur schnell den Brillenbär. Holst du schon mal die Mäntel?« Ohne auf eine Antwort zu warten, stürme ich zu den Toiletten. Ich wasche mein Gesicht mit kaltem Wasser und ärgere mich, weil ich mein Schminktäschchen zu Hause vergessen habe. Na super! Jetzt sehe ich aus wie ein Blobfisch. Da muss ich schmunzeln. »Schau mal Mama, das ist das hässlichste Tier der Welt«, hat Emma damals gesagt und mir ein Foto von ihm unter die Nase gehalten. Aber das Gute an langen Beziehungen ist ja, dass es weniger um Äußerlichkeiten geht. Ich klatsche mir noch einmal ins Gesicht und gehe zurück zu Oliver, der mir galant in den Mantel hilft.

Wir landen in einer der angesagtesten Bars der Stadt. Die Elektrobeats aus den Lautsprechern sind durch das Stimmgewirr in dem schlauchartigen Laden kaum hörbar. Es ist stickig, heiß und voll. Aber trotzdem genieße ich es.

»Ich freue mich, dass wir endlich mal wieder außerhalb der Praxis zusammen an einem Tresen stehen«, brülle ich und stürze meinen Gin Tonic hinunter.

»Die Luftfeuchtigkeit in dem Laden dürfte höher sein als im tropischen Regenwald«, schreit Oliver und nippt an seinem Whiskey Sour. *Sag mir, ist da noch Liebe zwischen uns?* Wie weit klaffen unsere Erwartungen auseinander? Wie lange geht das schon so? Wir leben miteinander, aber wir reden nicht darüber, wie.

»Ist das alles, was du dazu zu sagen hast?«, krähe ich.

»Bei dem Geräuschpegel versteht man ja sein eigenes Wort nicht. Und mein Hemd kann ich auswringen, da sind locker ein paar Drinks drin.«

»Komm, lass uns nach hinten gehen, da ist es nicht ganz so voll.« Ich greife nach seiner Hand und pflüge mit ihm durch die Menschenmassen. In einer Ecke neben den Toiletten sorgt ein zugiges Lüftchen für etwas Abkühlung, zudem ist es etwas ruhiger, wenn auch weniger atmosphärisch.

»Wir müssen über uns reden!«, sage ich.

Oliver reibt sich die Schläfen. »Wozu?«

»Findest du, dass es gut läuft zwischen uns?«

»Kann es sein, dass du deine innere Leere mit zu vielen Grübeleien füllst?«

»Ich habe Angst um uns, Oliver.« Nun ist es raus, und ich kann nicht mal nachspülen. Mein Glas ist leer. Oliver lehnt sich an die Backsteinwand neben den Aufsteller mit bunten Gratispostkarten. »Du hast also Angst um uns, aha. Das fällt dir jetzt ein. Als Emma noch da war, da hast du dich doch kaum für mich interessiert. Es reichte dir, dass ich mich abstrampele, damit es uns finanziell gut geht und Emma nur das Beste kriegt. Du kannst jetzt nicht von mir erwarten, dass ich auf Knopfdruck deine Lücke fülle.« Olivers Blick sinkt in sein Glas. Er wirkt erschöpft und traurig, als er fortfährt: »Geht es dir überhaupt um mich?«

»Aber ... aber ...«, stottere ich und weiß nicht, was ich sagen soll. *Fang jetzt nicht an zu heulen!* »Ich brauche noch etwas zu trinken. Du auch?«, frage ich also, statt eine Antwort zu geben. »Ich nehme noch einen Whiskey Sour. Warte, ich übernehme das. Du bleibst bei Gin Tonic?«

»Ja, unbedingt.«

Oliver dreht mir den Rücken zu und geht zur Bar, während ich ein paar Tränen freilasse. Er sieht so gut aus in seinem dunklen Anzug, den er viel zu selten trägt. Seine Worte setzen mir zu. Und es stimmt, mein Interesse für ihn ist erst nach Emmas Abflug wieder zu neuem Leben erwacht. Worum also geht es mir? Bevor mich schwermütige Gedanken zu Fall bringen, kommt Oliver zurück und drückt mir einen frischen Drink in die Hand. »Auf unsere Zukunft«, sage ich und unsere Blicke vereinigen sich. Und da passiert es. Innerhalb von Sekundenbruchteilen wird meine Melancholie gesprengt und weicht einem tiefen Gefühl von Anziehung. »Hui, die haben es wirklich gut gemeint mit dem Gin. Aber es geht doch nichts über einen echten Zaubertrank«, murmele ich, und mein Herz schlägt schneller. Ich fühle mich zu Oliver hingezogen wie schon lange nicht mehr. »Und ob es mir um dich geht!«, hauche ich. Der Moment ist verwirrend und aufregend zugleich. *Hey Gefühl, du bist so schön. Trau dich öfter raus aus deinem Versteck!*

»Auf die Erfüllung im Leben!«, sagt Oliver da.

Ich nicke und werde immer lockerer. »Was hältst du davon, wenn wir nächstes Wochenende nach Paris oder Venedig fliegen?«, frage ich.

Oliver schaut mich mit einem Blick an, den ich nicht deuten kann. Dann stellt er sein Glas auf den Boden und nimmt mich in den Arm, einfach so. »Ach Katja«, flüstert er mir ins Ohr. Ich spüre seinen heißen Atem und seine Wange an meiner. Doch dann, wieder lauter und mit weniger Nähe, setzt er nach: »Daraus wird nichts. Am Samstag kommt ein alter Freund zu Besuch.«

Überrascht drehe ich mich aus Olivers Armen. »Ach so? Wer denn?«

»Theo.«

Ich greife nach Olivers Nase und ziehe ein paar Mal daran. Meine Geste soll ihm verdeutlichen, dass mir seine Informationen zu spärlich sind. »Du kennst ihn nicht. Theo ist mein Sandkastenfreund. Bis zum Abitur waren wir unzertrennlich.«

»Wie kann das sein, dass du mir noch nie etwas von ihm erzählt hast?«

»Wir hatten uns aus den Augen verloren. Ich habe ihn erst im letzten Jahr bei unserem Klassentreffen wiedergesehen.«

Ich schüttele den Kopf. Was erzählt Oliver mir eigentlich alles *nicht?* »Was soll's, da ticken wir wirklich anders.«

Eine wasserstoffblonde Frau torkelt uns entgegen, stolpert und fällt hin. Sie schafft es, allein wieder auf die wackligen Beine zu kommen und verschwindet in der Toilette.

»Nun wirst du ihn ja kennenlernen. Früher war Theo ständig bei uns, wir waren wie Brüder. Er wird Augen machen, wie sich alles verändert hat. Ist es dir lieber, wenn wir in ein Restaurant essen gehen?«

»Nein, nein, ich koche was. Es ist doch schöner, wenn ihr zu Hause in Erinnerungen schwelgen könnt.«

»Danke, das ist lieb von dir.«

»Jetzt erzähl mir was von deinem Freund!«

»Theo hat eine schlimme Zeit hinter sich. Vor zwei Jahren kam seine Freundin ums Leben.«

»Oh Gott, wie furchtbar!«

»Ja, das ist es. Er hat lange in London gelebt. Für sie ist Theo zurück nach Deutschland gekommen. Die beiden haben dann in München gewohnt. Nach ihrem Tod hat er seinen Job gekündigt und ist seitdem auf Reisen.«

»Dass du mir nie davon erzählt hast! Woran ist sie gestorben?«

»Es war ein Unfall.«

»Wie ist es passiert?«

Die wasserstoffblonde Frau kommt aus der Toilette zurück gewankt und macht einen Schlenker in Olivers Arme. Sie sollte dringend abtransportiert werden. Er wehrt sie angewidert, aber sanft ab. Sie kichert, bringt uns vom Thema ab und torkelt weiter. »Furchtbar, wenn man so die Kontrolle über sich verliert«, sagt Oliver.

»Sie hat sicher etwas zu feiern.«

»Oder eine ganze Menge verloren.«

Wir schauen der Frau nach, bis sie in der Masse verschwunden ist. Dann reden wir über die Arbeit und den alten kranken Apfelbaum in unserem Garten, der eigentlich gefällt werden müsste, was ich aber nicht übers Herz bringe. An der Bar nehmen wir noch einen Drink. Oliver stört sich nicht mehr an der hohen Luftfeuchtigkeit. Er erzählt von Volkers Bootsbaufortschritten und einem gewonnenen Fußballspiel, schwärmt schon jetzt von unserem geplanten Segeltörn mit Emma im Sommer und bringt mich zum Lachen. Beschwingt kommen wir zu Hause an. Auch mein Verlangen schwingt mit. Diesmal stößt Oliver mich nicht zurück. Er ist zwar mehr mechanisch als leidenschaftlich bei der Sache, aber das schiebe ich auf den Alkohol. Danach kuschele ich mich an ihn. »Wir kriegen das hin. Oder?«, flüstere ich in die Dunkelheit, aber Oliver ist schon eingeschlafen.

Lou sagt unsere Badminton-Verabredung ab, weil sie mit einer Angina das Bett hütet. »Aber ich habe nur noch achtunddreißigsechs«, verkündet sie am Telefon, bevor ich die Frage stellen kann, ob sie noch Fieber hat. »Komm vorbei, wir machen es uns gemütlich. Es ist doch auch ganz schön, den Sport einmal ausfallen zu lassen.«

»Weißt du, was ich an dir besonders liebe?«

»Meine Schönheit?«

»Auch die, aber insbesondere, dass du immer das Gute in den Dingen siehst«, sage ich und gehe für sie einkaufen.

Lou empfängt mich mit einem dicken Schal um den Hals und trägt ihren schicken Hausmantel, den sie sich in Thailand gekauft hat. Wir geben uns leidenschaftliche Luftküsse zur Begrüßung.

Lou nimmt mir den Einkaufsbeutel ab. »Och, das ist aber lieb von dir.« Sie trägt ihn in die Küche und packt aus. »Mit dem ganzen Zeug kommt eine kinderreiche Familie locker gesund durch den Winter. Vorausgesetzt sie hat einen Keller, in dem das alles eingelagert werden kann.«

Zugegeben, ich habe vielleicht etwas übertrieben mit den Einkäufen, darunter kiloweise Orangen, Bananen, Kiwis, Ingwer, Zitronen, Äpfel und Mangos.

»Du sollst nicht immer nur auf deine orthomolekularen Mikronährstoffkombinationen setzen, sondern auch mal gewöhnliches Obst zu dir nehmen.«

»Frau Doktor, das ist mir viel zu aufwendig. Aber vielleicht haue ich es in den Mixer, danke.«

»Ist Hauke gar nicht da, um dich zu pflegen?«

Lou dreht sich einmal um sich selbst, lässt dabei den Mantel fliegen und verzieht das Gesicht zu einem breiten Lächeln. »Sehe ich etwa aus wie ein Pflegefall?«

Meist versucht sie es zu überspielen, wenn es ihr schlecht geht. Im Gegensatz zu mir ist für sie Selbstmitleid ein Fremdwort. Aber heute sieht sie wirklich erbärmlich aus.

»Quatsch, du siehst aus wie das blühende Leben. Diese transparente Blässe und die nachtschwarzen Schatten um deine Augen haben einen ganz besonderen Reiz.«

»Genau. Komm, wir gehen ins Wohnzimmer.«

Lou macht es sich auf der Couch bequem. Ich fläze mich in den gemütlichen alten Ohrensessel daneben.

»Wie war euer Wochenende?«

»Mit der Oper hattest du leider recht, da gehen wir so schnell nicht wieder hin.« Ich bringe Lou auf unseren neuesten Beziehungsstand. Sie runzelt die Stirn. »Schön, schön, dass ihr euch mal wieder nähergekommen seid, aber ich finde es schon merkwürdig, dass er immer so spät nach Hause kommt.«

»Er arbeitet viel.«

»Na klar, was auch sonst.«

Ich kichere. »Vielleicht hat er ja was mit Frau Jensen.« Doch dann bleibt mir mein Scherz im Halse stecken. »Shit«, flüstere ich. »Auf die Idee, dass er eine Affäre haben könnte, bin ich noch gar nicht gekommen.«

»Nein, nein, für so dumm halte ich ihn nicht. Er fängt nichts mit einer Angestellten an, die du jeden Tag siehst. Und eins hat Hauke mich gelehrt: Es muss nicht immer eine Affäre dahinterstecken, wenn es mal nicht rund läuft.«

»Stimmt, du hattest ja auch einmal den Verdacht.«

Lou war eine Zeitlang der festen Überzeugung, dass Hauke sie hintergeht. Er zeigte kein Interesse mehr an ihr, benahm sich ruppig und zog sich immer mehr zurück. Nach quälenden Wochen fand sie heraus, dass er keine Geliebte hat, sondern sich mit einem Burn-Out vergnügte. Dank einer Intensivtherapie hat er sich von der Erschöpfungsdepression getrennt und lebt seitdem bewusster.

»Wie läuft's bei Hauke und dir?«

»Gut. In den Winterferien fährt er eine Woche mit den Kindern zum Skifahren nach Tirol. Ich kann leider nicht mit, weil ich so viel zu tun habe.« Lou setzt ein trauriges Gesicht auf, zuckt mit den Schultern und bringt mich damit zum Lachen. »Das tut mir aber leid. Ich kann mir vorstellen, wie hart es für dich sein muss, dass du die Jungs nicht siehst.«

»Du sagst es. Möchtest du auch einen Tee?«

»Ja bitte, gern mit einem Schuss Rum.«

»Gute Idee.« Lou verschwindet in der Küche, und ich geselle mich zu ihr. Sie wirft den Wasserkocher an und nimmt zwei große Tassen aus dem Schrank, eine davon mit dem Aufdruck *Magic Super Woman.*

»Ein Geschenk für dich von Haukes Kindern?«

»Woher weißt du das? Nein, natürlich nicht. Weihnachtsmarkt, Losbude, ist lange her.« Lou hängt zwei Beutelchen mit Ingwer-Zitrone-Tee in die Tassen und gießt das kochende Wasser auf.

»Den hätten wir jetzt aber frisch zubereiten können«, kommentiere ich mit Blick auf den riesigen Obstberg neben der Spüle.

»So geht's aber schneller«, sagt Lou und nimmt eine Flasche *Havana Club* aus der Vitrine. Großzügig schüttet sie ein paar Spritzer obendrauf. »Wie geht's Emma?«

Als hätte ich auf diese Frage nur gewartet, werfe ich Lou ein triumphierendes Lächeln zu. »Du wirst es nicht glauben, aber *ich* habe sie gestern Abend davon überzeugt, dass sie in Philadelphia bleibt.«

»Wie bitte?«

»Ja! Sie hat mich überraschend völlig aufgelöst angerufen und angefleht, dass ich sie zurück nach Hause hole. Mein erster Impuls war natürlich, mit der Agentur zu sprechen und den Rückflug zu buchen – aber ich bin ihm nicht gefolgt.«

»Sondern? Komm schon, ich platze vor Neugier!«

»Auf einmal wurde mir klar, dass ich ihr damit keinen Gefallen tun würde. Ich weiß nicht, woher all die Worte kamen, die da aus mir heraussprudelten. Sie müssen jedenfalls überzeugend geklungen haben. Irgendwie war es so, als würde ich all das nicht nur zu Emma sagen, sondern auch zu mir. Nun weiß ich, dass ich sie ein Stück weit loslassen kann, ohne sie zu verlieren.«

»Herzlichen Glückwunsch. So einfach ist das also. Nun möchte ich aber wissen, was du ihr da erzählt hast!«

»Dass sie sich ihren Traum erfüllt und sich zu Tode ärgern würde, wenn sie den nicht auslebt. Dass man die Chance dazu nicht allzu oft hat im Leben …« Ich mache eine kurze Pause und hole tief Luft. »Oliver hat übrigens zugehört und mich nur mit großen Augen angesehen. Ich glaube, dass er ziemlich beeindruckt war von meiner Vorstellung. Am Ende des Gesprächs erfuhr ich dann sogar noch den wahren Grund für Emmas Heimweh. Ein Junge!«

»Der ihr das Herz gebrochen hat? Wie süß!«

Jede von uns nimmt eine Tasse in die Hand, dann gehen wir zurück ins Wohnzimmer.

»Er heißt übrigens Justin und hat sie ins Kino eingeladen. Zwei Tage später hat er sich mit einem anderen Mädchen getroffen, und Emma war am Boden zerstört. Ich habe ihr klargemacht, dass sie sich ihren Aufenthalt nicht von einem hormonell überversorgten Deppen kaputt machen lassen darf.«

Lou lacht. »Das hast du wirklich gesagt?«

»Ja. Und stell dir vor, gestern kriege ich eine Mail von Emma, in der sie schreibt, dass sie von einem gewissen Steve zu einem Footballspiel eingeladen wurde. Der wiederum sei im Gegensatz zu Justin ein ganz toller Kerl.«

»Hach, wie abwechslungsreich und einfach das Leben doch einmal war. Machst du dir keine Sorgen, dass sie da drüben ihre Unschuld verlieren könnte?« Lou nippt an ihrem Tee und verzieht angewidert das Gesicht.

»Schaurige Vorstellung! Ich hoffe, sie lässt sich noch ein paar Jahre Zeit.« Ich erinnere mich an mein erstes Mal. »Ich war siebzehn, da fehlt nicht mehr viel.« Nun probiere ich ebenfalls den Tee. Er schmeckt scheußlich, viel zu viel Rum. Lou legt sich eine Decke über die Beine. »O Gott, und ich war zweiundzwanzig und hatte schon Angst davor, als alte Jungfer zu enden. Augen zu und durch, habe ich mir dann gesagt und einen unsäglichen One-Night-Stand hinter mich gebracht. Richtig schön wurde es erst mit Hauke. Ich hätte mir also meine Unschuld getrost für ihn aufheben können.«

»Ich bin froh, dass sich dein Liebesleben nicht auf deine Berufswahl ausgewirkt hat. Denn bei all den Arschlöchern, mit denen du vor Hauke zusammen warst, hättest du locker Proktologin werden können.« Wir kichern.

»Holt ihr Emma im Sommer drüben ab und hängt noch einen Urlaub dran?«

»Sie ist allein hingeflogen, und sie möchte es auch allein zurückschaffen. Aber es hätte ohnehin nicht geklappt. Oliver ist drei Tage vor ihrem Rückflug auf einer Fachtagung in Mainz. Außerdem freuen sich die beiden schon so sehr aufs Segeln, dass ein Urlaub in Amerika nie zur Debatte stand.«

Unsere Unterhaltung wird abrupt von grellem Läuten unterbrochen. Lou strampelt sich frei, schlurft durch den Flur und öffnet die Tür. »Bumsebärchen hat mal wieder seinen Schlüssel vergessen«, höre ich die Stimme von Hauke.

»Himbeerpfötchen ist ja zu Hause. Aber nicht allein.«

Alles erzählt mir Lou also doch nicht. Peinlich berührt greife ich nach meiner Teetasse.

»Wir haben Besuch?«

»Nein, es ist nur Katja.«

»Ach so.«

Dann steht Hauke auch schon im Türrahmen. Drahtig, beinah hager, dezente Nerd-Brille, dunkelblond mit Seitenscheitel. Nie im Leben wäre ich darauf gekommen, dass er Bumsebärchen heißt.

Wir plaudern zu dritt weiter. Hauke erzählt von einem Hackerangriff, der sämtliche Server des BND lahmlegte. Außerdem spricht er von einem Virus, das von gängigen Anti-Schadstoffprogrammen nicht erkannt wird und so unbemerkt jeden Computer und jedes Smartphone ausspähen kann.

Lou berichtet von einer Patientin, die zwei Monate nach Verkündung der Diagnose Gebärmutterhalskrebs gestorben ist. Die Frau war acht Jahre lang nicht bei der Vorsorgeuntersuchung.

»Warum müsst ihr immer nur beängstigende Geschichten erzählen? Gibt es an der Ärzte- oder der Informatikerfront auch mal was Positives zu vermelden?«

Hauke und Lou schauen sich fragend an und zucken gleichzeitig mit den Schultern.

»Na super. Dann gehe ich jetzt mal besser, bevor noch jemand stirbt oder abstürzt.«

Ich verabschiede mich und fahre durch einen nebelig-trüben Abend zurück nach Hause. Wo bin ich? Welchen Weg soll ich nehmen? Ich kann kaum etwas sehen.

Schade, dass Oliver noch nicht zu Hause ist. Sein Fußballabend wird sicherlich von ein paar Bierchen zu viel gekrönt. Es ist schon eigenartig, inzwischen komme ich zwar irgendwie damit klar, dass Emma nicht hier ist, aber dass ich trotz Olivers Anwesenheit die meiste Zeit allein zu Hause bin, das gefällt mir gar nicht.

5

In der Praxis ertappe ich mich dabei, dass ich Frau Jensen mit einem völlig neuen Blick betrachte. Hat sie früher auch schon diesen knalligen Lippenstift getragen? War ihr Augen-Make-up nicht mal dezenter? Weicht sie mir aus? Am liebsten würde ich Margit in meine Überlegungen einbeziehen, aber ich beiße mir dann doch lieber die Zunge blutig. Das würde *wirklich* ein wenig zu weit gehen, zumindest solange meine Spekulation unbestätigt ist. Und ehrlich gesagt kann ich mir tatsächlich nicht vorstellen, dass Oliver mich mit ihr hintergehen würde. Der stand noch nie auf Frauen mit Perlenketten. *Warum verschwendest du dann so viel Energie darauf, darüber nachzudenken?*

Plötzlich habe ich eine Idee, wie ich ihn besser im Auge behalten kann. Ich werde ihm anbieten, dass ich, solange Emma weg ist, mehr arbeite. Womöglich rücken wir dadurch wieder enger zusammen und gehen sogar ab und zu auf einen After-Work-Drink aus, ohne Frau Jensen.

Eilig stecke ich meinen Kopf in sein Zimmer. »Gehen wir heute Mittag zusammen essen?« Diese Frage habe ich Oliver schon sehr lange nicht mehr gestellt. Er blickt angestrengt von seinem Schreibtisch auf. »Ich wollte eigentlich zur Bank.«

Unsere Sprechstunde endet heute um eins und geht um halb drei weiter. Aber das Wort Pause kennt Oliver kaum mehr; er hat immer etwas zu tun. Früher haben wir uns öfter die Zeit genommen und sind zu zweit Essen gegangen.

Danach fuhr ich dann nach Hause und bereitete für Emma eine Mahlzeit zu.

»Och bitte, bitte, bitte. Ich will mit dir etwas besprechen«, bettele ich.

Oliver reibt sich mit Daumen und Zeigefinger die Nasenwurzel. Das macht er oft, wenn er unschlüssig ist. »Na gut, lass uns zum Asiaten gehen«, willigt er schließlich ein.

Kurz darauf sitzen wir beim Chinesen zwei Häuser weiter und bestellen ein Mittagsmenü mit Jasmin-Tee und Sauer-Scharf-Suppe. Ich nehme als Hauptgang Hähnchen süßsauer, Oliver Ente kross.

»Was gibt es denn so Dringendes?«, fragt er.

»Du meinst, was wir nicht auch beim Abendessen besprechen könnten?«

»Genau. Abgesehen davon warst du schon mal witziger.«

»Ja, ich weiß. Ach Oli, ich vermisse dich. Irgendwie habe ich das Gefühl, dass du mir aus dem Weg gehst. Sag mir, dass ich mich irre.«

Die folgende Sekunde Stille erscheint mir wie eine Ewigkeit. Und sie beängstigt mich. Was ist das da in seinem Blick? *Hör auf damit, in alles etwas hineinzuinterpretieren!*

»Hey, Katinka, ich gehe dir nicht aus dem Weg.« Oliver greift über den Tisch und streicht über meine Wange. *Katinka.* So hat er mich schon ewig nicht mehr genannt. Die Sauer-Scharf-Suppe wird serviert, und ich muss aufpassen, dass ich nicht sentimental werde. Ich verziehe meinen Mund zu einem gequälten Lächeln. »Da ist Katinka aber erleichtert.« Warum kann ich das nur sagen und nicht fühlen?

»War es das, was du mir mitteilen wolltest?«

»Nur ein Teil davon.« Ich rühre in der Suppe herum und probiere einen Löffel voll. Sie ist noch sehr heiß, schmeckt aber ausgesprochen gut, leicht sauer, salzig-würzig und nicht zu scharf, sicherlich ist ausreichend Glutamat dran. »Wie steht es um Frau Christiansen?«

Oliver legt seinen Löffel ab. »Es geht ihr den Umständen entsprechend gut. Im Wächterlymphknoten waren keine Tumorzellen nachweisbar. Da der Tumor aber schon mehr als zwei Millimeter tief in die Haut eingedrungen war, kriegt sie nun eine Immuntherapie mit Interferon-Alpha.«

»Gott sei Dank. Sie tat mir so leid.«

»Ja, sie hat Glück gehabt. Aber du sitzt doch sicher nicht mit mir hier, um über Patienten zu reden.« Er wirft einen Blick auf die Uhr. »Ich habe nicht mehr viel Zeit.«

«Also, ich habe mir überlegt, dass ich mehr arbeiten könnte, solange Emma weg ist. Dann hätten wir auch wieder mehr Zeit zusammen.«

Olivers Jubelschreie bleiben aus. »Wie kommst du denn auf die Idee?«, fragt er und schaut mich an, als wolle ich durch brennende Reifen springen. Das irritiert mich etwas.

»Na ja, das könnte doch sinnvoll sein, jetzt, wo du so viel zu tun hast und in den Abendstunden immer mehr Termine vergibst.«

»Dein Engagement in allen Ehren, doch es ist nicht nötig.«

»Aber ...« Ein kleiner, sehr freundlich blickender Asiate in weißem Hemd und schwarzer Hose schneidet mir die Worte ab und serviert den Hauptgang.

»Ich bin etwas verwundert über dein Angebot«, sagt Oliver.

»Warum?«

»Ach komm, Katja, das weißt du doch selber am besten. Nutze die Zeit lieber für andere Dinge.«

Ich ertränke den Reis in der fruchtigen Soße und drapiere kunstvoll die gebackenen Hühnerfleischstücke auf der Pampe.

»Wir arbeiten zusammen, weil es sich so angeboten hat«, fährt Oliver fort. »Für deine Unterstützung in all den Jahren bin ich dir unglaublich dankbar, das weißt du hoffentlich auch. Aber ich habe alles im Griff.«

»Es war ja auch nur ein Angebot.« *Tief einatmen, ausatmen.*

»Danke. Ich weiß das zu schätzen.«

Ich zwinge mich zu guter Miene. »Zumindest fand ich es gar nicht so schlimm, mal wieder eine Mahlzeit gemeinsam mit dir einzunehmen. Und das, obwohl du mir einen Korb gegeben hast. Sehe ich dich etwa auch zum Abendessen zu Hause?«

Oliver schmunzelt. »Voraussichtlich nicht, um acht kommt noch eine Patientin mit Hyaluronsäuredefizit im Lippen- und Augenbereich vorbei. Ich weiß nicht, wie lange das dauert.«

Oliver vermeidet gern den Begriff *Faltenunterspritzung*, das finde ich auch nach all der Zeit immer wieder niedlich. Als ob die Eingriffe dadurch medizinisch relevanter wären.

»Na gut, dann haue ich mir wieder eine Tiefkühlpizza in den Ofen und schaue Vorabendserien an.«

»Es ist wirklich schade, dass ich da nicht dabei sein kann. Ist alles wieder in Ordnung mit dir?«

Alles prima. Verrätst du mir bitte noch, ob du was mit Frau Jensen hast? Irgendwie fühle ich mich wie deine muffigen Laufschuhe, ich gehöre zu dir, aber stehe im Keller. »Ja, ja«, höre ich mich sagen.

Oliver verschlingt den letzten Rest seiner Ente und verabschiedet sich wieder in die Praxis.

Es ist Samstag, in zwei Stunden kommt Theo. Ich stehe in der Küche und bereite das Dressing für Feldsalat mit Walnüssen, Birne und Ziegenkäse vor, den es als Vorspeise geben wird. Ich habe mich gegen ein Zitronenhuhn entschieden und stattdessen Rinderrouladen mit einer kräftigen Soße zubereitet. Die passen viel besser zu diesem scheußlichen Wetter da draußen. Verspürt man nicht sonst Ende Februar schon einen Hauch Frühling? In diesem Jahr ist noch nichts davon zu merken. Es ist, als hätte jemand das Blau des Himmels mit dicker grauer Farbe überstrichen, die einfach nicht abblättert. Schon viel zu lange habe ich keine Sonne mehr gesehen. Ich unterbreche meine Arbeit und werfe eine Vitamin-D-Tablette ein. Auf Olivers Geheiß hin wollte ich das von November bis April täglich tun, aber ich vergesse es meistens.

»Emma ruft an!«, höre ich ihn da rufen. Ich lasse alles stehen und liegen und flitze ins Arbeitszimmer. Dort bleibe ich im Türrahmen stehen, weil ich schnell merke, dass sie etwas mit ihrem Vater klären möchte.

»Schau mal Papa, da«, sagt Emma, hält ihren Arm vor die Kamera und zeigt auf eine Stelle an ihrem Ellenbogen. »Siehst du diesen komischen Ausschlag? Das juckt so!«

»Komm bitte noch ein bisschen näher ran«, sagt Oliver. Das, was man nun auf dem Bildschirm sieht, könnte auch eine Schneewüste sein. »Oh weh!« Er schüttelt den Kopf. »Das gibt es doch nicht! So etwas habe ich in meiner langjährigen Praxis noch nie gesehen!«

»Papa! Was ist es?«

»Das ist Trockniritis extremus. Du musst ganz schnell ins Krankenhaus.«

»Was? Ist das schlimm?« Emmas Gesicht lugt nun unter ihrem Arm hervor. »Muss ich wirklich ins Krankenhaus?«

Olivers Gesicht ist todernst. »Ja, das muss unbedingt abgeklärt werden. Und bis dahin darfst du keinen Jungen näher als drei Meter an dich heranlassen.«

Ich versuche, mein Lachen zu unterdrücken, muss stattdessen aber husten. Leider zu laut.

»Hallo Mama! Bist du etwa auch krank?«

»Nein, nein, alles gut«, presse ich hervor. Mir tränen schon die Augen vor Lachen.

»Was hat das zu bedeuten?«, fragt Emma, nun nur noch mit dem Gesicht vor der Linse. Wieder einmal fällt mir die Ähnlichkeit zwischen Oliver und ihr auf. Sie haben die gleichen grünen Augen und diese dichten dunklen Wimpern. Da hellt sich Olivers Gesichtsausdruck auf, und er gibt Emmas Bildschirmnase einen Stupser. »Meine Lieblingstochter, kein Grund zur Panik. Das ist nur eine schuppige, rissige Stelle, und die muss nicht einmal operiert werden.«

»Ach Paps!« Emma zieht einen Schmollmund. »Warum falle ich immer wieder auf dich rein?«

»Weil ich der Beste bin. Hast du Bepanthen-Salbe dabei?«

»Ja, ohne die lässt Mama mich doch nirgendwo hin.«

»Gut so, denn mehr muss da nicht drauf. In ein paar Tagen hast du wieder Babyhaut!«

»Ich hab dich lieb.«

»Und ich dich erst, Schatzkind. Am liebsten würde ich schon morgen mit dir lossegeln.«

»Ich freue mich auch schon auf unseren Törn! Zum ersten Mal für drei Wochen am Stück, das kann ich noch gar nicht glauben, Papa!«

»Doch, kannst du, schließlich habe ich es dir versprochen.«

»Juhu! Schweden, wir kommen!«

Emma segelt mit Oliver, seitdem sie krabbeln kann. Anfangs wollte ich das unterbinden, weil ich es für zu gefährlich hielt, außerdem ist es nicht meine Passion. Aber Emma wollte unbedingt, und inzwischen ist sie eine richtig gute Seglerin geworden. Es war ihr großer Wunsch, dass wir in diesem Jahr unseren Sommerurlaub ausschließlich auf dem Boot verbringen.

Ich klinke mich ins Gespräch ein, und wir plaudern ein paar Minuten zu dritt weiter, bevor Oliver noch einmal mit Fachwissen glänzen darf. »Papa, eine Frage habe ich noch.«

»Na, dann mal los ...«

Ich liebe den Klang von Olivers Stimme und könnte ihm stundenlang zuhören, wenn er mit Emma spricht. Er ist ein wunderbarer Vater. Die beiden reden über eine Aufgabe in Geschichte. Thema ist der Unabhängigkeitskrieg. Sofort kann Oliver ihr verständlicher als Wikipedia etwas darüber erzählen. Er verfügt über ein immenses Wissen zu allen möglichen Themen und kann die kompliziertesten Zusammenhänge so erklären, als spräche er übers Wetter. Ich verabschiede mich von Emma und lasse die beiden allein, um meine Vorbereitungen für Theos Besuch abzuschließen.

Ein paar Minuten später lugt Oliver in die Küche. »Kann ich dir noch etwas helfen?«

»Ja, du kannst den Tisch decken und dich um den Wein kümmern.«

Beides macht Oliver ohne zu murren. Und das, obwohl er sich in Sachen Hausarbeit normalerweise nur dazu hinreißen lässt, auf Geheiß den Müll rauszubringen. »Jetzt bin ich aber wirklich gespannt auf deinen Freund«, sage ich und assistiere Oliver, indem ich die Servietten auf den Tisch lege. Als alle

Vorbereitungen abgeschlossen sind, tausche ich mein vollgekleckertes Küchenoutfit gegen einen grauen Lurex-Pullover und eine dunkle Jeans, schnell noch ein bisschen Farbe ins Gesicht, und dann klingelt es auch schon.

»Ich mache auf«, ruft Oliver. Einen Moment später folge ich ihm.

Als ich die Treppe herunterkomme, sehe ich einen großen, schlanken Mann im Flur stehen. Oliver und er scherzen herum, beide lachen herzlich. Der Mann hat dichte dunkle Haare, trägt eine verwaschene Jeans und einen dunkelblauen Strickpullover mit V-Ausschnitt. Ich geselle mich dazu. »Darf ich vorstellen: Katja, das ist Theo. Theo, Katja«, sagt Oliver aufgekratzt.

Theos Blick aus strahlenden blauen Augen trifft mich völlig unvorbereitet bis ins Mark.

»Unglaublich, dass ich heute tatsächlich deine Frau kennenlerne. Entschuldige Katja, aber bisher warst du nur ein Phantom.«

Dieses Strahlen, diese ebenmäßigen weißen Zähne! Meine Herzschlagfrequenz erfährt einen ernstzunehmenden Ausschlag nach oben. Was passiert hier gerade? »Hallo Theo ... äh ... tja, also das mit dem Phantom, das kann ich nur zurückgeben. Umso ... äh ... schöner, dich nun endlich kennenzulernen.« Er hat mich allen Ernstes zum Stottern gebracht! Und er hat wirklich die blauesten Augen, die ich jemals gesehen habe. Irgendwie sieht er ein bisschen so aus wie der junge Paul Newman. *Starr ihn nicht so an!*

Theo schaut entrüstet zu Oliver. »Wieso wusste sie nichts von mir?« Er hat eine angenehm sonore Stimme.

»Auf die Antwort bin ich jetzt auch gespannt«, sage ich.

Oliver hebt resignierend die Arme. »Was wollt ihr hören? Es hatte sich einfach nicht ergeben. Seht es bitte als strafmildernd an, dass wir uns fast zwei Jahrzehnte lang nicht gesehen haben.«

»Ich finde es trotzdem unentschuldbar«, sage ich.

Theo stimmt mir zu. »So, nun ist aber mal gut. Und wir müssen auch nicht den ganzen Abend hier im Flur herumstehen.« Oliver führt Theo ins Wohnzimmer. Bei einem Aperitif tauschen die Männer Erinnerungen aus, und Theo erzählt kurzweilig von einer Reise durch Myanmar. Dann trage ich das Essen auf. Mein Menü ist ein voller Erfolg. Theo lobt den Salat und schwärmt von meiner Rinderroulade.

Nachdem er aufgegessen hat, möchte ich mehr von ihm erfahren. »Oliver hat mir erzählt, was passiert ist. Es tut mir sehr leid.«

»Danke. Es war eine harte Zeit, aber es muss irgendwie weitergehen«, sagt Theo.

Ich nicke mitfühlend. »Und du hast danach wirklich deinen Job aufgegeben, um die Welt zu bereisen?«, frage ich.

Olivers Blick sendet Pfeile in meine Richtung. Frag ihn nicht so aus, scheint er zu sagen, und dann spüre ich auch noch einen leichten Tritt gegen mein Schienbein. Theo kriegt von alldem nichts mit. »Ja. Ich musste weg, weil ich es ...«

»Noch Wein?«, unterbricht Oliver ihn.

»Ja, bitte. Jedenfalls ...«

»Wie geht es deiner Mutter?«, fragt Oliver da.

Was ist bloß in ihn gefahren? Warum lässt er ihn nicht ausreden? Wie ich mich für ihn schäme!

»Es wird besser. Aber noch braucht sie Hilfe.« Theo richtet sich an mich. »Meine Mutter hatte im Dezember einen Schlaganfall.«

»Das tut mir leid. Wird sie wieder selbstständig leben können?«, frage ich und schiele zu Oliver. Wenn er Theo wieder ins Wort fällt, dann werfe ich ein Messer nach ihm. Aber er macht keine Anstalten.

»Sicher wird es Einschränkungen geben, aber im Großen und Ganzen hat sie Glück gehabt. Die Ärzte sind zuversichtlich, dass sie ihren Alltag bald wieder ohne Hilfe meistern kann.«

»Nun hast du wenigstens einen Grund, wieder öfter nach Kiel zu kommen«, sagt Oliver und schiebt seinen Teller zur Seite.

»Ja, das habe ich mir fest vorgenommen. Meine Besuche hier habe ich in den letzten Jahren ziemlich vernachlässigt. Dabei weiß ich doch, wie schnell das Leben vorbei sein kann ...« Theo starrt auf die Tischplatte.

»Schnaps?«, fragt Oliver da. Das ist wohl seine Art, mit dem Schicksal des Freundes umzugehen.

»Gern einen Doppelten.«

Ich möchte noch viel mehr über Theo erfahren. Da ich aber keine Lust darauf habe, von Oliver getreten zu werden, bemühe ich mich um unverfänglichere Themen. »Wie kommt dein Vater mit der Situation deiner Mutter zurecht?«, frage ich.

»Meine Eltern haben sich getrennt, als ich zwölf war. Er hat wieder geheiratet und lebt nicht mehr in Kiel. Wir haben kaum Kontakt. Meine Schwester ist die meiste Zeit bei meiner Mutter. Sie lebt hier.« *Unverfängliche Themen, Katja!*

Oliver kommt mit der Schnapsflasche an den Tisch zurück. »Entschuldige, dass ich das sage, aber Theos Vater war ein ziemliches Arschloch. Er hat seine Mutter nach Strich und Faden betrogen. Das haben wir als Kinder schon mitgekriegt, stimmt's, Theo? Erinnerst du dich noch daran, als wir einmal früher aus der Schule kamen und diese aufgetakelte Schwarzhaarige bei euch im Bad stand?«

»Ich wünschte, ich hätte es vergessen. Mein Vater hat allen Ernstes behauptet, sie sei Klempnerin und wolle nur die Wasserleitungen prüfen.«

»Zumindest kann man ihm nicht vorwerfen, dass er einfallslos war«, sage ich und räume den Tisch ab. Dann serviere ich Knabbereien. Oliver und Theo greifen zeitgleich nach den hauchdünnen Balsamico-Chips.

»Wir haben eben noch immer den gleichen Geschmack«, kommentiert Theo. Oliver grinst.

»Bist du gleich nach dem Abitur aus Kiel weggegangen?«, frage ich.

»Ja. Erst zum Zivildienst nach Süddeutschland und danach ging es weiter zum Studium in die USA.«

»Aber ich verstehe einfach nicht, warum ihr euch all die Jahre nie getroffen habt, wo ihr doch die dicksten Freunde wart!«

Oliver wirft Theo einen undefinierbaren Blick zu. Was wissen die beiden, was ich nicht weiß?

»Das ist eine längere Geschichte. In unseren letzten gemeinsamen Ferien nach dem Abi, da …«

»Ach Theo, lass doch die alten Geschichten. Wir haben uns wiedergefunden, nur das zählt. Komm, ich zeige dir jetzt das Haus. Es hat sich einiges verändert, seitdem du das letzte Mal hier warst.«

Jetzt fällt er ihm schon wieder ins Wort! Zu dumm, dass ich bereits den Tisch abgeräumt habe und kein Messer griffbereit herumliegt. Also schenke ich Rotwein nach.

»Hast du etwa das Riesenposter von Pamela Anderson abgehangen? Äh, also, ich meine, weiß Katja von deiner Vergangenheit als Rettungsschwimmer?«

»Das hat er mir erzählt, von seinem Faible für die blonde Drohne wusste ich allerdings noch nichts. Oli, hast du mich etwa nur wegen meiner frappierenden Ähnlichkeit zu ihr auserwählt?«

»Gott sei Dank bist du erst nach all den Jahren darauf gekommen«, sagt er.

Ich muss schmunzeln, weil ich Pamela Anderson ungefähr so sehr ähnle wie ein Eichhörnchen einem Orang-Utan-Weibchen.

»Oli wusste schon immer, was er wollte. Na los, mein Lieber, dann führ mich mal rum. Entschuldigst du uns einen Moment, Katja?«, fragt Theo.

»Aber ja, geht nur. Und falls du irgendwo meinen roten Badeanzug findest, dann bring ihn mir bitte mit.«

Während die beiden auf Haustour sind, räume ich die Spülmaschine ein und zehre von den Komplimenten, die Theo mir für das Essen gemacht hat. Für Oliver ist das alles selbstverständlich, er lobt mich nur selten. Es dauert eine Weile, bis die beiden zurückkommen.

»Es hat sich wirklich eine Menge verändert. Und ein bisschen enttäuscht bin ich schon darüber, dass Olis Schlumpfsammlung aus der Vitrine verschwunden ist.«

»Du hast Schlümpfe gesammelt?«, frage ich lachend.

»Äh ja, darin war ich wirklich gut. Aber meine Mutter hat sie irgendwann verschenkt, im Gegensatz zu dem Poster von Pam, das kam in den Müll.«

»Wie konnte sie nur!«, sage ich.

»Ihr habt es trotzdem wunderschön hier. Hattest du eigentlich Bedenken, hier einzuziehen, Katja?«

»Nein. Warum sollte ich die gehabt haben?«

»Na ja, so ein erhängter Großvater im Keller ist ja zunächst erst mal keine attraktive Vorstellung, oder?«

Ich verschlucke mich beinah an dem vollmundigen Wein. »Wie bitte? Oliver, ist das wahr?«

»Oje, ich dachte, das wusstest du«, sagt Theo. Ich schüttele den Kopf, genau wie Oliver, nur dass der noch dazu mit den Augen rollt. »Das ist doch so lange her. Was spielt das für eine Rolle?«, fragt er.

»Immerhin hänge ich da unten Wäsche auf! Das hättest du mir doch erzählen müssen! Aber im Verschweigen seid ihr Petersens ja Weltmeister.« Ich erinnere mich an einen Spätsommernachmittag vor einigen Jahren, an dem ich zufällig von unserer Nachbarin erfuhr, dass Oliver einen Bruder mit Down-Syndrom hatte, der mit dreizehn an einer Herzschwäche gestorben ist.

»Sorry«, sagt Theo und versucht, die Situation etwas aufzulockern. »Ich wollte nicht *Wahrheit oder Pflicht* mit euch spielen.«

»Schon gut. Mein Großvater hat das Leben nicht mehr ertragen, er litt an Depressionen. Ich wollte nicht, dass du irgendwelche Gruselfantasien entwickelst und dich nicht mehr in den Keller traust. Ich kenne dich doch«, rechtfertigt sich Oliver.

»Wunderbar, dass du es so gut mit mir meinst.«

Theo greift nach seinem leeren Weinglas. »Auf das Wunder der Liebe!« Die Ironie, die auch in seiner Stimme liegt, entgeht mir nicht. Oliver öffnet eine neue Flasche Wein und schenkt ein. »Jetzt möchte ich aber ganz genau wissen, wie ihr euch kennengelernt habt«, sagt Theo und schafft es nun doch noch, die verkrampfte Stimmung zwischen Oliver und mir zu entspannen.

»Als ich Katja das erste Mal begegnete, da ist sie in der Mensa mit ihrem Tablett ausgerutscht. Wie viele Liter Tomatensuppe haben sich da über dich ergossen?«

»Hey, ich habe mir weh getan. Das war alles Blut.«

Oliver lacht. »Jedenfalls gab es einen Riesenkrach, als das Geschirr zu Bruch ging. Du hättest Katja mal sehen sollen, sie war von oben bis unten vollgekleckert mit Tomatensuppe.«

»Das war Tomatensoße. Die Nudeln klebten mir am Knie.«

»Das hast du mir nie erzählt! Und ich dachte all die Jahre, es wäre Suppe gewesen. So was aber auch!«

»Das ist wirklich dramatisch, wenn eine Wahrheit nach so vielen Jahren doch noch ans Licht kommt«, wirft Theo ein.

»Absolut. Auf jeden Fall habe ich sie dann gerettet.«

»Oh ja, Oli war mein weißer Ritter. Er hat mir wieder auf die Beine geholfen und den Putztrupp gerufen.«

»Nur hast du leider den Wischmopp nicht an dich herangelassen und bist so versifft, wie du warst, in die nächste Vorlesung gegangen.«

Oliver und ich schmeißen uns die Bälle nur so zu. Wir erzählen von wilden Studentenpartys, unserem ersten gemeinsamen Urlaub in Italien und davon, dass wir einmal bei *Ärzte ohne Grenzen* arbeiten wollten.

»Oli hat mir zwar erzählt, dass du bei ihm arbeitest, aber ich wusste nicht, dass du auch Ärztin bist.«

So schnell ist es vorbei mit der sorglosen Vergangenheit, die volle Wucht des gelebten Lebens holt einen eben immer wieder ein. Wie eine Schlange windet sich die Anspannung unter dem Tisch entlang und kriecht an mir herauf.

»Ursprünglich wollte ich Kinderärztin werden, aber als Emma auf die Welt kam, da habe ich das Studium auf Eis gelegt.« *Ich hätte jederzeit weiterstudieren können. Aber ich habe es vorgezogen, mich in meinen Schmerz zurückzuziehen und nur noch auf Emma zu konzentrieren.*

»Family first. Respekt. Aber ihr scheint einen guten Weg gefunden zu haben, Beruf und Privatleben zusammenzuführen. Oder sehe ich das falsch?«

Die Betonung liegt auf *scheint*. Ich schenke mir Wein nach.

»Ja, das haben wir«, sagt Oliver.

»Wenn ich mir überlege, wie lange ihr schon zusammen seid! Meine Uhr ist die Einzige, die es schon so viele Jahre lang Tag für Tag mit mir aushält.« Theo streichelt über das Gehäuse seines Chronometers.

Kannst du noch an die Liebe glauben, Theo? Am liebsten würde ich ihn jetzt in den Arm nehmen und etwas Tröstliches sagen, doch stattdessen murmele ich nur: »Dafür weiß ich manchmal nach all den Jahren nicht, wie Oli tickt, da bist du klar im Vorteil mit deiner Uhr.«

»Hey, wenn ich richtig angefasst werde, dann immer schön gleichmäßig«, kontert Oliver.

»Zumindest scheint es zwischen euch nicht langweilig zu werden. Wie hast du Katja damals rumgekriegt, Oli? Ein klassischer Antrag oder etwas ausgefallener?«

Oh nein, bitte nicht. Falsches Thema. »Entschuldigt mich bitte einen Augenblick.« Ich möchte nicht in die Verlegenheit kommen, dazu etwas sagen zu müssen, deswegen verdrücke ich mich in die Küche.

»Das fragst du noch? Mit Charme, Intellekt und meinem Körper. Na ja, tatsächlich hatte es sich so ergeben, als Emma auf die Welt kam. Du weißt doch, ich bin ein guter Christ«, höre ich Oliver sagen.

»Das hatte ich ganz vergessen.«

Theo weiß anscheinend nichts über uns, gar nichts. Gottseidank sind sie bei einem anderen Thema, als ich zurückkomme. Theo erzählt Anekdoten von seiner Arbeit als Investmentbanker in London. Ich lache Tränen, was unglaublich befreiend wirkt. Wie eine Fliege im Spinnennetz umgarnen mich seine Worte. Als er weit nach Mitternacht aufbrechen will, bin ich schier entsetzt. »Willst du wirklich schon gehen?«, frage ich.

»Ja, es ist Zeit.«

Die beiden Männer laufen vor mir durch den Flur zur Haustür. Theo ist etwas größer als Oliver. Durch seinen Pullover zeichnet sich sein muskulöser Oberkörper ab, der V-förmig in schlanke Hüften ausläuft.

»Wir müssen uns unbedingt wieder öfter sehen«, sagt Oliver.

»Ja, alter Freund, das wäre schön. Spätestens im April werde ich wieder für ein paar Tage in Kiel sein. Dann melde ich mich.«

Oliver hilft Theo in seine Jacke. »Lass uns uns beim nächsten Mal zu einem richtigen Männerabend treffen, so wie früher«, sagt er und boxt Theo in die Seite.

Der schlägt zurück. »Unbedingt, Alter.« Dann wendet er sich mir zu. »Katja, es war mir ein Fest, dich kennenzulernen. Ich hoffe, dass Oliver weiß, was er an dir hat.« Er wirft ihm einen eindringlichen Blick zu. »Und es waren wirklich die besten Rouladen, die ich je gegessen habe.« Dann nimmt Theo meine Hand und deutet einen Handkuss an. Mir schießt das Blut in den Kopf. Oliver feixt. »Noch immer ganz die alte Schule.«

Ich blicke verlegen auf meine Schuhe und murmele: »Danke. Dafür habe ich gern stundenlang in der Küche gestanden.« *Was redest du da?*

Die Männer verabschieden sich mit einer herzlichen

Umarmung, dann öffnet Oliver die Tür und entlässt Theo in die stille, eisige Nacht. Ich schaue ihm hinterher, wie er mit festen Schritten die Auffahrt entlangläuft. Er schlägt den Kragen seiner Cabanjacke hoch und steckt die Hände in die Taschen. Seine Haare schimmern im Licht der Gartenlampen, dann schluckt ihn die Dunkelheit.

»Und, was sagst du zu Theo?«

Was für ein aufregender und interessanter Mann. »Ich mag ihn. Er wirkt sehr sympathisch und umgänglich.«

»Ja, das ist er«, sagt Oliver.

»Aber sag mal, was sollte das vorhin? Warum hast du ihn ständig unterbrochen? Das war mir so peinlich!«

Oliver sieht mich müde an. »Sorry, mir war heute nicht danach, unser Wohnzimmer mit Theos Trauer zu fluten. Ich habe mich auf einen kurzweiligen Abend mit ihm gefreut.«

Ich stemme die Arme in die Hüften und setze meinen Kampfhennenblick auf. »Ach so! Dir war also heute nicht danach. Da verbietest du deinem Freund mal eben den Mund!? Und tritt mich gefälligst nicht, nur weil dir das Thema nicht passt!«, zürne ich.

»Was regst du dich denn so auf?«

»Totschweigen und weitermachen, als wäre nichts gewesen, finde ich ...«

»Sag mal, Katja, was redest du da?«

»Du hättest dich mal erleben sollen!«

»Es reicht! Bis eben war es ein schöner Abend. Ich gehe jetzt ins Bett.«

»Ja, klar, ich halte dich nicht zurück!«, knurre ich. Aber da ist Oliver schon im Bad verschwunden. Ich kann noch nicht ins Bett gehen, schlüpfe in meine Daunenjacke und laufe gedankenschwer eine Runde durch die kalte Dunkelheit. Als ich mich später verfroren neben Oliver lege, finde ich nur schwer in den Schlaf. Meine Füße werden heute nicht warm an ihm.

6

Endlich strahlt die Sonne mit voller Kraft auf ihre vernachlässigten norddeutschen Schäfchen hinab. Sofort hellt sich auch meine Stimmung auf. Und das, obwohl ich kaum einen Grund dazu habe. Denn Oliver und ich finden kaum zueinander. Entweder arbeitet er, oder aber er ist verabredet.

In den letzten beiden Wochen haben wir nur drei Abende miteinander verbracht. An einem schauten wir einen Thriller im Fernsehen und redeten kaum miteinander, am anderen saß Oliver mit seinem iPad vor dem Kamin, ich mit Wolle und Stricknadel auf der Couch, aber es gab wenig zu sagen. Der dritte Abend sah dann so aus, dass Oliver in seinem Sessel einschlief und leise zu schnarchen begann. Irgendwie habe ich mir das mit unserer Zweisamkeit anders vorgestellt. Es ist Donnerstag, und wieder einmal haben wir keine gemeinsamen Pläne für das anstehende Wochenende. Aber davon möchte ich mich jetzt nicht beirren lassen. Dafür ist das Wetter zu schön. Draußen riecht es so frisch, es duftet nach Aufbruch, Entfaltung und einem guten Leben.

Von all dem getragen, mache ich mich nach der Arbeit auf zu einem kleinen Stadtbummel. Dabei schlendere ich an dem Café vorbei, in dem ich früher mit Oliver und Emma öfter war. Emma hat den Bienenstich geliebt. »Der wird nur von den qualifiziertesten Bienen gestochen«, hat Oliver jedes Mal zu Emma gesagt, und sie hat geglaubt, dass Bienen Kuchen backen können. Wie klein sie da noch war. Um der alten Zeiten willen betrete ich kurzentschlossen das Café. Es hat sich einiges verändert, seit ich zum letzten Mal hier war, unter anderem herrscht nun Selbstbedienung. Aber dennoch wirkt der Laden mit den alten Kaffeehauselementen so behaglich wie früher. Retro-Chic meets »Coffee to go«-Ästhetik, würde Lou sagen.

Auf dem Weg zur Bedientheke sehe ich in einer Ecke am Fenster Svenja sitzen. Sie liest in einer Illustrierten und scheint ebenfalls allein hier zu sein. Ob sie mich gesehen hat? Oder kann ich sie guten Gewissens ignorieren?

Svenja ist die Mutter von Clara, Emmas bester Freundin. Sie ist alleinerziehend und arbeitet als Hypnotherapeutin. Wenn man sich zum Beispiel das Rauchen abgewöhnen möchte, Angst vor Spinnen hat, zwanghaft feuchte Socken föhnt oder unter Schlafstörungen leidet, dann kann man sich vertrauensvoll in ihre Hände begeben und sich von ihr seine nervigen Marotten weghypnotisieren lassen.

Als ich die blonde, durchtrainierte, gertenschlanke Svenja vor Jahren das erste Mal sah, da dachte ich allerdings eher, sie sei Kampfpilotin oder Staranwältin. Sie trat extrem forsch auf und wirkte so, als hätte sie wie Timm Thaler ihr Lächeln verkauft. Doch zeigte sie auf einer Elternversammlung ihre sanfte Art und kehrte ihre Hypnosequalitäten heraus. Svenja referierte zum hochspannenden Thema »Sicherer Schulweg«. Sie sprach sehr langsam und leise und schaffte es, die versammelte Elternschaft, inklusive Lehrer, in Trance zu versetzen. Als sie mit ihrem Vortrag fertig war, herrschte zunächst absolute Stille, bis Oliver mit den Fingern schnipste. Ruckartig kehrte das Leben zurück ins Klassenzimmer, und Oli und ich bekamen einen Lachkrampf.

»Ich wüsste nicht, wie ich mit ihr den Alltag meistern sollte, wenn ich gerade mal nicht in Trance bin. Aber zumindest mein Schulweg wird ab sofort immer sicher sein«, hatte Oliver danach gesagt und ihren Tonfall imitiert, woraufhin ich schon wieder lachen musste.

Tatsächlich bin ich mit Svenja nie richtig warm geworden, obwohl ich mich bemüht habe. Aber nicht mal gemeinsame Hobbys verbinden uns; Tennis, Segeln oder Aikido nehmen in meinem Leben kaum einen Stellenwert ein.

Ich bestelle einen Milchkaffee und ein Stück Bienenstich, über das ich mich wie ein kleines Kind freue. Viel hat sich verändert, aber der Kuchen ist geblieben. Ich schiele zu Svenja. Irgendwie ist es doch albern, wenn ich sie ignoriere, immerhin sind unsere Töchter die besten Freundinnen. Also gehe ich zu ihr und bleibe mit meinem Tablett in der Hand vor ihrem Tisch stehen. »Hallo Svenja. Hast du noch einen Platz für mich?«

Svenja blickt von ihrem bunten Blatt auf und wird innerhalb von Millisekunden krebsrot. »Oh, hallo Katja, na so ein Zufall.« Sie denkt nicht daran, mir einen Platz anzubieten.

»Wartest du auf jemanden? Dann will ich nicht stören«, sage ich und fühle mich wie einer dieser drängelnden Rosenverkäufer. Da hustet Svenja fürchterlich und statt einfach zu gehen, kann ich es nicht lassen, daran Anteil zu nehmen. »Du Arme! Hat es dich erwischt?«

»Es geht schon.« Svenja räuspert sich nun mehrmals und kramt in ihrer Tasche herum. So unkommunikativ habe ich sie noch nie erlebt. Mag sie noch so krank sein, das wird mir jetzt wirklich zu dumm hier. »Dann mal gute Besserung. Es war schön, dich getroffen zu haben. Viele Grüße an Clara.«

»Danke, richte ich aus.«

Bevor ich mich an einen anderen Tisch setze, betritt Oliver den Laden. Was für ein Zufall! Überrascht gehe ich auf ihn zu. »Das gibt's doch nicht. Hast du etwa den gleichen Gedanken gehabt wie ich?«, frage ich erfreut. Wenn ich das Tablett nicht noch immer in den Händen halten würde, dann würde ich ihm am liebsten um den Hals fallen. »Ich dachte, du musst noch arbeiten. Mensch Oli, ist das schön, dich hier zu treffen.«

»Och, äh, ich ... ich hab ein bisschen früher Feierabend gemacht, eine Patientin hat abgesagt.«

Warum sieht er so blass und, ja, entsetzt aus? Denkt er etwa, der mittelalte Mann im Nadelstreifenanzug, der allein am Tisch neben uns sitzt, gehört zu mir?

»Hey, du musst nicht so tun, als hättest du mich in flagranti mit meinem Liebhaber erwischt. Ich bin allein hier«, witzele ich. Aber es folgt kein erleichterter Lacher.

»Was machst du überhaupt hier?«, fragt Oliver da auf einmal scharf.

»Kuchen essen. Kaffee trinken. Also, zumindest hatte ich das vor. Was soll diese Frage?« Meine Freude darüber, ihn zu sehen, ebbt abrupt ab. Ich drehe mich zu Svenja um. Die wühlt noch immer in ihrer Tasche herum, als könne sie darin auf pures Gold stoßen. Dann schaue ich Oliver an, noch einmal Svenja und wieder Oliver. Und endlich klingelt etwas. Erst ganz leise, dann so schrill, dass ich es kaum ertrage.

Aber nein, das kann gar nicht sein! *Oh doch, genau so ist es.*

Als der Groschen gefallen ist, schließt sich mein Tablett mit dem Kuchenteller und der Kaffeetasse der Abwärtsbewegung an. Es scheppert laut und spritzt in alle Richtungen. Welch Ironie des Schicksals: Mit einem zu Boden gegangenen Tablett begann einmal alles, und nun schließt sich der Kreis.

Ich reiße meinen Blick von dem Chaos am Boden los und

sehe Oliver an. »Sag mir, dass das nicht wahr ist«, flüstere ich. *Bleib ganz ruhig. Eine Szene macht nichts besser.* »Schau mich an und sag mir, dass du das erklären kannst und dass es nichts zu bedeuten hat«, schreie ich nun. Oliver steht da wie schockgefrostet. Um uns herum ist es ganz still. Nun packe ich ihn beim Kragen und schüttele ihn. »Jetzt sag endlich etwas!«

Langsam lockern sich seine Muskeln wieder. »Beruhige dich«, sagt er und dann, mit schwacher Stimme: »Es tut mir leid. Ich wollte ganz sicher nicht, dass du es so erfährst.«

Oliver hat seinen Blick gesenkt und schüttelt den Kopf wie ein Wackeldackel, aber da stehe ich ihm in nichts nach.

Eine mürrisch dreinblickende Angestellte kommt mit Handfeger, Müllschippe, einem Eimer Wasser und einer Bitte. »Könnten Sie Ihre persönlichen Angelegenheiten draußen klären? Ansonsten stellen wir Ihnen das Geschirr in Rechnung.«

»Wir sind gleich weg«, sagt Oliver und zieht mich entschuldigend von der Einschlagstelle weg, sodass die Frau schon mal mit den Aufräumarbeiten beginnen kann.

»Kneif mich! Das ist doch nur ein schlechter Traum, oder? Du und Svenja?« Ich lache hysterisch auf. »Wie absurd.« Meine Stimme überschlägt sich beinah.

»Auf den Holzhammer hätte ich gern verzichtet. Unglücklicher konnte es sich wirklich nicht offenbaren«, sagt Oliver.

Vor meinen Augen beginnt es zu flimmern. Ich weiß, wie rücksichtslos und hundsgemein das Leben sein kann, aber ich wusste bisher nicht, wie entsetzlich es sich anfühlt, vom eigenen Ehemann mit einer Affäre überrascht zu werden. Meine Stimme wird schrill. »Du hättest also gern noch weiter Verstecken gespielt, ja? Du hättest mich gern noch länger verarscht, ja? Tja, zu dumm aber auch, dass alles aufgeflogen ist.«

»Macht ihr das mal unter euch aus«, sagt Svenja und tänzelt an uns vorbei. *Warum bist du überhaupt noch hier, Miststück?* Am liebsten würde ich ihr sofort mit dem Schirmständer eins über die Rübe geben, der links von mir steht. Aber meine Kraft reicht nur für eine Frage: »Mehr hast du dazu nicht zu sagen?« *Du gottverdammte Schlampe.*

»Katja, wenn du Oliver nicht immer ... Ach, ich meine, es gibt Dinge, die passieren einfach. Es tut mir leid, dass du schon wieder leidest, wirklich. Aber glaub mir, es wird sicher eine Lösung ...«

Alles Weitere verhallt. *Dass du schon wieder leidest.* Was hat Oliver dieser Frau über mein Leben erzählt?

»Steck dir dein *es tut mir leid* in deinen Allerwertesten und kipp Salzsäure hinterher!«

»Katja! Können wir uns bitte wie Erwachsene benehmen? Jetzt aber raus mit uns hier«, sagt Oliver schroff.

»Deeskalation war schon immer deine Stärke, nicht wahr, Oli? Aber das kann nicht sein, das kann alles nicht wahr sein ...« Auf zittrigen Beinen schaffe ich es nach draußen.

Svenja ist immer noch da und spricht nun pseudo-therapeutendeutsch zu mir. »Du bist verletzt und in deinem Schmerz. Gib dich ihm hin und lass ihn sich setzen.«

»Häh? Siehst du hier irgendwo einen Stuhl?«, entfährt es mir. Was bildet die sich nur ein? Es ist widerlich, wie dieses Biest vor mir steht, mit diesem aufgesetzten, anteilnehmenden Gesichtsausdruck, der dem eines ehemaligen Fernsehpfarrers zum Verwechseln ähnlich sieht. Es fehlt nur noch, dass sie mir die Hand aufs Knie legt. Da deutet Svenja tatsächlich eine Berührung an. *Schschsch, Kleines.* Ich weiche zurück. »Könntest du jetzt bitte gehen. Andernfalls übergebe ich mich direkt auf deine Füße.« Dann werde ich lauter: »Hau ab!«

Aber Svenja hört immer noch nicht auf mich. »Ich kann dich verstehen, wirklich. Du musst das alles rauslassen ...«

»Auf drei geht's los.« Ich stecke mir den Finger in den Mund und röchele: »Eins, zwei, dr ...«

Endlich scheint Svenja mich ernst zu nehmen. Sie springt zurück. »Ich wünsche dir viel Kraft«, sagt sie noch, nickt Oliver aufmunternd zu und eilt davon. Dann sacken mir die Beine weg. Oliver, der die ganze Zeit wie eine Straßenlaterne neben uns stand, fängt mich auf. Da setzen meine Tränen wie ein kräftiger Landregen ein. Ich halte mich an Oliver fest, als würde mich ein Strudel nach unten ins tiefe Wasser ziehen. Immerhin hat er so viel Anstand, dass er sich um mich kümmert und mich nicht wie eine überfahrene Katze auf der Straße liegen lässt.

»Ich bin sicher nicht der Einzige, der jetzt erst mal was zu trinken braucht«, schlussfolgert Oliver da.

»Richtig«, schluchze ich und leiste keinen Widerstand, als er mich in die nächstgelegene Kneipe schleppt.

Wir landen in einer finsteren Spelunke, in der Fischernetze von der Decke hängen, Seemannslieder gespielt werden und es nach kaltem Rauch riecht. Die Barhocker, auf denen wir Platz nehmen, sind verschlissen, aber stabil. Außer uns sitzen noch drei ältere Männer mit Bier an einem Tisch und spielen Skat. Oliver bestellt zwei doppelte Whiskeys. Meine Kehle brennt, nachdem ich das Glas in einem Zug geleert habe. »Noch einen«, sage ich und knalle das Glas auf den Tresen. Der Wirt reagiert prompt und tauscht die Gläser.

»Wie konnte das nur passieren? Ausgerechnet Svenja! Wenn es wenigstens Frau Jensen gewesen wäre, dann ...«

»Dann würdest du dich sicher nicht besser fühlen! Glaub mir bitte, Katja, ich habe das nicht gesucht, es ist einfach geschehen.«

»Ja, das sagen in dieser Situation wohl alle, oder? Dass man es nicht in der Hand hatte. Was wären wir Menschen nur ohne freien Willen?« Ich knalle mit meinem Kopf auf das von Brandlöchern durchzogene Holz des Tresens, vor und zurück und noch einmal. »Verdammt! Es ist so brutal! Ich hätte es doch merken müssen! Wie lange geht das schon?« Meine Stirn schmerzt.

»Spielt das eine Rolle?«

»Ja! Ich muss das wissen!« *Seit wann vögelst du mit ihr?* Mir ist schlecht. Es ist kaum zu ertragen. Soll ich wegrennen? *Du musst dir das anhören! Du musst da durch!*

»Seit Ende November.«

»O Gott, da haben wir unterm Weihnachtsbaum gesessen, und du hast dich nach Svenja verzehrt.« Ich beginne zu würgen, aber es kommt nichts.

»Nein, da war noch nichts. Wir sind uns körperlich erst nähergekommen, nachdem Emma weg war.«

Ich will das nicht hören! Gleich zerspringt das Glas, an dem ich mich festhalte. »Das ist sehr ehrenhaft von dir! Wie kam es zu eurer tiefen Freundschaft? Du konntest Svenja doch nie besonders leiden. Hat sie dich hypnotisiert?«

Oliver windet sich zunächst und rutscht auf dem Hocker herum. »Ach, was soll's. Nein, sie hat mich nicht hypnotisiert. Als ich Emma bei Claras Geburtstagsparty in diesem Landgasthof abgeholt habe, da kamen wir länger ins Gespräch. Und dann haben wir uns öfter gesehen.« *Warst du aufgeregt beim ersten Mal?* Es kommt, wie es kommen musste, mein Glas zerspringt, und ich blute. Aber ich verspüre keinen

Schmerz, abgesehen davon war mir nicht klar, dass ich so viel Kraft habe, das Glas war richtig dick.

»Mensch, was machst du denn?« Oliver greift nach einer Serviette, die ihm der Fischerhemd tragende Kneipenwirt reicht, den ich spontan vor lauter Verzweiflung auf Fiete taufe, und wickelt sie um meine Finger. Fiete fegt die Scherben vom Tresen und stellt uns zwei frisch betankte Gläser vor die Nase. Hat er Oliver etwa zugezwinkert? Ich trinke. »Und Svenja hatte überhaupt keine Skrupel?«

»Es geht hier nicht um sie. Katja, wir haben uns das nicht ausgesucht.«

»Ja, das sagtest du bereits. Bedeutet das, es ist vorbei mit uns?« Ich fange wieder an zu weinen.

Oliver reibt sich die Schläfen. »Was denkst du eigentlich von mir? Dass es mir gut geht? Es ist doch nicht so, dass du mir nichts mehr bedeutest. Natürlich möchte ich nicht unüberlegt unsere Ehe aufs Spiel setzen. Aber ...« Oliver nimmt sein Glas in die Hand. »Ich muss herausfinden, was mir wichtig ist und was ich wirklich will.«

Meine Seele ist ein kleines Häufchen Elend. Ich fühle mich so machtlos. »Wie willst du das anstellen?«, piepse ich.

»Das Beste wird sein, wenn ich für eine Weile ausziehe.« Oliver spricht ganz leise. Mir bleibt beinah das Herz stehen. »Was?!«

»Nur vorübergehend. Ich muss das allein mit mir ausmachen.«

In meinem Kopf flirrt es, aber meine Stimme gewinnt an Kraft. »Hast du dir das in diesem Augenblick überlegt, dass du mal eben so ausziehst? Oder war das ohnehin geplant? Gehst du zu ihr?«

»Ich habe nichts geplant. Gar nichts.« Oliver vergräbt den Kopf in seinen Händen. »Aber es hat keinen Sinn, so weitermachen zu wollen wie bisher. Ich kann das nicht! Für uns beide wird es das Beste sein, wenn wir eine Weile auf Abstand gehen. Natürlich gehe ich nicht zu ihr. Ich werde mir ein Zimmer mieten.«

Meine Tränen laufen weiter. »Schön, dass du weißt, was für mich das Beste ist. Und was ist mit Emma? Was sagen wir ihr?«

»Natürlich nichts! Sie soll ihre Zeit da drüben unbeschwert genießen.« Oliver wischt mir die Tränen ab. Er ist ganz sanft dabei. »Schon gut, Katja, schon gut. Es tut mir so leid. Ich weiß, dass es die Hölle für dich sein muss.«

Ich beruhige mich etwas. »Du meinst also, wir nehmen eine kurze Auszeit voneinander, bis du wieder weißt, dass du zu uns gehörst?« *Es ist alles halb so wild. Er will dich nicht verlassen. Das war nur ein Ausrutscher.*

»Vielleicht wird es so sein.«

»Warum nur, Oli, warum?«

Er sieht mich bekümmert an, in seinen Augen schimmert es feucht. »Alles, was ich einmal wollte, ist über die Jahre schal geworden. Was ist aus meinen … aus unseren … einstigen Idealen geworden? Wir haben eine gutlaufende Praxis und ein schönes Heim, aber soll es das gewesen sein?« Oliver wischt sich über die Augen. »Svenja hat mich an meine Träume erinnert. In ihrer Gegenwart fühle ich mich das erste Mal seit Langem wieder leicht.«

Ich schlage mit den Fäusten auf Olivers Oberkörper ein. »Und in meiner Anwesenheit fühlst du dich schwer, oder was? Warum hast du mir nichts gesagt? Warum hast du mich ins offene Messer laufen lassen? Ich habe dich doch kürzlich gefragt, ob du glücklich bist, so wie wir leben.«

Oliver wehrt meine Fäuste ab. Fiete stellt erneut zwei Gläser vor uns ab. Runter damit.

»Was hätte ich dir denn sagen sollen? Ich wusste doch, dass es dir nicht gut geht. Sollte ich da noch einen draufsetzen?«

Ich stöhne auf. »Was habe ich nur falsch gemacht?«

»Es geht nicht um richtig oder falsch. Wo sind *wir* geblieben? Wo bist *du* geblieben? Was verbindet uns noch, außer Emma und der Praxis?«

Ich kann nichts mehr sehen. Und das Schlimmste: Auch ich stelle mir diese Fragen, und ich habe keine Antwort. »Ach, Oli«, schluchze ich da nur. Niemandem wünsche ich eine solche Situation. Zu schmerzhaft, viel zu schmerzhaft. Nun schließt Oliver mich in seine Arme. Ich spüre seinen bebenden Oberkörper und seinen schnellen, unkontrollierten Atem. Wir weinen beide. Ich schmecke das Salz meiner Tränen; vielleicht sind es auch seine. Ich weiß nicht, wann ich Oliver das letzte Mal habe weinen sehen. Ihm gelingt es aber wesentlich schneller als mir, damit wieder aufzuhören. Er zahlt, und wir gehen nach Hause.

7

Oliver macht noch am selben Abend Ernst und packt ein paar Sachen zusammen. »Es wird nicht leichter, wenn ich bleibe«, sagt er. Mein müdes Nicken erfolgt völlig mechanisch. Alles spielt sich ab wie in einem schlechten Film. Nur, dass ich eine der Hauptrollen spiele, die der verlassenen Ehefrau. Den weiteren Verlauf der Handlung kenne ich noch nicht, weil es kein Drehbuch gibt. Dann steht Oliver auch schon in der Haustür. »Bitte Katja, lass uns irgendwie damit umgehen.«

»Welche Wahl habe ich denn?«, krächze ich, komplett auf Autopilot laufend.

Dann ist er weg. Erst Emma und nun auch noch Oliver. Ich ertrage es nicht, jetzt allein zu sein und schicke Lou eine Nachricht. Mit zu viel Alkohol im Blut fahre ich zu ihr. Sie schließt mich in die Arme und gewährt mir Asyl. Hauke räumt das Schlafzimmer, sodass wir Platz auf dem großen Bett haben. Lou hat aufgefahren und bietet mir Schokolade, Kekse und Prosecco an. Man könnte meinen, wir feiern eine Pyjamaparty. Ich probiere von allem etwas.

»Vielleicht hilft es, wenn wir wieder zusammen *Always look on the bright side of life* singen«, murmele ich.

»Das können wir gerne machen.« Lou fängt an zu summen, aber ich stimme nicht mit ein. »Funktioniert nicht«, sage ich nach drei Sekunden.

»Komm, Katja, gib ihm die Zeit, die er braucht. Mehr

kannst du im Moment nicht tun. Er wird schon zur Vernunft kommen.«

»Aber ausgerechnet Svenja ...«

»Die spielt doch nur eine untergeordnete Rolle. Was Oliver und dich verbindet, das kann sie so leicht nicht zerstören.«

»Und wenn doch?«

»Darüber denken wir erst nach, wenn es so weit kommen sollte.«

Wir reden bis drei Uhr in der Früh. Dann schläft Lou im Gegensatz zu mir ein. Ich wälze mich von einer Seite zur anderen und finde keine Ruhe. Um sieben klingelt der Wecker. Lou schaltet die Nachttischlampe ein und drückt die Stopptaste. »Gott sei Dank ist heute Freitag, ich bin total kaputt. Aber du kannst gern weiterschlafen.« Sie gähnt lauthals und windet sich kraftlos aus dem Bett.

»Danke, aber ich stehe auch auf. Ich kann sowieso nicht schlafen. Außerdem muss ich in die Praxis.« Mein Schädel brummt. Ich räkele mich schwerfällig.

»Heute? Vergiss es!«

Ich reibe mir die müden Augen. »Doch. Ich muss Berufliches und Privates trennen.«

Lou steht am Ende des Bettes, zeigt mir einen Vogel und guckt mich zudem auch noch so an, als sei ich komplett geistesgestört. »Noch mal langsam. Du hast gestern erfahren, dass dein Mann dich betrügt, und willst heute mit ihm arbeiten? Was hast du genommen?«

»Äh, einfach nur einen Schuss gesunden Menschenverstand.«

»Sowas vertrage ich um die Uhrzeit noch nicht. Aber du musst es ja wissen.« Lou verschwindet im Bad.

Auch ich steige aus dem Bett, mache mich im Gästebad

fertig. Nach einem schnellen Kaffee verlassen wir gemeinsam die Wohnung.

Dafür, dass gestern meine Ehe von einem Erdbeben der Stärke zwölf erschüttert wurde, geht es mir auf dem Weg zur Arbeit erstaunlich gut. Noch besser ginge es mir zwar, wenn ich auf das eine oder andere Glas Whiskey und Prosecco verzichtet hätte, aber das habe ich gestern anders gesehen, und nun muss ich da durch.

Oliver ist noch nicht da, als ich in die Praxis komme. Die Sprechstunde beginnt in fünfzehn Minuten. Margit ist schon auf ihrem Posten. Noch bevor ich ihr einen guten Morgen wünschen kann, entgleisen ihr bei meinem Anblick die Gesichtszüge. »Bist du überfallen worden? Mensch, setz dich erst mal hin. Soll ich die Polizei rufen?«

Ich ziehe meinen Mantel aus und hänge ihn an die Garderobe. »Sehe ich so furchtbar aus?«

Margit schaut noch immer entsetzt. »Schlimmer!«

Da hilft jetzt nur die Wahrheit. »Also gut. Ich bin tatsächlich überfallen worden, von einer neuen Situation. Oliver und ich nehmen uns eine kleine Auszeit.«

Margits Gesicht entspannt sich etwas. »Ach so? Was hat das zu bedeuten?«

Nein, wir fliegen nicht übers Wochenende nach Venedig.

»Das heißt, dass wir ...« Plötzlich sackt mein Kreislauf ab. Mir wird schummerig vor Augen und schlecht. Mit letzter Kraft wanke ich auf die Toilette, wo ich gerade so noch die Tür hinter mir zuriegeln kann, bevor ich in die Knie gehe und mich übergebe. *So gut geht es dir also.*

Margit klopft an die Tür. »Katja? Kann ich irgendetwas für dich tun?«

»Nein, nein, alles bestens«, röchele ich, setze mich neben die Toilette auf den Boden und lehne mich erschöpft gegen die mosaikgekachelte Wand. Ich lasse den Kopf hängen und schließe die Augen. So ein Mist! Das fehlt mir noch, dass ich dermaßen schlappmache. Jetzt höre ich Olivers Stimme. Langsam richte ich mich wieder auf. Er sagt etwas zu Margit, das ich nicht verstehen kann. »Wir haben noch ausreichend große Kanülen«, höre ich sie erwidern. Am liebsten würde ich den ganzen Tag hier drin bleiben und mir eine große Kanüle voll mit Sedativa nach der anderen in die Venen jagen. Aber dann lassen sie die Tür womöglich vom Notdienst öffnen und mich zwangseinweisen. Notgedrungen mache ich mich frisch und verlasse die geschützte Zone.

»Ach du dickes Ei!«, entfährt es Oliver, als er mich sieht. »Bist du dir sicher, dass du heute arbeiten kannst?«

»Klar, mir geht's super. Und dir?«

Oliver sieht müde und abgekämpft aus. »Nicht besonders.«

»Ich würde dich ja wahnsinnig gern bemitleiden, aber ...« Länger halte ich diese Tour nicht durch. »Vergiss es. Ich kann das nicht. Zumindest heute sehe ich mich noch nicht in der Lage dazu, Berufliches und Privates voneinander zu trennen«, sage ich.

Margit folgt etwas zu unauffällig unserem Gespräch. Auch Elli und Frau Jensen sind inzwischen eingetroffen. Das ist ja wieder was für Oliver, nichts bleibt privat. Ja, genauso sieht eine vorübergehende Trennung in beiderseitigem Einvernehmen aus, möchte ich der versammelten Mannschaft am liebsten zurufen. Die ersten Patienten kommen. Oliver legt väterlich seine Hand auf meine Schulter. »Das verstehe ich natürlich. Nimm dir Zeit.« *Liebes Kind, du wirst weder an Eifersucht noch an deinem Liebeskummer sterben.*

»Danke, Paps«, sage ich gequält und fliehe aus der Praxis.

Drei Wochen später fahre ich wieder zurück nach Hause. Ich empfinde ein beklemmendes Gefühl dabei, von niemandem erwartet zu werden. Es scheint, als strecke mir unser Haus die Zunge raus. *Ätsch, keiner da!* Als ob ich nicht wüsste, weswegen Oliver momentan nicht hier wohnt. Diesmal nehme ich die Stille noch viel brutaler wahr als nach Emmas Abflug. Ich reiße überall im Haus die Fenster auf, lasse die frische Frühlingsluft hinein und das Zwitschern der Vögel, Leben.

Nach dem Zusammentreffen mit Oliver in der Praxis habe ich es nicht mehr ausgehalten in meinem gewohnten Umfeld, noch dazu ging es mir körperlich miserabel. Weder konnte ich klar denken noch Nahrung bei mir behalten. Dazu kam ein grippaler Infekt mit vierzig Grad Fieber. Es schien, als hätten sich auch meine Abwehrzellen in eine Auszeit verabschiedet.

Umso dankbarer war ich für den Vollzeitpflegeplatz, den mir meine Eltern bei sich gewährten. Meine Mutter umsorgte mich und zwang mir Essen auf. Sie erklärte mir, dass ein Auswärtsspiel in jeder Ehe vorkommen könne. Bei der Gelegenheit erfuhr ich dann, dass der Affärenteufel auch vor dem Bund fürs Leben meiner Eltern nicht Halt gemacht hatte. Mein eher einsilbiger Vater, der als Rentner normalerweise noch weniger Zeit zu haben scheint als während seiner Tätigkeit als Mathematikprofessor, fuhr sein ehrenamtliches Engagement während meines Aufenthalts herunter und verbrachte viel Zeit mit mir. Er erzählte mir in der ihm eigenen rationalen Art, dass ich zwölf Jahre alt war, als die Ehe wackelte.

»Aber ich habe nie etwas davon gespürt«, sagte ich erstaunt.

»Das war die Kunst. Aber glaube mir, es war exorbitant anstrengend, die vermeintlich heile Welt vor deinen Augen zu wahren.«

Allerdings war es in diesem Fall meine Mutter, die mit einem Kunden namens Bernhard anbändelte. Sie schmolz für ihn eine Kette seiner Großmutter ein, um daraus einen Ring für seine Frau herzustellen. Mein Vater fand relativ schnell heraus, dass es bei den beiden nicht nur um siebenhundertfünfziger Gold ging. Er rückte aber auch auf meine penetrante Nachfrage hin nicht mit der Sprache heraus, ob er sich jemals dafür revanchiert habe. »Wir sind noch zusammen, und nur das zählt«, sagte er schwammig und fügte an, dass das Wichtigste sei, verzeihen zu können.

Unter vier Augen hat mir meine Mutter dann anvertraut, dass sie tatsächlich darüber nachgedacht hatte, mit diesem neuen Mann in die Zukunft zu gehen. »Aber dann wurde mir klar, was ich verlieren würde. Denn wie sehr ich deinen Vater liebe, wurde mir erst bewusst, als Bernhard mich fragte, ob ich mit ihm zusammenleben möchte. Auch Oliver wird ganz bestimmt zur Vernunft kommen«, sagte sie. Ich legte meinen Kopf in ihren Schoß und fühlte mich geborgen. Da war Klarheit in ihren Worten und kein *Vielleicht*. Deswegen hielt ich mich die ganze Zeit an diesen Worten fest wie ein Akrobat in fünfzig Meter Höhe an seinem Trapez.

Als es mir gesundheitlich wieder besser ging, da schleppte mich meine Mutter zu einem Vortragsmarathon. Wir lauschten Ausführungen zu den Themen »Liebe und Partnerschaft im Wandel«, »Was Paaren guttut – Zutaten für eine gelingende Beziehung«, »Mach es – So schläferst du deinen inneren Schweinehund ein« und »Letzter Ausweg Trennung«. Meine Erkenntnis-Ausbeute lautet: Ich habe es in der Hand – immer und alles. Dafür hätte ich zwar nicht stundenlag in neonbeleuchteten Räumen mit desillusioniert dreinblickenden Best Agern herumsitzen müssen, aber meiner Mutter hat es gefallen, und das war es mir wert.

Mit Lou habe ich lange Gespräche über Vergebung geführt. Auch mit meiner Mutter kaute ich die Problematik durch. Sie zitierte Luther: »Wo Vergebung der Sünden ist, da sind auch Frieden und Seligkeit.«

»Aber das, was passiert ist, kommt mir immer wieder hoch wie verdorbenes Essen. Wie soll ich Oliver da verzeihen?«

»Sicher geht das nicht von heute auf morgen, aber irgendwann sollte auch die schlimmste Magenverstimmung vorbei sein. Arbeite daran! Es sei denn, du legst keinen Wert mehr auf eine Zukunft mit ihm.«

Ich nickte und schwieg. Mir wurde klar, dass ich an dieser gemeinsamen Zukunft nicht zweifele, aber dass ich diese vermeintliche Selbstverständlichkeit bisher viel zu wenig hinterfragt habe. Das liegt nicht zuletzt an der Überschaubarkeit meiner Welt, in der *Alternative* nichts als ein Wort zu sein scheint.

Oliver rief regelmäßig an, um sich nach meinem Befinden zu erkundigen. Wir redeten viel über Emma, die weiß, dass ich bei meinen Eltern bin, aber der wir die Lüge auftischten, dass zu Hause die Kamera unseres Computers defekt sei, weswegen sie Mama und Papa vorerst nicht zusammen sehen wird. Nebenbei eröffnete Oliver mir, dass er noch mehr Zeit bräuchte, um sich über seine Gefühle klar zu werden. Als Lou, mit der ich täglich telefonierte, mich fragte, ob ich Oliver noch immer lieben würde, da konnte ich ihr keine klare Antwort geben. Ich hielt ihre Frage sogar für völlig naiv. »Natürlich bin ich froh darüber, dass er noch nicht die Scheidung eingereicht hat. Aber werde ich ihm jemals wieder vertrauen können? Oder werden meine Gefühle für ihn nach und nach verfaulen wie altes Obst? Und was ist mit seinen Gefühlen für mich? Die sind ja ziemlich entscheidend für den Fortgang unserer Ehe, oder?«, antwortete ich.

»Ach, Katja! Langsam reicht es mir, nur noch mit dir zu telefonieren, komm wieder nach Hause!«, forderte Lou.

Nun bin ich also wieder zurück in meinem Leben, laufe durchs Haus und registriere, dass Oliver während meiner Abwesenheit hier gewesen sein muss. Das Bett ist benutzt. Wenigstens wurde nur seine Hälfte beschlafen. Ich bin so erleichtert! Die Vorstellung, dass sich Svenja mit meinem Mann hier vergnügt, ist unerträglich.

In der Küche stehen ein Teller und eine Kaffeetasse verloren auf dem Tisch herum. Ich räume die Sachen in die Spülmaschine. Das Geschirr könnte ein Hinweis darauf sein, dass Oliver in vertrauter Umgebung für sich sein wollte. Womöglich verbringt er unsere Auszeit ganz allein.

Nächste Woche knackst du den Jackpot, und Svenja hat es nie gegeben. Ich spüre einen Stich im Herz. Wenn es doch nur so einfach wäre.

Ich gehe hinaus in den Garten, der von einer strahlenden Märzsonne beschienen wird, und lasse mir den Wind durch die Haare wehen. Die Natur hat in den letzten Wochen fleißig gearbeitet. Primeln und Schneeglöckchen sprießen, auch die Forsythien werden bald blühen. Ich suche mir ein windgeschütztes Plätzchen am Haus, halte mein Gesicht in die Sonne und sauge die erste Wärme des Jahres in mich auf.

Da höre ich eine Autotür knallen. Ich laufe vors Haus. Es ist Oliver. Er hat mich noch nicht gesehen. Mit halbem Oberkörper steckt er im Auto und scheint etwas zu suchen. Sofort stoße ich gegen eine imaginäre Wand aus Schwermut. Zu viel ist passiert, als dass ich ihm freudig entgegenlaufen und ihn in meine Arme schließen kann. Und was wäre, wenn er mir sagen will, dass er doch keine längere Auszeit braucht, sondern gleich wieder einzieht?

»Hallo«, sage ich unsicher.

Oliver dreht sich überrascht um. »Hey Katja, ich dachte, du kommst erst morgen. Ich hole nur ein paar Sachen.«

»Ach so, ich dachte schon, du wolltest mich mit deinem Wiedereinzug überraschen.«

»Der Aufenthalt bei deinen Eltern scheint dir bekommen zu sein.« Oliver macht einen Schritt auf mich zu. »Du siehst gut aus«, sagt er und streicht mir über die Wange.

»Du auch.« Wie absurd ist diese Szene?

Oliver geht ins Haus, und ich trotte ihm hinterher. »Es ist eigenartig, hierherzukommen und gleich wieder fahren zu müssen.«

»Du hast es dir doch so ausgesucht.« Ich zögere. »Vorhin habe ich einen Moment lang gedacht, du bist zurückgekommen. Dein Bett und das Geschirr ...«

»Ich war nur kurz hier, weil ich mein Zimmer räumen musste. Aber seit letzter Woche habe ich eine kleine Ferienwohnung gemietet.«

»Magst du einen Tee?«, frage ich.

»Gern. Ich erledige nur schnell was.« Oliver verschwindet in seinem Arbeitszimmer, und ich setze Wasser auf. Kurz darauf sitzen wir mit unseren Tassen nebeneinander auf der alten Holzbank im Garten. Was haben wir hier einst gelacht, wenn wir Emma beim Spielen zusahen. Da merke ich, dass die drei Wochen Eltern-Kind-Kur meiner Seele doch nicht die gewünschte Stabilität gebracht haben. Trauer und Schmerz brechen wieder durch, genauso wie mein Hass auf Svenja. Es fällt mir schwer, mich normal mit Oliver zu unterhalten. »Wie läuft es mit deiner Therapeutin? Hat sie dich schon von deinen Schlafstörungen befreit?« Oliver kann in fremden Betten nur schlecht schlafen. Er wälzt sich dann oft stundenlang hin und her und flucht herum.

»Es ist für niemanden von uns leicht.« Oliver blinzelt. Die Sonne scheint ihm direkt ins Gesicht.

»Für die gute Svenja schon, da ist doch niemand, der ihr die Hölle heißmachen könnte. Sie hat freie Bahn.«

»Bitte Katja!«

Meine Hände sind eiskalt. Ich wärme sie an der Teetasse. »Na ist doch wahr! Denkst du darüber nach, Clara zu adoptieren? Ja genau, dann hat Emma endlich eine Schwester!« Das Gekeife und die Schärfe meiner Worte sind selbst mir zuwider. Ich richte meinen Blick auf die getigerte Nachbarkatze, die in diesem Augenblick durch unseren Garten hechtet.

»Wie sollen wir denn auf dieser Basis zusammenarbeiten?«, fragt Oliver. Wir hatten verabredet, dass ich ab übermorgen wieder arbeite. Er trinkt seinen Tee aus und steht auf. »Ich gehe jetzt besser. Auf diesem Niveau müssen wir uns nicht länger unterhalten.«

Ich springe auf. »Warte! Bitte! Was ich gesagt habe, tut mir leid. Das war geschmacklos. Bleib noch einen Moment.«

Oliver setzt sich wieder. »Katja, all das passiert nicht, weil es mir Spaß macht, dich zu quälen, sondern weil ich herausfinden möchte, ob wir noch eine Zukunft haben.«

»Ja, das hast du bereits angedeutet. Ich werde ab sofort streng darauf achten, Berufliches und Privates zu trennen. Versprochen.«

»Meinst du wirklich, dass du das kannst?«

»Weiß ich noch nicht, aber ich bemühe mich.«

»Na, wenigstens bist du ehrlich.«

»Du solltest dich mal hören! Was erwartest du denn von mir? Dass ich so tue, als wäre lediglich eine Vase zerbrochen und nicht mein Leben?«, brause ich wütend auf.

»Entschuldige. Auch für mich ist das nicht einfach.«

Da sitzen wir nun zusammen auf dieser alten Bank, die schon so viele Stürme überstanden hat, und wissen nicht, ob wir das auch schaffen. Ich schaue in den Himmel und lehne mechanisch meinen Kopf an Olivers Schulter. *Weil es immer so war, wenn wir hier saßen.* Wir sind uns ganz nah und doch so weit weg voneinander.

»Kann ich irgendetwas tun, um dich in deiner Findungsphase zu unterstützen?«, frage ich.

»Nein, ich glaube nicht.«

»Wir sind uns doch schuldig, nicht zu früh aufzugeben, oder? Wir könnten eine Paartherapie machen. Das hat schon vielen geholfen«, sage ich und fixiere die Äste des Apfelbaums, die sich sachte im Wind wiegen. »Mag sein, aber das ist nichts für mich. Ich möchte nicht, dass ein Fremder meine Psyche durchleuchtet, und ehrlich gesagt bezweifele ich, dass man dadurch eine Beziehung retten kann.«

»Schade, dass du das so siehst. Vielleicht überlegst du es dir noch mal. Ich denke, dass es wichtig für uns wäre, einmal alles auf den Tisch zu packen und nach Lösungen zu suchen.«

Oliver wippt mit den Füßen auf und ab. »Allein bei dem Gedanken an so eine Session kriege ich Schweißausbrüche.« Er schaut auf die Uhr. »Ich muss los. Volker wartet seit einer halben Stunde auf mich.«

»Volker?«

»Ja. Wir wollen endlich mal wieder zusammen am Boot werkeln.«

Ich bringe Oliver zum Auto. »Du brauchst mich nicht mehr anlügen«, sage ich.

»Das tue ich auch nicht.« Er steigt in den Wagen.

»Na dann, bis übermorgen in der Praxis«, sage ich.

»Traust du dir das wirklich zu?«

»Ja, was soll ich denn sonst machen?«

»Die Frage kannst nur du dir beantworten.« Oliver schließt die Tür und fährt davon.

Als ich die Praxis betrete, werde ich direkt von Margit angesprungen und fest umschlungen. »Katja, ich bin so froh, dass du wieder da bist.«

»Ich freue mich auch«, röchele ich und befreie mich von ihr.

»Hier, das ist alles für dich.« Margit zeigt auf ein Körbchen voll mit Mini-Schokoladentafeln. »Weil du meinst, dass ich mich mit ein paar Kilo mehr auf den Rippen weniger allein fühle? Prima Idee, danke.« Ich fische ein Täfelchen Vollmilchschokolade heraus und stecke es mir beherzt in den Mund. Elli kommt um die Ecke geschossen und umarmt mich ebenfalls, wenn auch weniger heftig. »Herzlich willkommen zurück!«

»Ihr scheint doch aber gut ohne mich klargekommen zu sein, oder?«, frage ich mit vollem Mund.

»Es ging irgendwie. Oliver hat überlegt, eine Aushilfe einzustellen, aber Elli und ich haben dagegen votiert, weil wir ja wussten, dass du bald wiederkommst.«

»Hat sich während meiner Abwesenheit etwas ereignet, das ich wissen müsste?«

Elli und Margit plappern wild durcheinander, erzählen mir von Patienten und von Dingen, die sich auf meinem Schreibtisch stapeln, weil sich niemand darum kümmern konnte. *Du bist eben doch nicht so leicht ersetzbar.*

Frau Jensen kommt. Sie begrüßt mich so höflich und zurückhaltend wie immer. Dann trifft Oliver ein. Nein, es wäre nichts besser, wenn sie seine Affäre gewesen wäre. Elli und Margit blicken mich neugierig an. »Guten Morgen!«, sagt er. »Katja, gut, dich wieder an Bord zu haben. Es gibt viel zu tun.«

Nicht vergessen, du musst Berufliches und Privates trennen! Ich klatsche in die Hände. »Na dann, ab an die Arbeit!« Die Sprechstunde beginnt.

Ich setze mich an meinen Schreibtisch, arbeite pflichtbewusst den liegengebliebenen Stapel ab und futtere nebenbei Schokolade. Diese Tätigkeit lenkt mich wohltuend ab. Na also. Geht doch, denke ich.

8

Das Leben läuft weiter, einfach so, weil wir die Fähigkeit haben, uns Szenarien anzupassen, die wir uns einst im Traum nicht ausmalen konnten. So wird der Ausnahmezustand irgendwann zur Normalität.

Inzwischen ist es April. Besonders, wenn ich allein zu Hause bin, gibt es immer wieder Momente, in denen mir Oliver ungemein fehlt. Aber wir kommen nicht voran. Ich kann ihn einfach nicht zu einer Paartherapie überreden. Gott sei Dank spricht er kaum von Svenja, dieser Mistassel. Sollte das ein Indiz dafür sein, dass sie ihm doch nicht so wichtig ist?

Emma spielt inzwischen in der Schulmannschaft Basketball und ist begeistert von ihrem neuen Hobby. Sie ist noch immer nicht misstrauisch geworden, obwohl wir nun schon wochenlang einzeln mit ihr sprechen.

Meine Gedanken werden vom Piepsen meines Smartphones unterbrochen. Ich klettere von der Leiter, die ich zum Putzen der Hochschränke aufgestellt habe. Auf dem Display blinkt mir die Erinnerung an meine Verabredung mit Lou entgegen. Wir wollen heute Abend ins Kino gehen. Was? Es ist schon kurz nach vier? In letzter Zeit setze ich verstärkt auf die Erinnerungsfunktion. Leider vergesse ich öfter Dinge, wie zum Beispiel meinen Geburtstag vorletzte Woche, die Wäsche in der Maschine oder eben eine Verabredung.

Als ich Lou besorgt von meiner Vergesslichkeit berichtete, beruhigte sie mich und sagte, dass das nicht zwingend auf beginnende Demenz hinweisen müsse, sondern genauso gut an Stress, Erschöpfung oder Flüssigkeitsmangel liegen könne. Sie habe das auch ab und zu. Dann erzählte sie mir, dass sie kürzlich ihr vermisstes Nageletui im Backofen gefunden hatte. Irgendwie fand ich das beruhigend und begann damit, Wasser aus Zwei-Liter-Flaschen zu trinken, mindestens eine am Tag. Aber abgesehen von vermehrtem Harndrang habe ich keine positiven Nebenwirkungen erfahren.

Es klingelt an der Tür. Ich ziehe schnell das alte blaue Herrenhemd glatt, das ich gern bei der Hausarbeit trage und reiße mir das rote Schweißband von der Stirn, das meine Putzuniform abrundet. »Dagegen wirkt Rambo wie ein Weichei«, hat Oliver immer gesagt, wenn er mich so sah.

Ich öffne die Tür und blicke in Lous amüsiertes Gesicht. »So sehr hättest du dich für mich nicht in Schale werfen müssen!«

Ehe ich etwas erwidern kann, wirft sie mir einen Luftkuss zu, schlüpft an mir vorbei durch die Tür und drückt mir eine Flasche Crémant in die Hand.

»Komm doch rein. Habe ich was verpasst? Gibt es etwas zu feiern?«, frage ich perplex.

Lou wirft ihre Jacke mit Schwung auf den Hocker neben der Garderobe. »Wir waren um vier verabredet. Ich hab's leider nicht ganz pünktlich geschafft. Hoffentlich bist du deswegen nicht sauer.« Sie zwinkert mir zu und mustert mich belustigt.

»Um vier?«

»Ja, wir wollten uns bei dir einen netten Nachmittag machen und dann von hier aus zum Kino fahren.«

Jetzt fällt es mir wieder ein. »Mist, es wird einfach nicht besser mit den Löchern in meinem Gehirn.«

»Ganz so schlimm ist es nicht. Du hast mich erkannt. So, nun springst du erst mal unter die Dusche, und ich entkorke inzwischen die Flasche. Aber beeil dich, sonst ist gleich nichts mehr da.«

Eine Viertelstunde später sitze ich frisch geduscht und umgezogen neben Lou auf dem Sofa und trinke das erste Glas.

»Du gehst doch immer an die Ostsee, wenn du den Kopf freikriegen willst. Würdest du da jetzt mit mir hingehen?«, fragt Lou.

»Nanu, was ist denn mit dir los?«

Während ich es liebe, bei Wind und Wetter in der Natur unterwegs zu sein, ist das Verlangen nach einem längeren Spaziergang bei Lou in etwa so ausgeprägt wie das eines Veganers nach Schweinefilet in Käse-Ei-Hülle.

»Das erzähle ich dir gleich. Komm, lass uns die Flasche mitnehmen. Die Luft da draußen ist herrlich.«

Lou springt auf, während ich nur widerwillig meinen Platz räume. Die Putzaktion steckt mir doch ziemlich in den Knochen. Draußen stelle ich fest, dass es wirklich eine Sünde gewesen wäre, den ganzen Nachmittag über im Haus zu bleiben. Nach heftigen Regenschauern lugt nun die Sonne durch die Wolken. Die Luft ist ganz mild und wie frisch gewaschen. Es riecht nach Erde und nassem Gras.

»Herrlich!«, schwärme ich und inhaliere diesen wunderbaren Duft. »Also Lou, was ist passiert?«

»Gleich, bitte gib mir ein paar Minuten.« Sie hält ihr Gesicht in den Wind.

Ich springe über ein paar Pfützen und spaziere eine Weile stumm neben Lou, bis ich es nicht mehr aushalte. »Jetzt reicht's aber mit der Meditationsphase! Rede!«

Lou bleibt neben einer Koppel stehen, auf der vier Pferde

bewegungslos herumstehen. Sie nimmt einen Schluck aus der Flasche. Die Pferde sehen aus, als wären sie wie Dornröschen in einen tiefen Schlaf gefallen. Nur ihre Mähnen flattern im Wind.

»Hauke hat mir heute Morgen mitgeteilt, dass er die Kinder nach Kiel holen wird.«

»Wie bitte?« Ich greife nach der Flasche und trinke.

»Du hast schon richtig verstanden. Die ehrgeizige Mutter musste unbedingt ein Forschungsprojekt in der Arktis annehmen. Da es dort um die Kinder- und Jugendbetreuung nicht optimal bestellt ist, soll Hauke ran.«

Wir laufen weiter. »Noch mal langsam! Die Kinder werden dauerhaft bei euch leben?!«

»Nein, aber sechs Wochen lang! Die gesamten Sommerferien!« Lou verzieht das Gesicht, als hätte sie rohe Leber gegessen.

»Was? Sie werden nicht mal umgeschult?« Ich pruste los und bücke mich nach einem Ast, der mitten auf dem Weg liegt.

»Aber Hauke und ich hatten Pläne für den Sommer. Die sind nun alle futsch!«

Ich werfe den Ast in einen Graben. »Lou, jetzt mal ernsthaft. Worüber reden wir hier? Du bist weder verlassen noch betrogen worden. Dein Freund wird lediglich seine beiden Kinder in den Ferien zu Besuch haben.«

Ein riesiger Schwarm Vögel zieht über uns hinweg. »Die haben es gut, wenn ihnen was nicht passt, fliegen sie einfach woanders hin. Hm. Wäre es möglich, dass ich für ein paar Wochen zu euch ziehe, wenn die beiden Krawalltiere über uns herfallen?«

»Dass du dir überhaupt solche Gedanken machst! Das passt überhaupt nicht zu dir.«

»Du musst die Jungs mal erleben. Neulich am Telefon, Hauke hat leider zu spät auf leise gestellt, da musste ich mithören, wie sich die Rotzlappen über mich lustig gemacht haben.« Lou beginnt schlecht zu singen: »Luise, Luise, sieht aus wie'n alter Portugiese. Luise, Luise kriegt gleich wieder 'ne Krise ... Das hättest du mal hören sollen!«

Nun lache ich aus vollem Hals. »Na und? Die sind eben originell. Was hat Hauke dazu gesagt?«

»Er hat sich amüsiert.«

»Aber das ist doch toll. Anscheinend haben sie den gleichen Humor.«

»Ha, ha, ha.«

»Lou, du solltest dich glücklich schätzen, denn du hast eindeutig zu wenige Probleme. Du bist doch sonst so gelassen. Für die Kinder war die Trennung ihrer Eltern sicher schwer, es ist doch klar, dass sie ab und zu rebellieren. Wieso lässt du dich von ihnen überhaupt provozieren?«

»Ich weiß auch nicht. Irgendwie schaffen sie es immer wieder, mich zur Weißglut zu treiben.«

»Du musst diese negativen Gefühle in positive verwandeln. Sieh den Aufenthalt der Jungs als Chance. Nähert euch endlich an. Dann singt ihr womöglich bald zusammen. Wahrscheinlich habt ihr bisher nur zu wenig Zeit miteinander verbracht.«

Lou schnauft. Der Wind frischt auf. Gleich hinter der Düne rekelt sich die See, die mich immer wieder anzieht wie ein Magnet. Ich stürme auf die Brandung zu und brülle gegen den Wind an: »Sieh doch nur, wie wunderschön das hier ist! Lass die Natur auf dich wirken, dann kommen dir deine Probleme viel kleiner vor ...«

»Katja? Mir ist schweinekalt, und ich habe Ohrenschmerzen. Rufst du bitte ein Taxi?«, schreit Lou.

Der Wind pfeift so sehr, dass auch mir die Ohren wehtun. Ich wickele mir meinen Schal um den Kopf. »Kein Problem, der Taxistand ist direkt da drüben, hinter der Düne«, scherze ich. Das Wetter wäre perfekt zum Drachen steigenlassen. Eine Welle der Melancholie schwappt über mich hinweg. Drachensteigen am Strand war für Emma eine Zeitlang das Größte. Sie hat die lustigsten Teile selbst gebastelt und ihnen Namen gegeben. Zu gern erinnere ich mich an das Zorro-Monster, ein grünes Ungetüm mit schwarzer Augenmaske und einem lachenden Mund aus Konfetti. Oliver hat es jedes Mal geschafft, die oft äußerst widerspenstigen Wesen in die Luft zu kriegen. Das Zorro-Monster aber war der einzige Drachen, der überlebte und auch in der Folgesaison noch einmal aufstieg. Meine Augen beginnen zu tränen. Dieser Wind aber auch! Was wäre, wenn ich die Zeit zurückdrehen könnte? Würde ich alles noch einmal genauso machen? Hätte ich die Entfremdung zwischen Oliver und mir verhindern können?

»Warum muss es auch immer diesen unsäglichen Rückweg geben, wenn ich schon mal spazieren gehe?«, klagt Lou da und reißt mich gerade noch rechtzeitig aus meinen Gedanken, bevor aus der Wehmutswelle ein Tsunami wird.

Ich wische mir übers Gesicht und befehle: »Hier wird nicht gejammert! Los jetzt. Abmarsch nach Hause.«

Kurz vor acht sind wir vor dem Kino. »Wir lassen die Romanze sausen und schauen den Thriller, einverstanden?«, fragt Lou.

»Ja, das kommt meiner Gesamtsituation näher. Am meisten freue ich mich ohnehin auf süßes Popcorn.«

Drinnen ist es rappelvoll. »Haben die Leute an einem Samstagabend nichts Besseres zu tun, als ins Kino zu gehen?«, frage ich.

»Anscheinend nicht, sieh uns doch an.«

Wir stellen uns an einem der fünf Schlangenenden an. Plötzlich trippelt Lou unruhig auf der Stelle umher. »Du, wollen wir doch lieber etwas essen gehen? Lass uns ein anderes Mal ins Kino gehen, es ist wirklich zu voll.«

»Aber jetzt sind wir schon hier. Ich halte die Stellung, du kannst gern in Ruhe auf die Toilette gehen.«

»Nein, ich muss nicht. Aber ich habe einen Bärenhunger. Komm, lass uns abhauen.« Lou drängt mich nun mit körperlicher Gewalt zum Aufbruch.

»Hey, wo nimmst du diese Kraft her? Ist es wirklich so schlimm mit deinem Hung ... Ach du Scheiße.« Nun sehe ich den Grund für Lous Appetit. Oliver und Svenja stehen in der Nachbarschlange.

»Vergiss es! Wir bleiben! Das wollen wir doch mal sehen!«

»Moment, Katja, was hast du vor?«

Nun bin ich die Frau mit der Kraft und ziehe Lou in Richtung der beiden überflüssigen Kinogänger hinter mir her.

»So nicht ... so einfach kommt ihr mir nicht davon!«, schimpfe ich vor mich hin.

Lou windet sich. »Mensch Katja, hast du wirklich geglaubt, dass Oliver heute Abend gelangweilt und allein zu Hause sitzt? Was immer du auch vorhast, bitte mach das nicht!«

»Dafür ist es jetzt zu spät. Attacke«, raune ich Lou zwei Meter vor den beiden Rücken der Zielobjekte zu und verziehe meinen Mund zu einem breiten Grinsen. Leicht fällt mir das nicht. Am liebsten würde ich tatsächlich Lous Rat befolgen und sofort Reißaus nehmen. Aber nun ist es zu spät. »Mensch, so eine Überraschung! Dürfen wir uns zu euch vordrängeln?«, frage ich mit einer Stimme, die ich nicht kenne. Ich stehe nun direkt neben Oliver, der mich sichtlich überrascht ansieht. »Katja! Was machst du denn hier?«

Svenja steht das Unbehagen ins Gesicht geschrieben.

»Was wir hier machen? Tja, Lou und ich wollten schwimmen gehen und anschließend zur Massage.«

»Sorry, das war eine dumme Frage. Äh, ja, meinetwegen, stellt euch zu uns. Moin, Lou«, sagt Oliver.

»Hallo, lange nicht gesehen.« Lou drückt meine Hand sehr fest. Ich drücke zurück und signalisiere ihr, dass ich noch nicht fertig bin. »Und das ist Svenja, die aufgeschlossene Mutter von Emmas Freundin Clara. Sie arbeitet als Hypnotherapeutin, und wie du siehst, ist sie recht erfolgreich«, sage ich.

Svenjas Schläfen pochen, ihre Nüstern beben, aber bevor sie etwas sagen kann, fragt Oliver: »Was soll das?«

Mein Herz rast, ich fühle mich schrecklich.

»Ach, lass sie doch. Sie muss es verarbeiten. Das dauert«, sagt Svenja und sieht dabei aus wie Chucky, die Mörderpuppe. Ich bemühe mich, überlegen zu wirken und ihrem Blick standzuhalten. Wäre die Lage nicht so ernst, dann wäre er lustig, dieser Kampf der entglittenen Gesichtszüge. Lou drückt meine Hand nun noch fester. Aber ich plappere munter weiter. »Das ist aber lieb von dir, dass du das sagst, Svenja. Wir wollen ins Kino vier. Ihr auch? Dann könnten wir nebeneinander sitzen und uns eine Riesenportion Popcorn teilen.«

»Na so ein Zufall. Da wollen wir ...«

Svenja unterbricht Oliver barsch und vollendet seinen Satz: »... nicht rein. Der Film ist viel zu anspruchslos. Wir gehen in die eins.«

Da fängt Lou auf einmal an zu kichern. Ich schaue sie irritiert an. Sie lacht nun immer heftiger und deutet auf die Programmtafel. In Kino eins läuft *Die kleine Ameise Piffi und ihre Freunde*.

»Mensch Oliver, Respekt! Da traut ihr euch was. Aber nach so etwas Intellektuellem ist mir heute nicht zumute. Dir, Lou?«

»Äh, nein«, presst sie hervor und ergibt sich ihrem Lachkrampf.

Svenja ist rot geworden und flüstert Oliver etwas ins Ohr. Der lächelt peinlich berührt, federt die Situation aber souverän ab. »Wir wissen viel zu wenig über Ameisen. Das sind intelligente Wesen.«

»Daran habe ich keinen Zweifel«, sage ich. Lou tritt mir nun auf die Füße und kneift mich. *Komm endlich, komm.*

»Okay, wir machen uns aus dem Staub. Das hier war simpel genug, da brauche ich keinen anspruchslosen Hauptfilm mehr. Einen schönen Abend noch für euch.« Ich drehe mich um, weil ich die beiden nicht länger zusammen ertragen kann.

Lou hat sich inzwischen wieder beruhigt. »Also dann, es hat mich nicht besonders gefreut«, murmelt sie noch, bevor wir in den Massen verschwinden und uns den Weg in die kühle Abendluft bahnen. »Was bitteschön war das da eben?«, fragt Lou.

»Ich weiß es selber nicht. Ich ... ich konnte einfach nicht anders.«

»Mensch Katja, was für eine Vorstellung! Aber mal ehrlich, hast du wirklich geglaubt, dass er sie nicht mehr trifft?« Wir schlendern die wie leergefegt wirkende Straße entlang.

»Natürlich ist mir klar, dass er sie noch nicht ignoriert. Aber warum fühle ich mich jetzt nur so schlecht?, frage ich aufgelöst.

»Komm mal her, meine Kleine.« Lou hakt sich bei mir ein.

»Wenn dir das alles nichts mehr ausmachen würde, dann könntest du doch sofort die Scheidung einreichen. Komm, lass uns fahren«, sagt sie. Ihr Spazierkontingent ist für heute eindeutig erschöpft.

Wir laufen zurück zum Parkhaus. »Da bin ich nun gerade einigermaßen mit der Situation klargekommen und peng, da stürze ich wieder ins Loch, nur weil wir im gleichen Kino sind. Außerdem möchte sich Oliver über seine Gefühle klar werden. Warum verabredet er sich dann mit Miss Chucky?«, frage ich aufgebracht und gebe leise zu: »Vielleicht habe ich wirklich gehofft, dass er sie nicht mehr trifft.«

Wir stehen vor dem Parkautomaten und werfen unser Kleingeld hinein. »Die Hoffnung trägt dich ein Stück weit, aber sie ist eben nichts weiter als eine Illusion. Gehen wir jetzt endlich was essen?«, fragt Lou und nimmt das Ticket an sich.

»Ich habe keinen Hunger, aber ich leiste dir gern Gesellschaft. Tust du mir einen Gefallen?«

»Nein, ich werde Svenja nicht nach Sibirien ausfliegen.«

Wir steigen in den Wagen. »Schade. Übernachtest du dann wenigstens heute bei mir? Ich möchte nicht allein sein.«

Lou startet den Motor. »Kein Problem. Ich war ja ohnehin sauer auf Hauke, hatte ich nur schon wieder vergessen. Da kann er mal sehen, was er davon hat, mich vor vollendete Tatsachen zu stellen.«

»Ach komm, das hat er nicht verdient. Dass er zwei Kinder hat, das wusstest du von Anfang an.«

»Ja, ja. Der Spaziergang vorhin scheint tatsächlich etwas gebracht zu haben. Du hast völlig recht, so schlimm ist das nicht. Irgendwie werde ich die sechs Wochen schon überleben. Notfalls therapiere ich die Jungs mit Valium.«

»Das ist meine Lou!«

Wir kehren in einem thailändischen Imbiss ein, wo Lou grünes Curry mit Hühnchen verschlingt. Ich quäle mir einen Ingwertee rein. Danach fahren wir zu mir und schwenken auf Rotwein um. Ich mache es uns gemütlich und zünde Kerzen an. Lou räkelt sich auf dem Öko-Schaffell vor dem Kamin. »Wie gemütlich! Was gäbe ich für ein Tête-à-Tête hier! Kannst du Feuer machen?«

Ich kauere mich tiefer in den Sessel. »Das geht nicht, dazu brauche ich Oliver. Und es würde mich noch sentimentaler machen ... Ach Lou, ich wünschte, Emma wäre hier. Wie gern würde ich sie endlich mal wieder in den Arm nehmen! Mich an ihr reiben und mich mit ihr austauschen. Es ist doch absurd, dass ich ihr aus der Ferne ein Leben vorspiele, das es gar nicht gibt.«

»Sei froh, dass sie nicht hier ist. Du hättest dich zerrissen. Es ist viel besser, dass du dein Leben erst einmal allein ordnen kannst.«

»Ich habe Angst davor, dass es Clara erfährt und dann Emma erzählt. Stell dir das mal vor! Womöglich postet sie irgendwo, dass ihre Mutter nun mit dem Vater ihrer besten Freundin zusammen ist. Das wäre der absolute Horror.«

»Meinst du, sie hat wirklich noch nichts mitgekriegt?«

»Oliver hat mir versichert, dass sie nichts weiß. Ich muss ihm da vertrauen. Wie soll ich Emma jemals wieder in die Augen blicken, wenn sie *das* nicht von mir oder ihrem Vater erfährt?«

»Du willst sie nur schützen. Selbst wenn sie es heute auf Facebook lesen würde, eines Tages würde sie dein Verhalten verstehen.«

»Ich vermisse sie so.« Tränen steigen mir in die Augen, mal wieder. Ich stöhne auf und trinke mein Glas leer.

»Aber überleg mal, du lebst nun schon über drei Monate ohne Emma und hast weder eine Selbsthilfegruppe gegründet noch bist du einer beigetreten. Das ist gut! Die nächsten Wochen wirst du auch noch durchhalten.«

»Weil mein Schmerz von einem anderen Problem überlagert wurde.« Ich schnäuze lautstark in ein Taschentuch. »Ich brauche endlich das Gefühl, dass mein Leben wieder auf einem festen Fundament steht.«

»In der nächsten Zeit wird noch viel passieren«, orakelt Lou.

»Ach ja? Was denn? Sag mal ehrlich, glaubst du daran, dass Oliver und ich eines Tages wieder unbeschwert miteinander leben können?«

Lous Blick gleitet durchs Zimmer. Sie verschränkt die Arme und hält sich den Zeigefinger ans Kinn. Das ist ihre typische Denkerpose. Da kann es etwas länger dauern.

»Lou?«

Sie nimmt einen langen, tiefen Atemzug. »Es ist noch zu früh, um es auszuschließen.« Lous Augen funkeln im Kerzenlicht.

»Ist das alles, was du dazu zu sagen hast?«

»Genau wie Oliver solltest du dir darüber klar werden, was du wirklich willst! Konzentriere dich auf *dich!* Klar, die Liebe erträgt alles, das steht nicht umsonst in der Bibel. Das Schwierige ist nur, sie von Gewohnheit zu unterscheiden. Womöglich hältst du nur an ihm fest, weil du nichts anderes kennst und Angst vor Veränderung hast.«

Ich lege meinen Kopf auf die Lehne und schließe die Augen. »Warum ist das nur alles so kompliziert?«

»Genau genommen ist es das nicht. Du musst nur wissen, wie du leben möchtest!«

»Ach so! Mensch, dass ich da noch nicht drauf gekommen bin. So einfach ist das also!«

Lou zieht auf die Couch um. »Gönn dir zwischendurch eine Affäre! Es wird Zeit, dass dir mal wieder jemand ordentlich Lebensfreude einstößt.«

»Lou! Das ist das Letzte, woran ich jetzt denke!«

»Sei nicht immer so vernünftig! Du kannst dich auch mal ein bisschen ablenken!«

Ich richte mich auf. »Meinetwegen, dann schenke mir nachträglich zum Geburtstag einen Callboy, und ich schaue mal, ob ich den auspacke.«

»Hervorragende Idee! Da werde ich mich nicht lumpen lassen.« Lou gähnt wie ein Löwe.

»Komm, lass uns ins Bett gehen«, sage ich.

Das erste Mal seit Wochen kann ich meine kalten Füße wieder an einem Menschen wärmen, das tut gut. Ich bin eindeutig nicht gemacht für die Einsamkeit, jedenfalls nicht ohne eine elektrische Heizdecke, die ich mir längst gekauft haben wollte.

9

Lou verabschiedet sich am nächsten Morgen gleich nach dem Aufstehen. So frühstücke ich, an altem Brot nagend, allein in diesen Sonntag hinein. Ich muss dringend mal wieder einkaufen gehen. Eigentlich wollten Oliver und ich heute erstmals wieder zusammen vor die Webcam treten und mit Emma sprechen. Aber nach dem gestrigen Abend bin ich dazu nicht bereit. Ich schicke ihm eine Nachricht: *Gemeinsamer Auftritt heute Nachmittag fällt aus.*

Prompt kommt seine Antwort: *Bitte lass uns professionell miteinander umgehen.*

Ich schreibe zurück: *Einst in Liebe vereint, nun professionell miteinander verbunden.*

Darauf erhalte ich keine Antwort. Was sollte er auch schreiben? *Du tief verletzte Seele.*

Da ich keinen Grund sehe, mich heute anzuziehen, bleibe ich im Schlafanzug, lege mich auf die Couch und zappe durch die Programme. Draußen regnet es in Strömen, das passt doch. Bei der *Sendung mit der Maus* bleibe ich hängen. Dort könnten sie doch mal zeigen, wie man eine Ehe repariert. Aber stattdessen sehe ich mir an, wie Nussnougatcreme hergestellt wird. Das Klingeln des Telefons lässt mich hochschrecken. Da war ich tatsächlich eingenickt. Es ist kurz vor halb eins. und ich habe mir noch nicht mal die Zähne geputzt. Wenn ich ein paar Tage so weiterlebe, dann verwahrlose ich – so schnell geht das, und es tut nicht mal weh. Das Telefon klingelt weiter. Obwohl ich die Nummer nicht kenne, nehme ich ab.

»Hi, hier ist Theo.«

Als ob jemand einen Hahn aufgedreht hat, fließt plötzlich eine unbändige Energie durch meinen Körper. »Theo! Das ist aber eine Überraschung. Wie geht es dir?«

»Gut, danke. Ich bin auf Zwischenstopp in Kiel. Oliver und ich wollten uns sehen, bevor ich morgen wegfliege, aber ich erreiche ihn nicht. Ist er zu Hause?«

Ich zögere einen Moment. »Er wohnt derzeit nicht hier.«

»Was hat das denn zu bedeuten? Davon hat er mir nichts erzählt. Was ist los bei euch?«

Ich schalte den Fernseher aus. »Wie sagt man so schön? Wir nehmen eine Auszeit.«

»Wie bitte?«

»Ja, jeder von uns kann nun endlich einmal tun und lassen, was er möchte, und sich dabei auch noch selbst finden.«

»Oh, oh! Klingt vielversprechend. Hast du Lust, mit mir essen zu gehen?«

»Und was ist mit Oliver?«

»Er hat anscheinend keine.«

»Ja, sieht ganz so aus.« Ich zögere nur noch einen kurzen Augenblick, bevor ich sage: »Okay, gern.«

»Fein. Dann hole ich dich in einer Stunde ab.«

»Was? Jetzt gleich? Ach, warum nicht? Meine Küche wäre heute sowieso kalt geblieben.«

Nachdem wir aufgelegt haben, setze ich alles daran, mir nicht anmerken zu lassen, dass ich beinah verlottert wäre. Wer hätte gedacht, dass ich der Einsamkeit dieses Sonntags doch noch entfliehen kann.

Theo ist pünktlich. Aber er ist Olivers Freund, und eigentlich müsste er doch von ihm erfahren, was los ist. »Hallo. Danke, dass Sie mir Ihren Chauffeurservice angeboten haben«, sage ich zur Begrüßung, um meine Unsicherheit zu überspielen.

Theo hält mir die Autotür auf. »Es ist mir eine Ehre. Wenn gnädige Frau jetzt bitte einsteigen mögen. Es geht los.«

Kurze Zeit später sitzen wir uns in einem gemütlichen Restaurant am Leuchtturm gegenüber. Der Regen hat aufgehört. Ab und zu blitzt sogar die Sonne durch. Dann funkelt die ruhige See wie ein Diamantenfeld.

Da wir nur eine Speisekarte auf dem Tisch haben, liest Theo mir mit seiner angenehmen Stimme daraus vor. »Bouillabaisse mit Allerlei aus Nord- und Ostsee, krosses Zanderfilet auf Balsamico-Senf-Linsen, Matjesvariationen, weiße Tomatensuppe mit Pesto und Scampicroustillon ...«

Ich könnte ihm den ganzen Tag lang zuhören. Theos Stimme wirkt auf mich wie ein Eisbrecher, nur dass hier statt Eis meine Zurückhaltung zerstört wird. Meine Seelenschmerzen treten in den Hintergrund. »Werden die Scampicroustillons in der Ostsee gefangen?«, frage ich.

Theo grinst. »Aber ja. Da schwimmen küchenfertig riesige Schwärme umher.«

»Sind sie etwa auch schon gewürzt? Dann muss ich sie probieren!«

»Was magst du noch?«

Ich entscheide mich für eine Seezunge mit Zitronenbutter. Theo nimmt die Bouillabaisse und Wildlachs mit Reis. Dazu ordern wir Grauburgunder und eine Flasche Wasser.

»Was ist zwischen Oliver und dir passiert?« Theo sieht mich erwartungsvoll an. »Oder möchtest du darüber nicht sprechen?«

Ich lege mir die weiße Stoffserviette auf den Schoß und

nestele daran herum. »Doch, das möchte ich. Er hat eine Affäre. Und nun muss er herausfinden, was ihm wichtig ist. Du hattest wirklich keine Ahnung?«

»Wow! Nein, ich wusste nichts. Typisch Oliver, nur nicht über Gefühle reden.« Theo schüttelt den Kopf.

»Ja, schweigen kann er wirklich gut.«

»Und wie kommst du damit klar?«

»Es hat mich zunächst ziemlich aus der Bahn geworfen.« Der Kellner stellt die Flaschen auf den Tisch und schenkt uns Wein und Wasser ein. Ich nippe am Grauburgunder und erzähle weiter. »All die Jahre habe ich hinter Oliver gestanden, und kaum ist unsere Tochter weg, da muss er herausfinden, was das Beste für ihn ist. Und ich habe erst realisiert, wie ernst die Lage ist, als ich ihn mit der anderen Frau gesehen habe.«

Theo mustert mich mit seinen schönen Augen. »Kämpft ihr um eure Ehe?«

Ich zucke mit den Schultern. »Ich weiß nicht, wie es weitergeht. Momentan kann ich nur abwarten.«

»Meinst du nicht, dass du etwas mehr tun könntest?«

»Doch, deswegen denke ich viel nach.«

»Während du rumsitzt und wartest?«

Theos aufrichtiges Interesse imponiert mir. Ich bin es nicht gewohnt, dass ein Mann meinem Gefühlsleben derart viel Aufmerksamkeit schenkt.

»Aber es ist wichtig für mich. Vielleicht habe ich mir schon viel zu lange nur etwas vorgemacht. Wir haben gut funktioniert als Familie. Emma war das Glied, das uns verbunden hat. Ohne sie haben wir uns nicht mehr viel zu sagen ...« Die Vorspeisen werden serviert. »Übrigens schütte ich normalerweise nicht den Freunden meines Mannes mein Herz aus, damit das klar ist.« Ich rühre die Suppe um. »Aber bei dir ist es anders. Obwohl ich dich erst zum zweiten Mal sehe, kommt es mir vor, als würde ich dich schon ewig kennen. Ich habe das Gefühl, dass ich mit dir über alles reden kann.« Oh nein! Eigentlich wollte ich das nur denken, aber stattdessen habe ich es laut gesagt. Ich merke, wie mir das Blut in den Kopf steigt, und senke beschämt meinen Blick auf den Teller.

»Danke. Das nehme ich als großes Kompliment.«

»Kannst du auch«, murmele ich und schaffe es noch immer nicht, Theo anzuschauen. Ich schaufele die Tomatensuppe samt der Scampicroustillons in mich hinein. Wir tauschen uns darüber aus, wie köstlich es schmeckt, und dann endlich, nachdem unsere Teller geleert sind, reden wir weiter. »Lass uns nicht nur über mich sprechen«, wage ich mich schließlich vor. »Wie schaffst du es nur, nach dem, was du erlebt hast, so stark zu wirken und eine so unbändige Lebensfreude auszustrahlen?«

Theo gießt uns Wasser nach. Der Kellner kommt und räumt die Teller ab. »Dass ich stark wirke, heißt noch lange nicht, dass ich es auch bin. Es gibt immer wieder Momente, in denen die Trauer mich einholt und zerreißt wie ein Raubtier. Aber ich liebe das Leben, und sicher bin ich durch Annas Tod demütiger geworden.« Voller Wärme spricht er weiter: »Sie war ein ganz wunderbarer Mensch. Da, wo Liebe ist, gibt es keine Trennung, hat sie oft gesagt. Genauso ist es. Ich habe sie jeden Tag auf eine andere Weise bei mir, für immer, das kann mir keiner nehmen.«

Ich drehe meinen Kopf zur Seite und versuche, die Tränen wegzublinzeln. Da werden wir schon wieder gestört. Der Hauptgang kommt. Appetit habe ich keinen mehr. Unmotiviert zerlege ich die Seezunge. »Wie ist es passiert?«, frage ich.

Theo tupft sich den Mund mit der Serviette ab und

beginnt zu erzählen: »Wir sind oft an den Wochenenden zum Wandern und Klettern in die Berge gefahren. Es war ein strahlender Samstag. Wir alberten wie so oft herum, sie lief auf einem schmalen Pfad ein Stück vor mir und drehte sich lachend zu mir um. In dem Moment ist sie abgerutscht. Ich konnte nichts tun. Nichts! Auf einmal war sie weg ... Sie landete ein paar Meter tiefer auf einem Vorsprung ...«

»Das ist schrecklich. So schrecklich!«, stoße ich aus.

»Ich bin sofort zu ihr heruntergeklettert, habe versucht, sie zu stabilisieren und Hilfe angefordert. Anna war bei Bewusstsein. *Wenn ich den Scheiß überstanden habe, dann fahre ich nach Indien*, hat sie gesagt. Anna hat die Dinge immer beim Namen genannt.« Theo schmunzelt und hebt den Blick, so als ob Anna über ihm schweben würde.

Ich wische mir über die Augen. »Warum wollte sie ausgerechnet nach Indien?«

»Anna war ein sehr spiritueller Mensch. Wie oft habe ich mich darüber lustig gemacht! Eigentlich haben wir da so gar nicht zusammengepasst, denn ich habe an nichts geglaubt. Für mich musste alles wissenschaftlich erklärbar sein.« In Theos Gesicht spiegelt sich der Schmerz. »Annas größter Wunsch war es, einmal an die Quelle ihrer Philosophie zu reisen und in Indien einen Ashram zu besuchen. Als sie in meinen Armen lag, da habe ich zu ihr gesagt, dass ich mitkommen werde. Nie war ich mir sicherer. Anna hat gelächelt. Diesen Blick von ihr werde ich niemals vergessen. Er war voller Liebe – und Hoffnung. Dann wurde sie ohnmächtig.« Theos Stimme wird schwächer. »Und dann kam der Hubschrauber. Ich durfte nicht mitfliegen. Niemals habe ich damit gerechnet, dass ich sie nicht mehr lebend wiedersehen sollte. Auf dem Flug zum Krankenhaus ist sie ihren inneren Verletzungen erlegen.« Sein Blick gleitet ins Leere.

Ich tupfe mir mit der Serviette das Gesicht trocken und kann kaum sprechen. »Es tut ... mir ... so leid, so ... leid! Wie hast ... du ... du ... das nur ausgehalten?«

»Gar nicht. Aber irgendwie habe ich trotzdem funktioniert. Ich habe gekündigt und bin für drei Monate nach Indien gereist, um Annas Traum wahr zu machen. Verrückt, oder? Da muss erst meine Freundin sterben, damit mir klar wird, wie kostbar und flüchtig das Leben ist. Viel zu lange stand meine Karriere im Vordergrund. Nun investiere ich meine Boni der letzten Jahre in meine Reisen, weil ich nichts verpassen möchte von dieser Welt. Anna hat mich nach ihrem Tod tatsächlich einen anderen Blick gelehrt.«

»Wie meinst du das?«

Niemand von uns rührt mehr einen Bissen an. Wir lassen die noch halbvollen Teller abräumen.

»Mir sind Dinge widerfahren, die sich ganz sicher wissenschaftlich nicht erklären lassen. Das hat mich zunächst völlig irritiert, aber dann war ich dankbar dafür, weil es tröstet.«

»Erzählst du mir davon?«

Theo stützt seinen Kopf auf die Hände. »Für Außenstehende ist es schwer, solche Erlebnisse nicht als Halluzination oder Wunschdenken abzutun. Zumindest hätte ich das früher getan. Aber Anna hat mein Weltbild komplett auf den Kopf gestellt und mich dabei toleranter werden lassen. Sie kam in meinen Träumen zu mir, so intensiv und klar, dass es kein Vergleich zu herkömmlichen Träumen war. Sie sah wunderschön aus und strahlte in einem hellen Licht. Anna ließ mich in diesen Momenten spüren, dass alles gut ist, und vermittelte mir ein Gefühl tiefen Friedens. Auch tagsüber habe ich gespürt, dass sie ganz nah bei mir ist ... und ... Oh Mann, dass ich dir das alles erzähle! Du musst mich doch für komplett irre halten!« Theo schüttelt den Kopf.

»Nein! Ganz bestimmt nicht! Das Einzige, was wir über den Tod wissen, ist doch, dass wir nichts *wissen!* Bitte sprich weiter!«

»Das hast du schön gesagt. Jedenfalls begann ich zu recherchieren und stellte fest, dass das Phänomen sogenannter Nachtodkontakte gar nicht so selten auftritt. Es gibt etliche Veröffentlichungen zu dem Thema. Allerdings sprechen die Wenigsten öffentlich darüber, weil sie Angst davor haben, sich lächerlich zu machen.«

»Was wäre unsere Gesellschaft nur ohne Tabus? Ich finde es bewundernswert, wie du damit umgehst, und kann mir gut vorstellen, dass es dir bei der Trauerbewältigung hilft. Darüber musst du mir unbedingt noch viel mehr erzählen!«

»Aber nicht heute. Und glaub mir, es ist trotzdem ein weiter Weg«, sagt Theo und trinkt einen Schluck.

»Wem sagst du das? Ich habe es noch immer nicht geschafft, mich richtig mit dem Tod auseinanderzusetzen. Das Einzige, worin ich gut bin, ist verdrängen.«

»Darin sind wir doch in gewisser Weise alle gut.« Theo stellt sein Glas ab und sieht mich teilnahmsvoll an. »Hast du etwa auch schon jemanden verloren, der dir sehr nah stand?«

Fünf Mal, um genau zu sein. Einmal war es sogar schon ein fertiges kleines Mädchen. Selbst überrascht davon, mit welcher Macht Sophie an die Oberfläche drängt, beginne ich zu erzählen: »Vor gut sechzehn Jahren war ich mit Zwillingen schwanger, Emma und Sophie. Sophie hat es nicht geschafft ...« Der alte Schmerz kocht wieder hoch. Theo greift über den Tisch nach meiner Hand und hält sie einen kurzen Moment lang. »Ich hatte ja keine Ahnung. Davon hat Oliver mir nichts erzählt«, sagt er.

»Warum wundert mich das nicht? Ich habe selbst jahrelang versucht, es zu verdrängen. Aber als Emma nach Amerika ging, da kam alles wieder hoch.«

»Was ist damals passiert?«

»Es war eine Woche vor den Prüfungen. Das Physikum wollte ich unbedingt vor der Babypause schaffen. Alles war schon genau geplant. Drei Tage nach der letzten Prüfung sollten die Kinder per Kaiserschnitt zur Welt kommen. Aber anstatt zu lernen, habe ich mich mit Heißhunger auf Schokoladeneis ins Auto geschwungen, um in den nächsten Supermarkt zu fahren und welches zu kaufen. Dabei sollte ich nicht mehr Autofahren, ich passte kaum mehr hinters Lenkrad. An einer Rechts-vor-links-Kreuzung bin ich rechts abgebogen. Dabei habe ich nicht nach links geschaut, sondern bin einfach gefahren. Und da raste mir ungebremst ein Kleintransporter ins Auto. Offiziell war es nicht meine Schuld, aber wenn ich aufgepasst hätte, dann wäre das alles nicht passiert.« Ich schlage mir mit der Faust gegen den Kopf, während meine Stimme schrill wird. »Mein Kind ist für die Lust seiner Mutter auf Schokoladeneis gestorben! Das muss man sich mal vorstellen!«

»Katja, sag so etwas nicht! Bitte! Es war ein schrecklicher Unfall.« Wieder kommt Theos Hand über den Tisch und drückt meine.

»Ja, das war es. Die Kollision war so stark, dass der Wagen Feuer fing. Ich wurde in letzter Minute aus dem Auto gezogen, sah sogar noch die Flammen, bevor ich das Bewusstsein verlor. Nur ein paar Sekunden später, und Emma und ich wären auch nicht mehr ...« Trotz der vielen Jahre, die mich schon von diesem Super-GAU trennten, ist die Wunde nie verheilt. Es hat sich nur dünner Schorf gebildet, nun blutet sie wieder. »Als ich im Krankenhaus zu mir kam, da gab es keine Sophie mehr. Und Emma lag auf der Intensivstation ...« Die Tränen rinnen mir übers Gesicht. Ich stöhne auf. Theo nimmt mir die durchweichte Serviette aus der Hand und reicht mir seine trockene. Ganz ohne Worte schafft er es, Trost zu spenden. Ich schüttele den Kopf. »Wahnsinn, da stellen wir gleich bei unserer ersten Verabredung jedes Trauerseminar in den Schatten«, schniefe ich.

»Das soll uns erst mal einer nachmachen!«, sagt Theo. Wir lächeln matt.

Ein Blick auf die Uhr verrät mir, dass es schon kurz nach vier ist, Zeit für die Skype-Verabredung mit Emma. Aber ich möchte nicht weg von Theo. Hier gibt es nur unserer beider Leben, die so spontan miteinander in Berührung gekommen sind. Ich fühle mich ihm auf ganz besondere Weise verbunden.

»Wollen wir ein Stück spazieren gehen?«, fragt Theo da und reißt mich aus meinen Gedanken.

»Gute Idee, etwas frische Luft tut uns jetzt sicher gut.«

Theo winkt die Bedienung heran und bestellt die Rechnung. Ich zücke mein Portemonnaie, doch er winkt entrüstet ab.

»Dankeschön«, sage ich.

»Gern. Schließlich wollte ich dich zum Essen einladen.«

Ich schenke ihm ein Lächeln. »Entschuldige mich eine Sekunde, ich gebe nur schnell Emma Bescheid, dass ich mich später bei ihr melde.« Ich hole mein Telefon aus der Tasche und schicke ihr eine Nachricht.

Es hat wieder zu regnen begonnen. Wir stehen einen Moment lang unschlüssig unter dem Vordach des Restaurants. Ich strecke meine Hand aus und spüre die weichen Tropfen auf meiner Haut. »Es ist das perfekte Wetter zum Spazierengehen, vorausgesetzt du hast einen Regenschirm dabei.«

»Wir könnten Glück haben.« Theo sprintet zum Auto und öffnet die Kofferraumklappe. »Das ist der Wagen meiner Mutter. Es wäre ein Wunder, wenn sich hier nicht mindestens vier Schirme finden ließen«, ruft er. Ich sprinte zu ihm.

»Okay, es ist zwar nur einer, aber er ist groß«, sagt Theo und spannt einen riesigen grün-weiß gestreiften Schirm auf, unter dem wir beide viel Platz haben. Wir laufen los, um eine kleine Landspitze herum, am Strand entlang, die offene See zu unserer rechten Seite. In der Ferne pflügt sich eine große Fähre in Richtung Oslo oder Göteborg durchs Wasser. Der Regen prasselt nicht bösartig, sondern ganz sanft auf das Schirmdach nieder. Weit und breit ist keine Menschenseele zu sehen. Wir reden über Gott und die Welt und entdecken so manche Gemeinsamkeit. Während Oliver Gene Kelly nicht ertragen kann, liebt Theo genau wie ich seine Filme. Irgendwann singen wir zusammen *I'm singing in the Rain*, und es fühlt sich kein bisschen albern an, nur leicht. Als die Dämmerung bereits eingesetzt und der Regen aufgehört hat, kommen wir zurück an unseren Ausgangspunkt. Der blaue Golf von Olivers Mutter steht verloren auf dem großen Parkplatz. Es ist das gleiche Modell, das ich einst fuhr.

»Als der Unfall passierte, fuhr ich auch so einen Golf«, sage ich und bin verwundert, dass mir das ausgerechnet jetzt auffällt. »In den letzten Jahren sind bestimmt eine Million Autos dieser Modellreihe an mir vorbeigefahren, aber ich habe sie nicht gesehen.«

Wir bleiben vor dem Wagen stehen.

»Manchmal ist ein Tag wie ein Hurrikan. Er wirbelt alles auf – und hat es sich noch so gut versteckt«, sagt Theo.

»Oh ja! Den Eindruck habe ich auch. Es hat Jahre gedauert, bis ich mich wieder hinters Steuer setzen konnte. An der Unfallstelle bin ich nie wieder gewesen. Ich nehme alle Umwege in Kauf, nur um dort nicht langfahren zu müssen.«

Theo verstaut den Schirm im Kofferraum und öffnet mir die Beifahrertür. »Du hast nie damit abgeschlossen. Deswegen glaube ich, dass es wichtig für dich wäre, dorthin zurückzukehren«, sagt er.

Beim Einsteigen verkrampft sich mein ganzer Körper. »Aber ich weiß nicht, ob ich das schaffe. Ich habe Angst davor!«

»Wovor?«

»Dass dann alles wieder hochkommt.« Wie in Zeitlupe lege ich den Gurt an.

»Ach so. Das ist ja noch nicht passiert.«

Die Ironie in Theos Worten bringt mich ins Grübeln. Stimmt, mehr geht kaum. Was also soll passieren? Ich schweige, während wir langsam in Richtung Hauptstraße fahren.

»Soll ich dich begleiten?«, fragt Theo da.

»Was?! Jetzt?«

»Ja.«

Lass dich darauf ein, Katja! »Aber ich weiß nicht, was passieren wird, wenn wir dort sind«, sage ich.

»Wer weiß das schon?«, erwidert Theo und beschleunigt.

10

Eine halbe Stunde später finden wir uns in der nur spärlich von ein paar Straßenlaternen erhellten Dunkelheit an der Kreuzung wieder, die mein Schicksal besiegelte. Nichts deutet daraufhin, was hier geschehen ist. Theo parkt den Wagen ein paar Meter weiter in einer Einbuchtung. Wir steigen aus. Beklemmung erfasst mich.

»Geht's?«, fragt Theo.

»Das weiß ich noch nicht. Es fällt mir sehr schwer, hier entlangzulaufen.« Theo nimmt meine Hand und führt mich bis zur Kreuzung. Dort bleiben wir stehen. Wortlos, minutenlang. Sequenzen und Bilder schießen mir durch den Kopf. Ein ohrenbetäubender Knall, es riecht nach Benzin. Dann wird alles schwarz. Schluchzend gehe ich in die Hocke. Theo ist neben mir und streicht mir beruhigend über den Rücken. »Lass es alles raus! Alles!«

Warum war er nicht schon vor Jahren da? Langsam beruhige ich mich und stehe wieder auf.

»Du kannst stolz auf dich sein. Dadurch, dass du jetzt hier bist, bietest du deiner Trauer und dem Schmerz endlich einmal die Stirn.«

»Ach Theo«, seufze ich. »Das hätte Anna gesagt, oder?«

»Ja, wahrscheinlich.« Er legt beschützend seinen Arm um mich. Ich lehne mich an seine starke Schulter und weine leise weiter. Keine Ahnung, wie lange wir so dastehen. Aber Zeit spielt heute ohnehin eine völlig untergeordnete Rolle. Es fahren nur wenige Autos an uns vorbei. Bestimmt sitzen die meisten Menschen jetzt gemütlich zu Hause vor dem Fernseher und schauen *Tatort*. Ich stehe dafür an einem Tatort und bin gewillt, diesen Fall zu lösen. Der Wind hat die letzten Wolken weggepustet. Der Himmel ist nun ganz klar, Sterne funkeln. Mit tränenverschmiertem Gesicht blicke ich nach oben. Vielleicht soll mir diese Schönheit des Abendhimmels etwas sagen. *Willkommen am Ort deiner Albträume. Alles ist gut*. Der Mond ist fast voll und wirft einen Lichtkegel auf den neben uns liegenden Acker. »Ich habe es tatsächlich überlebt«, sage ich.

Theo kickt einen Stein vom Fahrbahnrand auf das Feld.

»Sie ist nur in unserem Kopf, die Angst. Da hockt sie und wartet darauf, die Macht zu übernehmen. Nach Hause?«, fragt er.

Ich nicke. Auf dem Weg zurück zum Auto drehe ich mich noch einmal um. Friedlich und still liegt die Kreuzung da. Theo sagt nichts, er folgt nur meinem Blick. Dann steigen wir in den Wagen und fahren davon.

»Wie geht es dir?«, fragt er nach einer Weile.

»Erstaunlich gut. Ehrlich gesagt weiß ich nicht, wie ich dir jemals für diese Überfallaktion danken soll.«

»Das habe ich gern gemacht, wirklich. Es wäre doch gelacht, wenn wir unsere Päckchen nicht ein paar Kilo leichter kriegen!«

Ich schmunzele. »Darauf müssen wir unbedingt mal einen trinken!«

»Das machen wir!«

Schrecklich, dass du gleich wieder weg bist! »Wie sehen deine nächsten Reisepläne aus?«, frage ich.

»Morgen fliege ich nach München, da habe ich noch etwas zu klären. Von dort aus geht es nach Los Angeles und anschließend weiter nach Montana.«

»Na, das gibt zumindest ordentlich Meilen! Von Montana habe ich überhaupt keine Vorstellung. Warst du schon einmal dort?«

»Ja, öfter. Ein sehr guter Freund von mir lebt da. Montana ist wunderschön, die Rocky Mountains, leere Highways, die Weite der Prärie, es gibt dort alles.«

»Das klingt nach Freiheit und Abenteuer, beneidenswert. Du kannst immer weg, wenn dir danach ist. Am liebsten würde ich jetzt auch entfliehen, um Ordnung in meinem Kopf zu schaffen.«

»Was hindert dich daran?«

»Na ja, ich kann nicht einfach alles stehen und liegen lassen. Abgesehen davon wüsste ich auf die Schnelle nicht mal, wohin ich fahren sollte.«

»Komm doch mit!«

»Was? Wohin?«

»Nach Montana. Josh hat eine Ranch dort, da ist genug Platz.«

Theos Vorschlag trifft mich völlig unerwartet, so als ob mich jemand fragen würde, ob er mir eine Million Euro schenken darf. »Meinst du das ernst?«

»Ja, na klar.«

Das Geld könnte aus einem Bankraub stammen, das kannst du nicht machen. »Aber Oliver ist dein Freund, und ich bin seine Frau und ...« Mir gehen die Worte aus.

»Katja, ich habe dich nicht gefragt, ob du mir eine Niere spendest. Ich glaube nur, dass es dir gut tun würde, einmal aus der Ferne auf dein Leben hier zu schauen und dich zu sortieren. Montana ist dafür nicht der schlechteste Ort.«

»Aber was würde Oliver dazu sagen? Der glaubt doch, dass ich sie nicht mehr alle habe. Und ich kann doch nicht einfach in der Praxis fehlen ... und überhaupt ...« *Blödsinn! Dir kann völlig egal sein, was Oliver dazu sagt; er nimmt schließlich auch keine Rücksicht auf dich!* Ich schaffe es nicht, auf meine innere Stimme zu hören. »So verlockend das auch klingt, es geht nicht. Aber danke für das Angebot.«

»Keine Ursache.«

Wir sind am Ziel. Das Gartentor steht offen. Theo fährt aufs Grundstück und hält direkt vor der Haustür. Ich löse den Gurt und möchte nicht aussteigen. »Danke für diesen Tag. Es war sehr … intensiv«, sage ich und öffne zaghaft die Tür.

»Falls du es dir anders überlegen solltest, melde dich. Du bist wirklich herzlich willkommen in Montana.«

»Das ist lieb von dir. Gute Nacht und flieg vorsichtig.« Schweren Herzens steige ich aus dem Auto. Theo wartet, bis ich im Haus bin. Ich winke ihm noch einmal zu und nehme zugleich ein tiefes Gefühl von Leere wahr. Er fehlt mir schon jetzt.

Nach einer schlaflosen Nacht stehe ich kurz nach sechs auf. Gefühlte zweihunderttausend Mal habe ich mich hin und her gewälzt, weil ich den Ausknopf meiner Gedankenmaschine mal wieder nicht gefunden habe. Da war Emma in meinem Kopf, mit der ich am späten Abend noch gesprochen habe. Wieder einmal habe ich versucht, ihr vorzumachen, dass alles in Ordnung sei. Leicht war das nicht, denn sie fragte beharrlich nach, ob es Oliver und mir gut ginge, ob es wirklich keine Probleme gibt. »Aber ja, Schätzchen, kein Grund zur Sorge«, sagte ich und konnte meinen Singsang selbst kaum ertragen. Hoffentlich macht Emma mir nicht auch nur etwas vor. Es klang allerdings glaubhaft, als sie mir enthusiastisch von ihrem guten Ergebnis bei einem Mathetest erzählte und dem Spaß, den sie mit ihren Freunden hat. Die Gastmutter achte zwar penibel darauf, dass sie pünktlich nach Hause komme und ihre Hausaufgaben erledige, sei ansonsten aber total easy, wie Emma meinte. Es gibt mir Kraft, wenn ich weiß, dass es ihr gut geht. Ich gehe in Emmas schlummerndes Zimmer und setze mich an ihren Schreibtisch. Am Stiftehalter klemmt ein Automatenporträt, auf dem sie eine lustige Grimasse zieht. Ich gebe ihr einen Kuss. *Wie sehr ich dich liebe, meine Kleine!*

Später, im Bad, bin ich wieder ganz bei Theo, der mich ebenfalls die halbe Nacht beschäftigte. Ich drehe die Dusche auf und steige bibbernd unter den eisigen Wasserstrahl, der sich nur langsam erwärmt. *Du brauchst Abstand, du musst deinen Kopf frei kriegen. Ab in den Ausguss mit deinem Pflichtbewusstsein und deiner Angst davor, etwas zu wagen.* Was mache ich mir für Gedanken um die Praxis und Olivers Befindlichkeiten? Es geht um mich! Ich dusche und dusche, weg mit meinen Skrupeln! Auf dem Rückweg könnte ich einen Zwischenstopp in Philadelphia machen und Emma besuchen. Ja! Was wäre das für eine Überraschung! Zum Schluss lasse ich mich noch einmal eiskalt berieseln, so als ob ich meinen Entschluss dadurch erhärten könnte. Dann hülle ich mich in ein flauschiges Badetuch und spreche laut in den beschlagenen Spiegel, in dem ich wie ein Geist aussehe: »Oliver, du kannst mich mal! Ich bin die Letzte, die Rücksicht auf dich nehmen muss!« Ja, ich werde mich auf das Abenteuer einlassen und mir meine eigene Auszeit nehmen! Nicht mehr warten, handeln! Überschwänglich schreibe ich an Theo: *Wenn dein Angebot noch steht, bin ich dabei!*

Auch Oliver kriegt eine Nachricht: *Bin bereit für Professionalität. Muss dringend mit dir reden. Wann passt es dir?*

Theo antwortet prompt: *Moment ... Ja, steht noch und*

winkt dir zu. Sofort spüre ich ein Kribbeln auf der Haut, aber das hat da überhaupt nichts verloren! Bei meinem Entschluss geht es nicht um Theo, es geht nur um mich! Und darum, herauszufinden, wie es mit meinem Leben weitergeht!

In der Praxis bin ich heute die Erste. Sofort starte ich in friedvoller Ungestörtheit den PC, um Flugverbindungen zu checken. Schade, dass ich nicht mit Theo zusammen fliegen kann. Warum muss er unbedingt vorher noch nach Los Angeles? Und richtig teuer wird der Spaß auch. Sofort stelle ich mein Vorhaben wieder in Frage und rufe Lou an, um ihr alles zu erzählen.

»Du machst das! Auf jeden Fall! Das ist eine Investition in die Zukunft. Also such jetzt nicht krampfhaft nach Ausreden«, feuert sie mich an.

Bestärkt durch Lous Worte melde ich mich bei meiner Mutter, um mir auch ihren Segen zu holen. Sie wartet am Schluss mit einer starken Frage auf: »Du weißt, was du tust, oder?«

»Nein, aber genau das fühlt sich richtig an. Kuss und bis bald«, erwidere ich und lege auf.

»Hey, was machst du denn schon so früh hier? Und was fühlt sich richtig an?«, fragt Margit da und lehnt sich auf einen Plausch an die Milchglaswand neben meinem Schreibtisch. Schnell klicke ich die Flugseite weg.

»Guten Morgen. Du schleichst dich hier rein und bist dann auch noch neugierig, liebe Margit. Das ist mir ein bisschen zu viel auf einmal. Schönes Wochenende gehabt?« *Hast du nichts zu tun?*

»Wenigstens du hast gute Laune.«

»Das täuscht. Also ich meine, du etwa nicht?«

»Geht so. Timo wollte mit mir ein Grundsatzgespräch führen. Er findet, dass ich ihn zu sehr bevormunde, und er mag es auch nicht, wenn ich ihm sage, was er essen und anziehen soll.« Margit fuchtelt wild mit ihren Armen herum. »Da kam er mir tatsächlich mit dem Altersunterschied! Dabei haben wir die zwanzig Jahre nie thematisiert. Ich weiß nicht, was das jetzt soll.«

»Es ist doch gut, dass er dir sagt, was ihn stört. Ich wundere mich eher, dass ihr euch schon so lange trefft und es noch nie Probleme gab. Außerdem hast du doch immer gesagt, er sei nur dein Lover.«

Margit senkt ihren Blick. »Inzwischen wäre das gelogen. Er bedeutet mir mehr.«

»O weh! Du ihm auch?«

»Ich hoffe es. Aber als ich ihn gefragt habe, ob er bei mir einziehen will, da hat er rumgedruckst. Es sei doch alles gut, wie es ist, hat er gesagt. Ach Katja, verlange ich zu viel?«

Obwohl ich mich derzeit nicht unbedingt als kompetente Kummerkastentante eigne, bemühe ich mich, auf sie einzugehen. »Lass alles, wie es ist, und erwarte nicht zu viel. Erfreue dich an dem, was Timo dir gibt.« *Und solange er es dir gibt. Irgendwann wird er weg sein.*

»So siehst du das?«

»Ja! Man muss nicht alles problematisieren. Carpe diem! Genieße den Augenblick!«

»Gab's Kalenderblätter zum Frühstück?«

»Wir lamentieren doch alle viel zu viel. Würde es dich glücklicher machen, wenn du ihm die Pistole auf die Brust setzt?« Was rede ich da? Woher kommt das?

Margit zögert. »Vermutlich nicht.«

»Eben! Und jetzt marsch an die Arbeit.«

»It's just another manic monday ...«, beginnt Margit zu singen und geht an ihren Platz.

»Guten Morgen! Besser könnte ich den Song nicht singen«, ruft Elli, die zusammen mit Frau Jensen gekommen ist.

In zehn Minuten beginnt die Sprechstunde. Endlich kommt auch Oliver. Er eilt nach einem knappen Gruß direkt in sein Zimmer und ruft mich an.

»Worüber willst du mit mir sprechen?«, fragt er.

»Verstehst du unter professionellem Verhalten, dass wir auf hundert Quadratmetern per Telefon miteinander kommunizieren?«

»Absolut! War's das schon?«

»Nein, natürlich nicht. Wann hast du Zeit?«

»Eventuell heute Abend.«

»Gut, dann ruf einfach an, wann es dir passt.«

Ich weiß nicht, ob ich lachen oder weinen soll. Was ist aus uns geworden? Nur mit halber Kraft schlage ich mich durchs Tagesgeschäft. Zu sehr sitzt mir die Ungeduld im Nacken, endlich mit Oliver über meine Pläne zu sprechen.

Kurz vor meinem Feierabend kommt er tatsächlich persönlich vorbei. »Ich könnte gegen acht bei dir sein.«

»Dafür kommst du extra her? Du hättest anrufen können.«

»Siehst du, selbst ich schaffe das mit der Professionalität noch nicht«, sagt Oliver und zückt sein Telefon. Nun müssen wir beide grinsen.

»Schon gut. Meinetwegen, ich bin zu Hause«, sage ich.

»Katja? Ich bin da!« Es ist kurz vor acht, als Olivers Stimme durchs Haus tönt und meine Online-Recherche über Montana unterbricht. So früh habe ich nicht mit ihm gerechnet. Der Reiseführer muss noch schnell ins Körbchen. »Warum klingelst du nicht?«, rufe ich und drücke auf *kaufen*.

»Weil ich einen Schlüssel habe und hier ...«

»... wohne? Oh, das habe ich ganz vergessen. Nimm schon mal Platz, ich bin gleich da«, donnere ich und fahre den PC herunter.

Als ich ins Wohnzimmer komme, sitzt Oliver bereits in seinem Lieblingssessel und lässt den Kopf kreisen. »Mir fehlt das alles hier«, sagt er.

»Lass mich kurz nachschauen, wann ich eventuell Zeit hätte, dich zu bemitleiden.« Ich gehe aus dem Zimmer und komme mit meinem Kalender zurück. »Hm, sieht schlecht aus.«

Oliver verzieht das Gesicht. »Ach komm, Katja, lass uns nicht albern werden. Was willst du mit mir besprechen?«

Ich blättere durch den Kalender. »Anfang Mai werde ich für eine Weile verreisen. Auch ich brauche noch eine Auszeit.«

»Hey, ich bin dein Chef, den Urlaub musst du erst mal beantragen.«

»Hast du gerade gesagt, dass wir nicht albern werden sollen?«

»Schon gut. Wohin soll es gehen?«

»In die USA, nach Montana.«

Olivers Augen werden größer. »Was verschlägt dich denn dahin?«

»Die Landschaft dort soll fantastisch sein.«

»Das machst du doch sicher nicht allein, oder?«

Jetzt ist es so weit, jetzt musst du es ihm sagen. Raus damit!
»Ich fahre mit Theo.«

»Wie bitte?« Oliver schaut mich an, als hätte er soeben seine Approbation verloren. »Das musst du mir jetzt aber näher erklären! Hast du was zu trinken?«

»Tee, Kaffee, Wasser oder Wein?«, frage ich.

»Lass mal, ich bediene mich selbst.«

Oliver steht auf und geht zur Hausbar. »Möchtest du auch einen Brandy?«

»Ja, her damit.«

Oliver reicht mir ein Glas und trinkt seins auf ex, bevor er sich wieder hinsetzt.

»Ich habe Theo am Wochenende getroffen, weil er dich nicht erreicht hat. Er hat mir angeboten, dass ich ihn begleite. Er besucht in Montana einen Freund.« Jetzt trinke ich mein Glas ebenfalls in einem Zug aus.

»Noch mal langsam: Du willst mit *meinem* Freund Theo nach Amerika?«

»So kann man das auch formulieren. Ich brauche mal Abstand von all dem hier.« Meine vermeintliche Stärke droht zu bröckeln. Unruhig knete ich meine Hände.

»Das kommt ziemlich überraschend.« Oliver steht auf und holt die Brandyflasche.

»Theo wollte sich mit dir treffen.«

»Ich weiß. Nur hatte ich noch keine Zeit, mich bei ihm zu melden. Ist mir außer euren Reiseplänen noch etwas entgangen?« Oliver schenkt sich nach und knallt die Flasche auf den Tisch.

»Bist du etwa eifersüchtig?« Unsere Blicke treffen sich. Olivers Stirn ist gekräuselt. »Das ist doch lächerlich! Theo hat hier angerufen, weil er nichts von dir gehört hat. Er hat mich zum Essen eingeladen. Wir haben viel geredet. Und ich war mit ihm an der Unfallstelle.« Ich knete meine Hände noch fester.

»Was soll das?«, fragt Oliver da mit schmerzverzehrtem Gesicht.

»Entschuldige. Ich weiß, dass das alles etwas merkwürdig klingt. Aber ich muss hier mal weg. Und ich habe das Gefühl, dass *dein* Freund ein guter Reiseleiter ist.«

»Du meinst das wirklich ernst, oder?«

»Ja! Bitte rede mit Theo!«

Oliver wird lauter. »Ich fasse es einfach nicht, dass du ausgerechnet mit ihm durchbrennst!« Er kippt noch einen Brandy.

»Meinst du, ich konnte es fassen, dass du das mit der Mutter von Emmas bester Freundin tust? Außerdem gibt es einen Unterschied: Ich habe keine Affäre! Damit ist ja wohl ein für alle Mal geklärt, wer von uns beiden hier laut werden darf!«, schreie ich und setze ruhiger nach: »Du willst mich einfach nicht verstehen!« Jetzt genehmige ich mir auch noch einen Schluck.

»Und was ist mit Emma? Wie willst du ihr das erklären?«

»Ausgerechnet jetzt kommst du mir mit unserer Tochter? Aber ich kann dich beruhigen, es ändert sich nichts. Ob ich sie von hier aus anlüge oder aus Montana, das macht keinen Unterschied, glaub mir.«

Oliver sitzt zusammengesunken in seinem Sessel und schaut mich erschöpft an. »So kann es nicht weitergehen«, sagt er.

»Das sehe ich genauso. Ich glaube, dass es gut ist, wenn wir uns eine Zeitlang nicht sehen. Und dann müssen wir die Karten auf den Tisch legen.«

Oliver nickt. »Aber warum kannst du nicht mit einer Freundin in den Schwarzwald fahren? Muss es ausgerechnet Theo sein?«

»Und wenn schon! Er ist nicht der Typ, der nur auf Eroberungen aus ist! Außerdem war das eine völlig spontane Idee von ihm. Hat deine Abwehrhaltung womöglich etwas mit eurer Vergangenheit zu tun?«

Oliver steht auf, vergräbt seine Hände in den Hosentaschen und starrt hinaus in die Dunkelheit. »Theo hat jahrelang geglaubt, dass ich ihm die Freundin ausgespannt habe.«

Ich stelle mich neben Oliver, aber er spricht nicht weiter. »Hast du aber nicht, oder? Was ist damals passiert?«, bohre ich nach.

»Sorry, ich hätte nicht damit anfangen sollen. Es wird Zeit für mich.« Oliver wendet sich zum Gehen. Ich folge ihm. »Komm! Erzähl es mir!«, dränge ich.

»Nein, ich möchte das jetzt nicht. Es führt doch zu nichts.«

»Das sehe ich anders! Oder wolltest du etwa andeuten, dass Theo eine Gegenoffensive starten könnte? Wie lächerlich! Seid ihr Freunde oder nicht?«, schimpfe ich.

Oliver zieht seine Jacke an. »Das sind wir. Aber ich weiß auch, wie leicht eine Freundschaft zu erschüttern ist.« Er öffnet die Tür und tritt ins Freie.

»Wie sehr ich es hasse, mit solch nebulösen Andeutungen abgespeist zu werden!«

»Tut mir leid. Aber jetzt muss ich erst mal darüber hinwegkommen, dass ihr zusammen verreist. Schlaf gut.«

Oliver lässt mich mit einem leicht bitteren Nachgeschmack zurück.

Der restliche April vergeht rasend schnell. Gedanklich habe ich längst meine Koffer gepackt. Theo ist nun schon eine Weile in Los Angeles. Sein Cousin eröffnet eine Galerie mit

Werken deutscher Maler in Santa Monica und Theo unterstützt ihn bei den letzten Vorbereitungen.

Inzwischen haben Oliver und er miteinander gesprochen. Was genau gesagt wurde, weiß ich nicht, aber zumindest habe ich den Eindruck, dass Oli seitdem mit der Situation besser klarkommt. Er vermeidet es zwar, die Sache mir gegenüber zu erwähnen, aber er stichelt auch nicht mehr.

In der Praxis habe ich mich darum bemüht, keine große Sache aus der Reise zu machen. Selbst Margit habe ich nichts von Theo erzählt, was mir nicht leichtfiel. Sie wollte zunächst nicht glauben, dass ich ohne Begleitung auf einen anderen Kontinent fliege, aber ich habe ja nicht gelogen, zumindest was den Flug angeht.

Bei der letzten Badminton-Verabredung mit Lou vor meinem Abflug jage ich mehr Worte als Bälle übers Netz. »Aber Lou …« *Schlag.* »Dieser Flug …« *Schlag.* »Bin so …« *Schlag.* »Aufgeregt …« *Schlag.* »Von Hamburg …« *Schlag.* »Nach Newark …« *Schlag.* »Weiter nach Denver …« *Schlag.* »Und von dort …« *Schlag.* »Nach Helena …« *Schlag.* »Das ist die …« *Schlag.* »Hauptstadt von Montana«, hechele ich.

»Irgendwie bist du heute keine ernstzunehmende Gegnerin, meine Liebe«, ruft Lou und erkennt, dass ihre Aufgabe in erster Linie darin besteht, mir zuzuhören und die Aufregung zu nehmen. Wir beenden unser Match und gehen in die Sauna, wo ich mich etwas entspanne.

Am Abend vor dem Abflug inspiziere ich zum zehnten Mal den Inhalt meines Koffers, checke das Wetter in Montana – tagsüber fünfzehn bis zwanzig Grad, es kann regnen – und werde immer hektischer, weil ich sicher etwas vergessen habe. Gerade als ich überlege, was das sein könnte, klingelt es. Ich flitze zur Tür und reiße sie schwungvoll auf. »Oliver! Mit dir habe ich heute nicht mehr gerechnet.«

»In der Praxis war es vorhin so hektisch. Ich kam nicht mal dazu, dir eine gute Reise zu wünschen. Das hole ich hiermit nach. Gute Reise!«

»Danke. Dafür bist du extra hergekommen?«

»Ja. Und bei der Gelegenheit nehme ich gleich meinen hellen Mantel mit.«

»Ach so, ich dachte schon, es ginge wirklich um mich. Na, dann komm mal rein.«

Oliver bewegt sich durchs Haus, als wäre er nie weg gewesen. Ich folge ihm. Er geht ins Schlafzimmer und nimmt den Mantel aus dem Kleiderschrank. »Im Garten blüht es so schön. Das muss ich unbedingt Emma zeigen«, sagt er.

Ich setze mich aufs Bett. »Als ich ihr erzählt habe, dass ich allein Urlaub mache, hat sie nicht weiter nachgefragt, weil sie sich so über den Sieg ihrer Basketballmannschaft gefreut hat. Sie ist glücklich, Oliver.« Mein Herz wird ganz schwer. Oliver setzt sich neben mich. »Das werden wir irgendwann auch wieder sein«, sagt er.

»Meinst du wirklich? Wenn ich nur wüsste, wo wir stehen«, sage ich leise. Da nimmt mich Oliver in den Arm. Für einen Augenblick fühle ich mich geborgen bei ihm. Doch prompt taucht Svenja vor meinem geistigen Auge auf und lacht mich aus. Ich schüttele mich und seufze laut. »Falls du mal nicht weißt, was du mir schenken sollst, über eine Voodoo-Puppe würde ich mich sehr freuen«, murmele ich. Oliver streicht mir über den Kopf. *Ruhig, Brauner, ganz ruhig.* Die Situation droht mich zu überfordern. »Ich muss morgen ganz früh raus«, sage ich.

»Ich bin sofort weg.« Wir lösen uns voneinander und gehen zur Haustür. Dass wir Hand in Hand gelaufen sind, fällt mir erst hier auf. Zum Abschied nimmt Oliver meinen Kopf in seine Hände und haucht mir einen Kuss auf die Nasenspitze. »Lass dich nicht von wilden Tieren fressen«, sagt er.

»Und du lass dich anspornen von der unermesslichen Sehnsucht nach deiner Frau«, scherze ich verkrampft.

»Das mache ich«, sagt er und geht hinaus in die Dämmerung. Ich bleibe in der Tür stehen und schaue ihm nach. Oliver dreht sich noch einmal um und winkt mir zu, bevor er ins Auto steigt. Dann fährt er davon, mein Mann. Und mir fällt ein, was ich vergessen hatte: meinen Reisepass! Ich stecke ihn in meine Handtasche. Nun gibt es keine Ausrede mehr.

11

»Welcome to the Treasure State, ladies and gentlemen – we are about to enter Montana and will be approaching Helena soon«, erklingt die Stimme des Kapitäns und weckt mich aus einem seichten Schlaf. Mein Kopf hängt auf einem roten Schlafkissen mit der Aufschrift *Free your mind*, das ich mir beim Zwischenstopp in Newark gekauft habe. Das war eine der besten Investitionen der letzten Tage. Meine verklebten Augen öffnen sich nur langsam. Nach ausgiebigem Gähnen und einem Blick auf die Uhr kann ich die Landung kaum erwarten.

Lonely Planet steht auf meinem Reiseführer, den ich zur Hand nehme. Im Moment fühle ich mich auch so einsam wie unser alter Planet. Nur kennt der im Gegensatz zu mir schon seine Umlaufbahn.

Montana, der viertgrößte Staat der USA, ist etwas größer als Deutschland, hat aber mit rund neunhundertachtzigtausend nur ungefähr vier Mal so viel Einwohner zu bieten wie Kiel. Der Staat ist von den Rocky Mountains durchzogen und mit riesigen Mengen an Bodenschätzen ausgestattet. Helena, die Hauptstadt Montanas, liegt zwischen Yellowstone und Glacier Nationalpark, entnehme ich meinem Reiseführer.

Der Blick aus dem Fenster lässt die Schönheit dieses Fleckchens Erde bereits erahnen. Wir fliegen immer tiefer über schneebedeckte Bergketten, Flüsse und Seen, bis der Flieger butterweich aufsetzt.

Es dauert eine gefühlte Ewigkeit, bis ich mein Gepäck vom Band fischen kann. Aber zumindest habe ich die *Immigration* schon beim Zwischenstopp hinter mich gebracht, sodass das hier ein Kinderspiel ist. Aufgeregt gehe ich in Richtung Ausgang. Wie werde ich Theo wohl gleich begrüßen – und er mich? Mein Herz schlägt schneller. Die Müdigkeit ist auf einmal wie weggeblasen. Nur noch durch eine Automatiktür, dann bin ich draußen. Aber wo ist Theo? Trotz freier Sicht recke ich meinen Hals in alle Richtungen. Vergebens.

Unsicher durchschreite ich die äußerst überschaubare Flughafenhalle. Er ist nicht da! Enttäuschung legt sich auf mich wie frisch gefallener Schnee. Die unschönen Nebenwirkungen meiner Übermüdung kommen nun mit aller Macht an die Oberfläche. Ich beginne zu frösteln und fühle mich winzig klein. Heimweh überkommt mich. Was soll ich denn jetzt machen? *Zuerst musst du dich wieder beruhigen. Es gibt eine Erklärung dafür.*

Ich atme ein paar Mal ganz langsam tief ein und wieder aus. Dann schalte ich mein Telefon ein. Aber ich habe keine Nachricht von Theo erhalten. Gedanklich gehe ich unser letztes Gespräch noch einmal durch, in dem ich Theo meine Flugdaten durchgab. Er hat gesagt, dass er mich abholen würde, und mir eine gute Reise gewünscht. Da muss etwas passiert sein! *Er hat dich vergessen.* Ich wähle seine Nummer, aber er nimmt nicht ab. Aufgelöst rufe ich Lou an, die mich mit schlaftrunkener Stimme daran erinnert, dass es in Deutschland erst kurz nach vier in der Früh ist. »Aber wo ich nun schon mal wach bin, kannst du mir auch sagen, was passiert ist.«

»Theo ist nicht da. Und er geht nicht ans Telefon.«

Ich höre Lou lautstark in den Hörer gähnen und Hauke fluchen. »Wie oft hast du es schon probiert?«

»Einmal.«

Mein Telefon fängt an zu schnaufen. »Und deswegen bist du so panisch? Er wird sicher gleich kommen.«

»Und wenn nicht? Theo hat mir zwar die Adresse von der Ranch gegeben, aber die ist mindestens drei Stunden Fahrt weit entfernt. Öffentlichen Nahverkehr dorthin gibt es nicht. Bliebe nur ein Mietwagen und ...«

»Das wäre ein Horror für dich. So ganz allein hinterm Steuer in einem fremden Land.«

»Sagen wir lieber, das wäre die letzte Option.«

»Häslein, du trinkst jetzt erst mal ganz in Ruhe einen Kaffee, und dann rufst du Theo wieder an. Wenn er dir noch mehr Zeit lässt, dann erkunde doch schon mal die Gegend. Melde dich wieder, wenn du in acht Stunden noch immer nichts von ihm gehört hast, okay? Ich umarme dich.«

Ich befolge Lous Anweisung nur halbherzig und bestelle im Airport-Coffee-Shop einen Caramel Macchiato.

Dann versuche ich es erneut bei Theo. Er nimmt ab!

»Katja! Jetzt sag nicht, dass du deinen Flug verpasst hast. Bleib ganz ruhig ... ganz ruhig. Komm!« Ich höre etwas klappern und quietschen.

»Ich bin ganz ruhig! Aber wohin soll ich kommen?«

»Sorry, ich führe nebenbei mit einer Hand ein aufmüpfiges Pferd auf die Koppel.«

»Oje. Deswegen bist du nicht hier. Ich treibe mich etwas verloren am Flughafen herum.«

»Wie meinst du ... Nein! Du bist schon da? Ist mir entgangen, dass die Concorde wieder fliegt? Ich dachte, du landest erst morgen.«

Hufschlag und lautes Wiehern tönen aus dem Hörer, während ich in meiner Handtasche nach dem Zettel mit den Daten wühle, um mich zu vergewissern, dass ich nicht die falsche Maschine genommen habe. Dabei ist mir schon klar, dass das unmöglich ist, weil ich dann nicht hätte mitfliegen dürfen. Aber vielleicht habe nicht nur ich, sondern auch das Personal geschlampt? Da ist er. »Aber ich habe dir doch die Zeiten durchgegeben und … Mist!«

Ich möchte mir auf der Stelle ins Knie beißen. Mein Vater hat morgen Geburtstag. Das fiel mir während unseres Gesprächs ein, und so habe ich das Datum währenddessen immer wieder auf den Zettel mit den Flugdaten gekritzelt, damit ich es nicht vergesse. Und es dann wahrscheinlich statt meines Ankunftsdatums genannt.

»Katja?«

»Meine Schuld. Mein Vater wird morgen siebenundsechzig, da habe ich was durcheinandergebracht.«

Theo lacht. »Das ist doch ein gutes Alter … Coyote! Hältst du wohl still! Entschuldige … Ich kann in ungefähr drei Stunden da sein. Oder willst du dir einen Mietwagen nehmen?«

»Äh … also …«

»Alles klar. Ich beeile mich. Schau dir so lange Helena an. Das ist ein hübsches Städtchen.«

Der Stein, der mir vom Herzen fällt, hat die Größe von Ayers Rock. Ich verlasse den Flughafen und strecke mein Gesicht in den azurblauen Himmel. Die Sonne kitzelt mich, und ich atme die frische, reine Luft. In der Ferne funkeln die schneebedeckten Gipfel der Berge.

Ein Taxi bringt mich zur Kathedrale von St. Helena. Innerlich segne ich den Erfinder der Rollkoffer, ohne den Sightseeing mit Gepäck unmöglich wäre.

Das ehrfürchtige Gotteshaus wirkt wie eine Miniaturausgabe des Kölner Doms, nur viel freundlicher. Irgendwie passt das imposante Bauwerk so gar nicht in diese kleine Stadt. Es wirkt beinah surreal, wie eine Kulisse. Ich bleibe eine Weile davor stehen und lasse alles auf mich wirken. Die Berge im Hintergrund, das pittoreske Kleinstadtflair – hier scheint die Welt in Ordnung zu sein. Als würde jemand nach mir rufen, laufe ich die Stufen zum Eingang der Kathedrale empor und trete ein. Friedvolle Stille umhüllt mich. Voller Ehrfurcht schleiche ich mit meinem handzahmen Koffertier durch den Gang. Bin ich der einzige Mensch hier? Ich setze mich in die fünfte Reihe und lasse die Atmosphäre auf mich wirken. Wie kleine Wölkchen ziehen Gedanken an mir vorüber. Da ist die Emma, wie sie mich als Baby zum ersten Mal anlächelt. Und Oliver, der mir freudestrahlend erzählt, dass wir in das Haus seiner Eltern ziehen können. Damals haben wir gedacht, dass wir dort glücklich werden. Ich sehe den Stolz in seinen Augen, als er die Praxis eröffnet, noch nicht ahnend, dass er sich immer mehr dorthin flüchten wird. Wo ist die Zeit geblieben? Emmas Jubelschrei nach der Zusage für Amerika blitzt in mir auf, wird aber schlagartig abgelöst von der Erinnerung an die Begegnung mit Svenja im Café. Diese miese Mistnatter, dieses Pferdegesicht mit all seinem geheuchelten Verständnis … Ich schmecke Salz auf meinen Lippen. Ein leichter Windhauch streift meinen Nacken und scheint die schweren Gedanken einfach wegzuwehen. *Es geht um dich!* Ich spüre ein Kribbeln am ganzen Körper und schließe die Augen. Auf ganz wundersame Weise empfinde ich auf einmal Frieden und eine unerklärliche Kraft. *Hab Vertrauen. Du wirst nicht durch dein Leben taumeln, du wirst aufrecht mit klarem Blick nach vorne gehen.* Was passiert hier?

Ein älteres Paar schlurft an meiner Bank vorbei. Sie flüstern zu laut. Also verlasse ich diesen magischen Ort und setze meine Entdeckungstour fort. Ich spaziere durch Downtown Helena und die charmante Last Chance Gulch, stöbere in ein paar kleinen Geschäften und laufe weiter zum States Capitol, dessen Besichtigung ebenfalls von meinem Reiseführer empfohlen wird.

Auf der Kuppel des beeindruckenden Gebäudes thront eine Nachbildung der Freiheitsstatue. Ich schicke Theo eine Nachricht, dass ich hier auf ihn warte. In dem weitläufigen Campus suche ich mir eine Bank und erhole mich von meinem Fußmarsch. Plötzlich erscheint wie aus dem Nichts eine Frau vor mir. Langsam und mühevoll geht sie ein paar Schritte, bevor sie plötzlich zusammensackt und regungslos liegenbleibt. Sofort springe ich auf und laufe hin. »Is everything all right? Kann ich Ihnen helfen?«, frage ich ganz außer Atem und strecke ihr meine Hand entgegen. Die Frau ist bei Bewusstsein. Sie ist alt, sehr alt. Ihre drahtigen weißen Haare hat sie zu einem Zopf gebunden. Sie trägt einen langen, dunklen Rock und eine graue Wolljacke. Ihr wettergegerbtes Gesicht ist von tiefen Falten durchzogen. Zögernd greift sie nach meiner Hand und lässt sich hochziehen. Dann klopft sie sich den staubigen Rock ab und fixiert mich. Ihre trüben dunklen Augen bohren sich ganz tief in meine. Dieser Blick geht mir dermaßen durch Mark und Bein, dass ich regelrecht erstarre.

»Lass die Vergangenheit los! Gehe weiter, wenn sich dein Leben wandeln soll.«

Hat sie das jetzt wirklich gesagt, oder träume ich? Es dauert einen Moment, bis ich mich aus meiner Erstarrung löse.

»Wie bitte?«

»Verjage die Geister deiner dunklen Erinnerungen!« Die Frau streicht sich eine borstige Haarsträhne aus dem Gesicht, und ich habe von oben bis unten Gänsehaut.

»Was reden Sie da? Sie kennen mich doch gar nicht.« Reflexartig schaue ich mich um, ob irgendetwas auf eine versteckte Kamera oder eine andere inszenierte Situation hindeuten könnte. Aber da ist nichts. Abgesehen davon wäre es nicht witzig.

»Aber ich sehe dich, mein Kind, und ich fühle, dass du Trauer trägst. Danke, dass du mir zur Hilfe geeilt bist. Du bist ein guter Mensch.«

»Kommen Sie mit zu meiner Bank, ruhen Sie sich einen Augenblick aus«, sage ich.

Ein lauer Wind fegt durch die Bäume, Vögel zwitschern in der Frühlingssonne. Langsam laufen wir zurück zu meinem Koffer. Nicht nur die Kathedrale wirkte surreal, auch das, was hier geschieht.

»Wer sind Sie?«

»Nur eine alte Frau, die schon ein langes Leben gelebt hat.«

Wir erreichen die Bank. »Bitte setzen Sie sich«, sage ich und hole eine kleine Wasserflasche aus meiner Tasche, die ich ihr anbiete. Sie trinkt einen Schluck.

»Wer hat dich geschickt, mein Kind?«

Die entscheidende Frage ist doch: Wer hat Sie geschickt? Was machen Sie ausgerechnet heute hier?

»Niemand. Ich komme aus Deutschland und bin ganz zufällig hier.«

»Zufälle gibt es nicht.«

Lief mir je etwas kälter den Rücken hinunter?

»Leben Sie hier?«

»Nein, ich wohne im Norden, ganz in der Nähe unseres Stammeszentrums.«

Oh mein Gott, sie sieht nicht nur so aus, sie ist eine echte Indianerin! Das kann doch nicht mit rechten Dingen zugehen.

»Welchem Stamm gehören Sie an?«

»Den Blackfeet. Wir sehen uns wieder. Du wirst deinen Weg finden.«

Wenn ich das Lou erzähle, Oliver oder Theo! Das glaubt mir doch niemand! Ja, irgendwie ist das alles wirklich ein bisschen viel auf einmal heute. Wenn mich doch nur jemand hätte vorwarnen können, dass das hier anscheinend ein Ort für spirituelle Erweckungserlebnisse ist. Aber vielleicht ist das alles gar nicht wahr, gleich wache ich zu Hause in meinem Bett auf. Doch das ist kein Traum. Glaube ich zumindest. Denn in welchem Traum lässt schon ein Vogel nur wenige Zentimeter von mir entfernt solch eine bemerkenswerte Ladung Kot fallen? Ich rücke ein Stück weg von der Aufschlagstelle. Die alte Indianerin sieht mich wieder mit diesem durchdringenden Blick an und sagt: »Auch du wirst wieder fliegen können, wenn du leichter bist.«

Ich kann nur verwirrt nicken, in der Annahme, dass sie sicher nicht auf Gewichtsprobleme anspielt. Aber was um alles in der Welt soll mir das sagen? Nun erhebt die Frau sich behäbig und legt für einen Moment ihre Hand auf meinen Kopf. Ein Kribbeln marschiert bis zum kleinen Zeh durch mich hindurch.

»Wo kann ich Sie finden?«, frage ich.

»Mein Sohn und ich leben in einem Camp. Er ist Künstler. Menschen aus aller Welt kommen dorthin.«

»Aber wo genau ist das?«

»Wenn du es willst, dann wirst du mich finden.« Sie geht.

»Aber ... Warten Sie ...« Meine Stimme verebbt. Es ist, als würde mich eine unsichtbare Kraft außer Gefecht setzen. Die Frau dreht sich nicht noch einmal um, sie verschwindet genauso schnell aus meinem Blickfeld, wie sie gekommen ist.

Verwirrt bleibe ich noch eine Weile sitzen, bis mich Theos Anruf wieder in die Realität zurückholt. Er ist da.

Habe ich Theo tatsächlich erst zwei Mal getroffen? Ihn zu sehen fühlt sich an, als würde ich nach langer Zeit nach Hause kommen. Wie kann ich mich ihm nur so verbunden fühlen? Theo lächelt ein unverschämt einnehmendes Lächeln und breitet seine Arme aus wie ein Vater, dessen verloren geglaubte Tochter endlich nach Hause kommt. Ich lasse meinen Koffer los und sinke in seine Umarmung hinein.

»Herzlich willkommen in Montana, liebe Katja. Ich hoffe, du hattest einen angenehmen Flug.«

»Zumindest war er interessant. Auf der ersten Etappe saß ein Neurowissenschaftler neben mir, der experimentell bestätigt hat, dass Menschen, die denken, sie seien betrunken, auch glauben, sie wären attraktiv.« Nur widerwillig löse ich mich aus Theos Armen. »Tut mir wirklich leid, dass ich deinen Tagesablauf so durcheinandergebracht habe.«

»Das ist schon okay. Wärst du erst morgen gekommen, hättest du das nie erfahren.« Theo feixt. »Du musst dich übrigens selbst nach einem Langstreckenflug nicht betrunken denken. Du siehst gut aus.«

»Du kannst wirklich charmant sein«, sage ich und lächele verschämt, während Theo mein Gepäck in einen metallicbraunen Pick-up lädt. Dann fahren wir los.

»Das, was ich bisher von Montana gesehen habe, ist wirklich beeindruckend«, sage ich.

»Warte mal ab. Das war noch gar nichts! Montana ist nach Annas Tod fast so etwas wie meine zweite Heimat geworden. Nach ihrer Beerdigung bin ich direkt zu Josh geflogen. Hier habe ich beschlossen, dass ich kündige, von hier aus bin ich nach Indien aufgebrochen. Und ich komme immer wieder. Bei der Arbeit auf Joshs Ranch tanke ich Kraft.«

»Welche Arbeit?«

»Josh züchtet Rinder. Und seine Ranch ist ein Paradies für Pferdeliebhaber. Er vermietet auch Zimmer an sogenannte City Slicker, das sind stressgeplagte Großstädter, die viel Geld dafür ausgeben, um einmal Cowboy zu spielen.«

»Darf ich auch ein Cowgirl sein, obwohl ich außerhalb einer Metropole lebe?«

Theo wirft mir einen schnellen Blick zu. Dabei wäre diese Eile nicht geboten, denn auf dem Highway ist so gut wie kein Verkehr. »Du hast doch nicht etwa geglaubt, dass du zur Erholung hier bist!«

»Natürlich nicht! Woher kennst du Josh eigentlich?«

»Wir waren in London Kollegen. Josh hat in New York gelebt und ist jahrelang gependelt.«

»Und wie kommt man als Investmentbanker dazu, sich auf eine Ranch ans Ende der Welt zurückzuziehen?«

»Indem man sich seinen Traum erfüllt.«

»Einfach so? Oder was hat ihn dazu bewogen? Wie lange lebt er schon in Montana?«

Theo nimmt eine Hand vom Lenkrad und fährt sich durch die Haare. »Seit vier Jahren. Es gab tatsächlich einen Auslöser. Als seine Mutter vor fünf Jahren im Sterben lag, da hat sie zu ihm gesagt, wie sehr sie es bereut, immer nur das gemacht zu haben, was andere von ihr erwartet haben. Leb dein Leben und nicht das der anderen, hat sie ihm in der Stunde vor ihrem Tod ans Herz gelegt. Er hat die Wahrheit in diesen Worten entdeckt und seine Konsequenzen gezogen.«

Ich kriege schon wieder eine Gänsehaut. »Wahnsinn! Das ist die Tragik des Lebens, dass es an vielen Menschen einfach vorbeirast. Irgendwann bereuen sie das. Aber dann ist es zu spät.« *Um das zu verhindern, bist du hier!* Ich kurbele die Scheibe ein Stück herunter und lasse mir den Fahrtwind ins Gesicht wehen.

»Es ist schlimm, dass es so oft erst einer Erschütterung bedarf, um etwas zu ändern«, sagt Theo.

Ich nicke und schließe das Fenster wieder.

»Ist Josh verheiratet?«

»Er ist geschieden. Christy war von seinem neuen Leben weniger begeistert. Sie ist in New York geblieben.«

»Haben sie Kinder?« Ich stelle die Rückenlehne weiter nach hinten und lehne mich zurück. Um uns herum ist nichts als die Prärie, die ich bisher nur aus Filmen kannte.

»Einen Sohn. Dan lebt bei Christy in New York, aber er kommt seinen Vater regelmäßig besuchen.«

»Hat Josh seinen Schritt jemals bereut?«

»Das fragst du ihn am besten selber.«

Theo biegt vom Highway auf eine vom Regen ausgewaschene Straße ab. »Es hat viel geregnet in letzter Zeit. Heute ist der erste sonnige Tag seit Langem.«

»Warum wundert mich hier schon jetzt nichts mehr?«

»Wie meinst du das?«

»Ach, das ist nicht so wichtig.«

Obwohl die Eindrücke so tief sitzen, finde ich es nicht angebracht, Theo jetzt von meinem Erlebnis in Helena zu erzählen. Das muss ich selbst erst einordnen. Was war das nur mit dieser Indianerin?

»Gibt es hier eigentlich viele Indianer? Kann man einfach einem begegnen?«

Wir fahren durch Schlaglöcher, die uns durchschütteln wie ein Fahrgeschäft im Vergnügungspark.

»Na klar. Immerhin gibt es in Montana sieben Indianerreservate. Aber lass dich bloß nicht von irgendwelchen romantischen Vorstellungen leiten. Heutzutage müssen die Indianer zwar nicht mehr gegen Cowboys kämpfen, dafür aber gegen Arbeitslosigkeit, Armut und Drogen.«

»Och, mal das doch bitte nicht so schwarz. Ich dachte eher an die Nähe zur Natur, spirituelle Kräfte, Naturgötter und Indianergeheul.«

»Es ist übrigens nur ein Gerücht, dass sich Indianer, während sie einen Schrei ausstoßen, mit der flachen Hand auf den Mund schlagen. Hugh – ich habe gesprochen.«

Ich schmunzele. »Haben sie etwa auch keine Federn im Haar?«

»Doch, wenn sie Hühner haben, kann das schon mal vorkommen.«

Bevor wir die Thematik vertiefen können, erreichen wir Joshs Ranch.

12

Wir fahren durch einen mächtigen hölzernen Torbogen, an dessen oberen Balken rechts und links zwei alte Wagenräder befestigt sind. In der Mitte prangt in großen Lettern *Cunningham Ranch.* Wie ein Denkmal steht ein alter Planwagen unter Kiefern an der Auffahrt, Wilder Westen pur.

»Bisher habe ich Zeitmaschinen für einen Mythos gehalten. In welchem Jahr befinden wir uns gerade?«, frage ich.

Theo schmunzelt. »Das spielt hier keine Rolle.«

Es dauert noch eine Weile, bis wir einen kleinen asphaltierten Parkplatz neben einer Holzscheune erreichen und aussteigen. Das hier scheint also das Zentrum der riesigen Ranch zu sein. Mein Blick schweift von dem grünen hügeligen Land über die Stallungen zum majestätischen Haupthaus, das aus Holz und Naturstein besteht. Über dem Eingang thront ein beachtliches Geweih. Ein paar Meter weiter weht die amerikanische Flagge im Wind.

»Und ich dachte immer, so etwas gibt es nur im Kino!«

Theo schaut mich amüsiert an. »Hier ist alles echt. Da drüben ackert der Hausherr. Komm, ich stelle euch vor.«

Am Eingang zum Pferdestall hantiert ein Mann mit dem Rücken zu uns an einem Sicherungskasten herum. Das muss Josh sein. Denn Theo haut ihm von hinten ohne Vorwarnung freundschaftlich auf die Schulter. Josh fährt herum. »Hi guys!«

»Darf ich vorstellen, das ist Katja.«

»Katja! How are you? Nice to meet you. Welcome to the Cunningham Ranch.«

Josh wischt sich die Hände an seiner Jeans ab und streckt mir eine bärige Hand entgegen, die meine mit festem Druck schüttelt.

»Hi, freut mich auch, dich zu treffen«, erwidere ich.

Josh wirkt so liebenswürdig, dass ich ihn direkt ins Herz schließe.

»Gleich erzählt er dir noch, wofür Montana berühmt ist. Wie war das noch, Josh, ›Live and let live‹, oder?« Theo grinst und raunt mir zu: »Das kann er gar nicht oft genug betonen.«

Josh räuspert sich. »Das wollte ich ihr sagen! Aber ja, es stimmt. Live and let live. Leben und leben lassen. Hier kannst du noch sein, wie du wirklich bist.«

»Du wirst es nicht glauben Josh, aber genau so einen Ort habe ich gesucht.«

»Umso besser. Kannst du reiten?«

»Ja, aber ich habe es schon viel zu lange nicht mehr gemacht. Reiten ist eine große Leidenschaft meiner Tochter. Sie besitzt ein eigenes Pferd. Die beiden sind eine Einheit.« *Nur habe ich Mister Ed seit ihrer Abreise nicht einmal besucht, weil ich Angst davor hatte, sie dann umso schmerzlicher zu vermissen.*

Plötzlich erscheint mir mein Verhalten völlig albern, und ich beschließe, mit Mister Ed auszureiten, sobald ich zurück in Deutschland bin.

»Theo, hast du ihr schon erzählt, dass wir fest mit ihrer Arbeitskraft rechnen?«

»Sie hat mich von sich aus gefragt, ob sie als Cowgirl arbeiten kann. Aber lassen wir sie erst mal ankommen, bevor sie ihren Arbeitsvertrag unterschreibt.«

Ich schaue fragend von einem zum anderen und scharre auf dem Boden herum wie ein unruhiges Pferd. »Mist! Einen Haken musste die Sache ja haben. Aber meinen Pass lasse ich mir nicht abnehmen«, scherze ich. »Was muss ich machen?«

»Das erzählt dir Theo. Ich muss jetzt wieder an die Arbeit. Zeigst du Katja ihr Zimmer? Bis nachher«, sagt Josh und wendet sich ab.

Um uns herum hat ein geschäftiges Treiben eingesetzt. Ein Multi-Car knattert an uns vorbei, gefolgt von einer Gruppe Cowboyhüte tragender Männer, die laut schnatternd und bewaffnet mit schweren Pferdesätteln in Richtung Stall laufen. Theo greift nach meinem Gepäck. Dann laufen wir zum Haupthaus.

»Weiß Josh, dass ich die Frau deines Freundes bin?«

»Er weiß alles.«

»Oje!«

Theo führt mich in ein uriges Zimmer im Obergeschoss und stellt mein Gepäck ab. »Richte dich in Ruhe ein. Du findest mich dann draußen«, sagt er und lässt mich allein.

Das Zimmer ist komplett mit Holz ausgekleidet. An den Wänden sind zwei buntgewebte Wandteppiche befestigt. Außerdem hängen dort Gemälde und Fotografien, die mein Westerngefühl zusätzlich anheizen: Cowboys und Pferde in Öl und vergilbte Schwarz-Weiß-Fotografien von Kutschen, einem Saloon und Menschen, die aussehen, als würden sie Kostüme tragen. Ehrfürchtig studiere ich jedes einzelne Bild. Nachdem ich meine Sachen im Schrank verstaut habe, lasse ich mich auf das rustikale Kingsize-Bett fallen und schicke Lou eine Nachricht.

Wurde doch nicht vergessen. Überwältigend schön hier. Bin schon tief spirituell berührt worden. K

Es dauert keine zwei Minuten, bis mein Telefon klingelt.

»Ich mache gerade Kaffeepause, die berührt mich spirituell aber leider weniger. Erzähl!«

Meine Erlebnisse in Helena kann ich nun doch nicht länger für mich behalten, zumindest Lou gegenüber. Sie sprudeln nur so aus mir heraus.

»Wenn das wirklich nicht arrangiert war, dann grenzt das an Magie, oder? Ich kann mir das einfach nicht erklären«, sage ich aufgekratzt.

Leider kann ich förmlich sehen, wie Lou mit den Augen rollt. »Ich habe nichts damit zu tun! Süße, es freut mich ja, dass du schon so tiefe Eindrücke gesammelt hat. Aber übertreibe nicht! In einer neuen Umgebung bist du automatisch offener für deine Umwelt. Wenn dich diese Frau bei uns in der Fußgängerzone angesprochen hätte, dann wärst du sicher weniger beeindruckt gewesen und zügig weitergegangen.«

»Ach du, entzaubere mein Erlebnis doch nicht!«

»Mach ich gar nicht.«

»Das siehst nur *du* so. Entschuldige noch mal, dass ich dich vorhin aus dem Schlaf gerissen habe. Gibt's bei dir etwas Neues?«

»Schon gut, ich musste ohnehin aufs Klo. Ja, es gibt tatsächlich etwas zu berichten. Hauke hat mich indirekt gefragt, ob ich ihn heiraten will.« Lou macht eine kunstvolle Pause.

»Was? Aber er kennt doch deine Einstellung. Und wie kann man die Frage bitte indirekt stellen?«

»Na ja, er hat gesagt, dass er sich vorstellen könne, noch einmal zu heiraten.«

»Wie hast du da reagiert?«

»Ich habe gelächelt und über Probleme mit der kassenärztlichen Vereinigung gesprochen. Ehrlich gesagt war ich etwas überrascht, weil wir uns doch beide einig waren, dass das kein Thema zwischen uns ist.«

»Wahrscheinlich hat er nicht dich gemeint.«

»Hey, solltest ausgerechnet du jetzt darüber witzeln?«

»Hm. Armer Hauke! Sag also nie, dass es an ihm lag, du gefühlloser Klotz!«

Nach dem Telefonat mit Lou schicke ich auch meinen Eltern und Oliver eine Nachricht. Wie gern würde ich ihm das hier alles zeigen! Was er wohl gerade macht? Ob er mich vermisst? Auf einmal überkommt mich die Sehnsucht nach ihm wie Heißhunger auf einen Big Mac. Oder ist das nur meine Übermüdung, in der ich aus der Ferne etwas idealisiere, was es längst nicht mehr gibt? Ach verdammt! Ich fröstele und mummele mich ein. Prompt klingelt mein Telefon, es ist Oliver. »Danke für deine Nachricht. Geht's dir wirklich gut?«, fragt er.

Wenn du mir sagst, dass Svenja nach Papua-Neuguinea auswandert, dann könnte das meine Laune heben. »Ich bin nur ein bisschen kaputt von der Reise.«

»Dann schlaf dich aus. Und ich hoffe, dass Theo sich wirklich gut um dich kümmert. Zumindest hat er mir das versprochen, als ich gestern mit ihm telefoniert habe. Sag mir Bescheid, wenn er es nicht tut, dann kläre ich das unter Männern.«

»Mach dir keine Gedanken. Ich bin ein großes Mädchen ... Weißt du, dass wir noch nie so weit voneinander entfernt waren?«, frage ich.

»Ja, das ist mir bewusst«, erwidert Oliver knapp.

»Na gut, ich muss dann jetzt«, sage ich.

»Ja, ich auch. Mach's gut und Grüße an Theo.«

Kraftlos lasse ich meinen Arm mit dem Telefon sinken. Dabei spüre ich die Distanz doch schon lange genug und nicht erst seit heute. Was bedeute ich Oliver noch? Was bedeutet er mir? Was erwarten *wir* voneinander? Wie soll es weitergehen mit uns, mit mir? Werden mich die vielen Kilometer Entfernung voranbringen?

All die quälenden Fragen, auf die ich keine Antworten habe, stechen wie ein Schwarm Moskitos auf mich ein. Was gäbe ich jetzt dafür, Emmas unbeschwertes Lachen zu hören und sie damit zu vertreiben, diese grässlichen Stechmücken! *Hey Schatz, ich bin auch in den Staaten. Gehen wir eine Runde spazieren?* Aber vielleicht sollte ich sie besser doch nicht einfach so überraschen. Wie sehr würde es Emma verwirren, wenn ich auf einmal mit einer Ladung Probleme vor der Tür stehe? Von Angesicht zu Angesicht könnte ich ihr nichts vormachen. Dann wäre es vorbei mit ihrer unbeschwerten Zeit, und ich wäre mal wieder nichts anderes als eine Klammermutter, eine schrecklich egoistische noch dazu.

Auch wenn es mir schwerfällt, ich beschließe, dass ich Emma keinen Besuch abstatten werde. Ich schicke ihr einen dicken Kuss aus meinem Urlaub in den Bergen. Denn dass ich allein verreise, habe ich ihr ohne konkrete Zielnennung erzählt. Emma scheint sowieso längst etwas zu ahnen. Zwar habe ich sie noch mal beruhigen können, als sie ihre Zweifel äußerte, aber sie ist nicht dumm. Trotzdem möchte ich sie damit noch nicht direkt konfrontieren! Mein Gemütszustand wird nicht besser, wenn ich noch länger allein im Zimmer bleibe. Ich raffe mich auf, mache mich frisch und gehe nach draußen.

Es ist richtig kalt geworden. Ich spaziere durch die Dämmerung und hänge meinen noch immer schweren Gedanken nach. Ein Halbmond wie aus dem Bilderbuch steht am Firmament. Ich bleibe stehen und schaue eine Weile nach oben. Vor meinem inneren Auge macht es sich die Indianerin darauf gemütlich. Sie lächelt mich weise an. *Nichts ist verloren. Alles ist im Wandel. Es kommt etwas Gutes und Neues.* »Wir sehen uns wieder, Indianerin!«, hauche ich in die Abendluft und nicke dem Mond zu. Mir ist tatsächlich wieder leichter ums Herz geworden.

Theo finde ich neben dem Stall in einem hell ausgeleuchteten Wirtschaftsraum. Er steht vornübergebeugt an einem monströsen Waschbecken und scheint etwas zu schrubben.

»Du wäschst noch von Hand?«, rufe ich.

Theo fährt zu mir herum. »Katja! Hast du mich erschreckt! Klar wasche ich von Hand, das spart Strom und macht Muskeln.« Er stellt das Wasser ab. Jetzt sehe ich, dass er einen breitkrempigen Hut gesäubert hat. Er schüttelt ihn aus und hängt ihn an einen Haken.

»Mein Lieblingshut war völlig verdreckt. Morgen kannst du übrigens beweisen, was du als Cowgirl draufhast.«

Ich nehme auf einem Holzschemel Platz. »Mein letzter Einsatz als Cowgirl war beim Fasching in der dritten Klasse. Da ich stark davon ausgehe, dass das hier etwas anders ablaufen wird, darfst du mir gern eine präzise Jobbeschreibung liefern.«

»Morgen steht ein Cattle Drive auf dem Programm. Joshs Rinderherde hat ihr Winterlager verlassen und wird von den Cowboys auf die Sommerweide getrieben. Dabei werden wir die Jungs unterstützen.«

»Das nennt man Cattle Drive? Und das traust du mir zu?«

»Ja!«

»Dein Optimismus in Gottes Ohr.«

Wir gehen gemeinsam ins Haupthaus und essen noch einen Snack zusammen. Dann ziehe ich mich mit all den Eindrücken des Tages endgültig erledigt auf mein Zimmer zurück.

Benommen schrecke ich aus dem Schlaf. Wo bin ich? Was ist das? Unnachgiebig donnert etwas gegen meine Tür. Es dauert einen Moment, bis ich begreife, dass kein Drill-Instructor, sondern Theo gegen meine Tür hämmert. Ich schiele auf die Uhr. Es ist halb sieben.

»Aufstehen!«, tönt es.

»Habdochurlaub«, nuschele ich.

»Was immer du auch gesagt hast, um sieben gibt es Frühstück.«

Ich bemühe mich nun um eine deutlichere Aussprache. »Danke für den rauen Weckruf. Ich hatte kurz vergessen, dass ich nicht zur Erholung hier bin.«

Nur mühsam schaffe ich es, bis zum Frühstück in die Gänge zu kommen. Zum Duschen husche ich über den Flur ins Bad und bin froh, dass mir niemand begegnet.

Was trägt ein Cowgirl in Montana? Aus Mangel an Alternativen ziehe ich eine Jeans, einen schlichten blauen Pullover und Turnschuhe an. Außerdem habe ich meine graue Allwetterjacke dabei, die passt immer, ebenso wie mein geblümtes Halstuch.

Nach dem Frühstück bereichert Theo meinen Look um echte Cowboystiefel, die mir nur eine Nummer zu groß sind, Sporen und eine Satteltasche für Proviant.

»Josh hat einen enormen Fundus für seine Gäste«, sagt er.

»Wenn du jetzt auch noch eine Reitkappe für mich hast, kann es gleich losgehen.«

Theo lacht. »Wie viele Reiter sind dir im Wilden Westen bisher mit Reithelmen begegnet?«

»Äh, na ja. Ich bin ja zum ersten Mal hier. Bisher keiner.«

»Vergiss alles, was du im Reitunterricht gelernt hast. Hier gibt es keine Helmpflicht.«

Nun muss ich ebenfalls schmunzeln. »Zugegeben, Cowboys mit Helmen würden etwas von ihrem Charme verlieren. Aber was passiert, wenn ich vom Pferd falle und mir den Schädel breche?«

»Kein Leben ohne Risiko!«

»So sorgst du dich also um mich! Das petze ich Oli! Er wird ein ernstes Wörtchen mit dir reden.«

»Na gut, dann mache ich eine Ausnahme«, sagt Theo und verlässt den Raum. Kurz darauf kehrt er mit einem rotschwarzen Integralhelm zurück. »Hier nimm den«, sagt er.

Ich schaffe es, ernst zu bleiben, und setze den Helm mit dem dunklen Visier auf. »Danke. Gehen wir?« Meine Stimme klingt dumpf in meinen Ohren.

»Alle Achtung. Noch nie zuvor ist mir ein Cowgirl begegnet, das aussieht wie Darth Vader.«

Nun kann ich mich nicht länger zusammenreißen. Ich reiße mir den Helm vom Kopf. Wir lachen nun beide aus vollem Hals.

»Hast du ein Laserschwert für mich?«, frage ich.

»Da muss ich leider passen.«

»Okay, entweder ganz oder gar nicht. Dann setze ich auf Risiko und nehme den Hut.«

»Aber sag ja nicht, dass ich dich dazu genötigt habe!«

Theo greift in einen Metallspind und reicht mir einen beigefarbenen Cowboyhut. Ich gebe ihm den Helm zurück und stülpe mir den Hut über den Kopf.

»Stimmt jetzt alles? Sehe ich nun aus wie ein echtes Cowgirl?«

»Absolut.«

In einem unbeobachteten Moment greife ich zu meinem Telefon und mache ein Foto. Hübsch sieht anders aus, aber belustigend ist es allemal.

Ungeschminkte Frau mit Hut auf dem Weg zur Arbeit, schreibe ich unter das Kunstwerk und sende es an Lou.

Leider reiten wir nicht sofort los, sondern fahren erst eine Stunde mit dem Auto zu einer Zwischenstation, von der aus auch die City-Slicker, die ebenfalls bei der Arbeit helfen, ihre Tour beginnen. Es wäre sonst zu weit bis zu den Rindern, erklärt mir Theo.

Wir halten neben einer Holzbaracke, die zugleich ein provisorischer Pferdestall ist.

»Hier nimmt uns Clark in Empfang. Er ist einer von Joshs besten Männern. Ach, da ist er ja schon«, sagt Theo.

Ein Mann um die fünfzig mit Oberlippenbart und zotteligem grau-meliertem Haar kommt auf uns zu. Er trägt Chaps und ein grau-blau kariertes Flanellhemd. Sein Hut hängt ihm locker im Nacken.

»Hi guys. How are you?«, fragt er.

»Fine, thanks«, erwidere ich wie immer automatisch so, wie ich es schon in der Schule gelernt habe. Dabei frage ich mich jedes Mal, warum die Amerikaner ständig diese Frage stellen. Es will doch sowieso keiner hören, wie es wirklich um einen steht.

Nach einem kurzen Smalltalk zeigt Clark uns unsere Pferde, ein dunkelbraunes und eins, das genauso aussieht wie Pippis *Kleiner Onkel*. Beide sind bereits gesattelt und scheinen nur darauf zu warten, von uns bestiegen zu werden.

»Let's go«, sagt Clark und erzählt uns, dass etwa hundertzwanzig Mutterkühe mit ihren Kälbern auf die fünfzig Meilen entfernten Sommerweiden rund um Joshs Ranch getrieben werden müssen. Im Winter sei das Gebiet meist komplett eingeschneit.

»Theo, das wird ein Kinderspiel«, sage ich.

»Aber wir müssen die Herde heute dort noch nicht abliefern. Das dauert ein paar Tage. Und wir genießen das Privileg, dass wir uns jederzeit ausklinken können.«

»Na dann!« Tatendurstig steige ich auf den *Kleinen Onkel*. Das klappt alles noch ganz prima. Wie großartig sich das anfühlt, im Sattel zu sitzen!

»Komm, *Kleiner Onk*... Äh, wie heißt das Pferd eigentlich?«, frage ich.

Clark grient. Selbst sein Oberlippenbart scheint zu lächeln. »Sunshine.«

»So ein sympathischer Cowboy«, raune ich Theo zu. Dann kenne ich kein Halten mehr und beweise mir, was ich noch draufhabe. Ich wechsele von Trab in Galopp, passe mich dann aber an und reite neben Clark und Theo her. Um uns herum erstrecken sich weite grüne Wälder, die hohen Prärien und in der Ferne das malerisch zerklüftete Panorama der schneebedeckten Berge. Ich bin völlig überwältigt von dieser Kulisse. »Hier sieht es aus wie im Film Brokeback Mountain!«

»Aber ich hoffe, es endet weniger tragisch«, erwidert Theo und gibt seinem Pferd die Sporen.

13

Wildes Stimmgewirr empfängt uns, als wir nach einer guten halben Stunde die Herde erreichen. Eine Gruppe von Männern hat sich um den Ausgang der Einzäunung herum positioniert, andere brüllen und treiben die Tiere hinaus. Zu meinem Erstaunen bin ich die einzige Frau hier.

»Warum schreien die so? Gibt es Ärger?«, frage ich.

»Nein, alles in Ordnung. Bei Lärm gehen die Kühe mit ihren Kälbern vorwärts.«

»Und wer sind jetzt die echten Cowboys? Mit bloßem Auge sehe ich da keinen Unterschied.«

»Die Männer, die die Tiere heraustreiben, machen das professionell. Die am Ausgang sind Joshs Gäste.«

»Irre, dass die dafür bezahlen, hier arbeiten zu dürfen!«

Auch wir reihen uns nun neben den Großstädtern ein. Mir wird ganz mulmig, als ich all die Kühe auf mich zukommen sehe. »Die Rinder haben doch sicher eine ungeheure Kraft«, sage ich.

»Keine Angst. Unser Spalier hilft ihnen, sich zu orientieren und die richtige Richtung zu finden. Sie tun uns nichts.«

Tatsächlich haben nun alle Rinder das Gatter verlassen. Wir reiten neben der Herde her. Ruhiger ist es nicht geworden. Genau wie die anderen werfe ich alle Hemmungen über Bord und brülle, johle und schreie mir die Seele aus dem Leib. Theo macht auch mit und nickt mir anerkennend zu.

Die Schreitherapie kommt nicht nur den Tieren zugute,

sondern auch mir. *Willkommen im Land der unbegrenzten Möglichkeiten!* Habe ich mich je so frei gefühlt?

Wir bewegen uns auf unwegsamem Gelände. Immer wieder müssen ein paar Rinder und Kälber unter Büschen hervorgetrieben werden. Dabei leisten Pferde und Reiter großartige Arbeit.

Ich schließe zu Theo auf, der ein paar Meter vor mir reitet. »Das hier ist das Schönste, was ich seit Langem erlebe!«, sage ich. Meine Stimme ist von dem ganzen Gebrülle kratzig geworden.

Theo strahlt mich an. »Ich bin froh, dass es dir gefällt und du keinen Rückzieher gemacht hast.«

Da die Rinder nicht sonderlich schnell laufen, bewegt sich unser Tross die meiste Zeit eher langsam und gemächlich. Nun sind wir schon seit fünf Stunden unterwegs. Ich schwitze, die Sonne brennt erbarmungslos auf uns herunter, und mein Hintern beginnt zu schmerzen. Aber wie!

»Wie lange dauert es noch?«, frage ich.

Auf Theos Nase glitzern Schweißperlen. »Wir haben es gleich geschafft«, sagt er. Dann erklärt er mir, dass es für jede Tagesetappe eine Koppel gibt, in dem die Rinder über Nacht untergebracht werden. »Apropos Tag, vergiss nicht, dass dein Vater heute Geburtstag hat«, sagt Theo da.

»Das hast du dir gemerkt?«

»Immerhin war ich deswegen gestern nicht am Flughafen.«

»Und ich hätte es heute vor lauter Abenteuer glatt vergessen. Danke. Wenn wir zurück auf der Ranch sind, rufe ich ihn an.«

Endlich taucht vor uns das Etappenziel auf. Zwei Männer reiten voraus und öffnen das Tor der Umzäunung, damit die Rinder gleich reinlaufen können.

»Bleiben die Cowboys auch über Nacht hier?«, frage ich.

»Sicher. Abends zünden sie ein Lagerfeuer an, philosophieren über das Leben und lauschen dem Heulen der Kojoten, bevor sie vor den wärmenden Flammen einschlafen.«

»Genau so habe ich mir das vorgestellt.«

»Möchtest du bleiben?«, fragt Theo.

»Ach lass mal, ich habe nicht mal Zahnputzzeug dabei. Aber so ein Lagerfeuer, das wäre schon mal was.«

Nachdem die Herde im Gatter ist, verabschieden wir uns von den anderen. Da das Wetter mitspielt, bleiben die City Slicker unter der Aufsicht von Profis tatsächlich über Nacht bei den Tieren.

Theo und ich reiten mit Clark und vier weiteren Cowboys zurück zur Ausgangsstation. Diesmal geht es viel schneller, obwohl ich völlig k.o. bin. In einer Verschnaufpause mache ich wieder ein Foto und schicke es mit den Worten an Lou: *Die Frau, die mit den Rindern tanzt.*

Zurück auf der Ranch stelle ich unter einer erfrischenden Dusche fest, dass ich beinah den ganzen Tag weder an Oliver noch an irgendein Problem gedacht habe. *Weiter so, Katja! Dann wirst du dich schon finden!*

Wir sitzen zusammen mit Josh beim Abendessen im gemütlichen Kaminzimmer. Es gibt einen herzhaften Eintopf mit Rindfleisch aus eigener Züchtung. Dazu trinken wir Rotwein aus Joshs unglaublich reichhaltig bestücktem Weinkeller, durch den er Theo und mich vor dem Essen geführt hat. Dabei hat er uns allerlei probieren lassen. Denn Josh bewirtschaftet nicht nur eine Ranch, sondern hat nebenbei auch noch einen Sommelier-Kurs besucht, den er mit Bravour bestand.

Ich kann mich kaum mehr bewegen, meine Knochen schmerzen. »Hauptberuflich wäre die Arbeit als Cowgirl wohl doch nicht das Richtige für mich«, sage ich.

»Mach dir nichts draus, soweit ich weiß, hat der Job in Deutschland ohnehin kaum Perspektive«, sagt Josh.

Der Wein tut schon seine Wirkung. »Bei uns sind eher Callgirls gefragt. Aber das ist sicherlich körperlich nicht weniger anstrengend, wenn auch krisensicherer«, sage ich. *Was redest du da?* Da sich leider unter mir nicht der Boden auftut, lenke ich schnell ab. »Josh, wie viele Flaschen Wein lagerst du in deinem Keller?«

»Das dürften weit über tausend sein.«

»Katja, wie sieht's aus? Fühlst du dich fit genug, um die Herde morgen noch einmal zu begleiten?«, fragt Theo.

»Unbedingt«, sage ich. Aber es muss wenig überzeugend geklungen haben.

»Theo, sei nicht so hart zu ihr und gönne ihr eine Pause«, sagt Josh.

»Da hast du aber Glück gehabt, Katja. Er ist der Boss.«

»Dabei hatte ich mich schon darauf eingestellt. Josh, danke, dass du mich hier wohnen lässt. Und zögere bitte nicht, mir Aufgaben zu übertragen, damit ich das irgendwie abarbeiten kann.«

»Das hättest du besser nicht sagen sollen«, wirft Theo ein.

Josh nippt an seinem Glas. »Beim Ausmisten der Pferdeställe bist du jederzeit gern gesehen.«

»Das ist eine Spezialität von mir«, sage ich.

Draußen ist es inzwischen stockdunkel. Josh legt Holz im Kamin nach und wendet sich dann zum Gehen. »Entschuldigt mich, ich muss zu Scarlett.«

Theo boxt ihm im Vorbeigehen in die Seite. »Verwöhn sie noch ein bisschen, bevor es ernst wird.«

»Wer ist Scarlett? Ich dachte, er hat keine Freundin«, murmele ich.

»Na ja, das kann man so oder so sehen. Scarlett ist seine Lieblingsstute. Da kümmert Josh sich noch persönlich um alles. Sie kann jeden Moment Nachwuchs kriegen.«

Josh hat es doch noch nicht so eilig. »Sie ist ein fantastisches Tier«, schwärmt er. »Scarlett war das erste Pferd, das ich gekauft habe.«

»Und du kümmerst dich um die Geburt?«, frage ich.

»Normalerweise nicht, aber heute Abend bin ich in Bereitschaft, weil niemand hier ist. Ich setze aber darauf, dass Scarlett bis morgen durchhält.«

»Josh schafft das auch allein.« Theo dreht sich zu ihm um. »Wie vielen Fohlen hast du schon auf die Welt geholfen?«

»Theo! Beschwöre nichts! Ich habe immer nur zugeschaut. Gott sei Dank bist wenigstens du hier, mein Lieber.« Josh flüstert mir zu: »Er ist der patenteste Mann, den ich kenne.« Dann wendet er sich wieder an Theo. »Ich komme auf dich zurück, falls es demnächst losgehen sollte.«

»Unbedingt. Mit Geburten kenne ich mich ja bestens aus. Josh neigt übrigens niemals zu Übertreibungen.«

»Das dachte ich mir schon. Falls das Fohlen tatsächlich in den nächsten Stunden auf die Welt kommen möchte, dann bin ich gern dabei. Assistieren kann ich sicherlich in irgendeiner Weise.«

»Danke Katja, das ist gut zu wissen«, sagt Josh und verabschiedet sich.

Liz, eine quirlige blonde Frau mittleren Alters, stürmt ins Zimmer und räumt wieselflink den Tisch ab.

»Thank you, Liz.«

»You're welcome, Darling.«

Liz, die ein bisschen was von Dolly Parton vor ihren

chirurgischen Eingriffen hat, ist die gute Seele auf der Ranch. Sie kümmert sich hingebungsvoll um das leibliche Wohl der Gäste. Dabei strahlt sie so viel Freude aus, dass man denken könnte, sie mache hier Urlaub. Ich bedanke mich ebenfalls bei ihr. Eigentlich müsste ich das in Dauerschleife tun, so gut, wie es mir hier geht.

»Du hast ja keine Ahnung, wie sehr ich es hier genieße, in den Tag zu leben und über nichts nachdenken zu müssen.«

Theo füllt Wein nach. »Doch, habe ich. Als ich nach Annas Beerdigung zunächst hierher geflüchtet bin, da war ich auch unendlich dankbar dafür, dass hier niemand etwas von mir erwartet hat.«

Beschämt starre ich in mein Glas. »Aber das lässt sich doch überhaupt nicht vergleichen.«

Theos Blick schweift gedankenverloren ins Kaminfeuer. Er sitzt jetzt mit Anna hier, nicht mit mir.

»Es ist spät geworden, ich gehe besser meine bleischweren Knochen ins Bett bringen«, sage ich.

»Mach das, bevor sie anfangen zu quengeln. Ich bleibe noch einen Augenblick hier sitzen. Schlaf gut.«

Ich möchte ihn nicht so traurig zurücklassen. Zögerlich stehe ich im Zimmer herum. Da fällt mir ein Zitat von Victor Hugo ein, das meine Mutter nach dem Tod meiner Oma an ihre Pinnwand geheftet hat. Ich wandle es ein wenig ab. »Anna ist zwar nicht mehr da, wo sie war, aber überall dort, wo du bist.«

Theo lächelt müde. »Ja, das ist sie. Danke.«

Wie gern würde ich ihn jetzt in die Arme nehmen. Oder ginge das zu weit? Bevor ich wieder anfange, viel zu viel zu denken, sage ich: »Steh bitte mal auf!«

Wie ferngesteuert folgt Theo meiner Aufforderung. Ich

umarme ihn. »Tut mir leid, aber das musste jetzt einfach mal sein ...«, flüstere ich und drücke ihn fester an mich.

»Schon gut. Ich leiste keinen Widerstand«, erwidert Theo und legt nun seine Arme um mich. Welchen Halt wir uns geben können! Was ist das für ein intimer und intensiver Moment! Aber nicht nur das. Theo so zu spüren lässt mich erschauern. Und wie! Ich schließe die Augen und atme tief seinen Geruch in mich ein. Doch irgendwann lösen wir uns voneinander, und jeder verabschiedet sich in seine eigene Nacht.

Erneut reißt mich ein Donnern gegen die Tür aus dem Schlaf. »Katja? Katja! Es geht los!« Nur ist es diesmal nicht Theos, sondern Joshs Stimme, die nach mir ruft. Innerhalb von vierundzwanzig Stunden von zwei Männern auf eine solch sanfte Art geweckt zu werden, das muss mir erst mal jemand nachmachen. Ich knipse die Nachttischlampe an und reibe mir die Augen. Es ist kurz nach zwei. Hätte ich Josh doch nur vorhin nicht meine Hilfe angeboten!

»Ich komme gleich«, rufe ich. Es wird wieder ruhig an meiner Tür. Noch etwas vernebelt werfe ich eine Strickjacke über meinen Pyjama und renne zum Stall, wo Theo mich empfängt. Meine bleierne Müdigkeit ist verflogen. »Willkommen, Frau Doktor Petersen. Tupfer liegen bereit«, sagt er.

»Danke. Und wo ist das Skalpell? Handschuhe, Haube und Mundschutz?«

»Sorry, ich bin nur die Aushilfe.«

Josh versteht kein Wort und schaut uns zweifelnd an.

»Wir sind bereit«, sagt Theo.

Josh nickt und wuselt um Scarlett herum. Ob ihr das so

recht ist? Sie trippelt ruhelos umher, legt sich hin und steht wieder auf. Ihr braunes Fell glänzt, sie scheint stark zu schwitzen.

»Es geht bestimmt gleich los«, sagt Josh aufgeregt. »Können wir ihr noch schnell die Hufeisen abnehmen? Ich habe einmal erlebt, dass die Stute bei einer Zwillingsgeburt vor lauter Aufregung ein Fohlen totgetreten hat. Ohne Eisen würde das womöglich glimpflicher ausgehen.«

»Du hast das hier ja ganz toll vorbereitet«, sagt Theo.

»Mensch, ich habe nicht damit gerechnet, dass es tatsächlich so schnell geht!« Josh tänzelt fast so rastlos wie Scarlett umher.

»Nur keine Panik. Zumindest das habe ich schon ein paar Mal gemacht. Wo ist die Zange?«, fragt Theo ganz ruhig.

»Hier«, sagt Josh und drückt sie Theo in die Hand.

Theo fasst nach Scarletts Hinterbein, was kein leichtes Unterfangen ist, so flatterig, wie sie ist.

»Ganz ruhig, Scarlett, ganz ruhig«, beschwört er sie. Auch Josh redet die ganze Zeit liebevoll auf das Pferd ein.

Dann drückt Theo mit der Zange zu, hebelt ein paar Mal vor und zurück und schafft es, das Eisen zu lösen.

Fasziniert schaue ich ihm zu. »Wieso kannst du das so gut?«

»Ich habe doch gesagt, dass er der patenteste Kerl auf der Welt ist«, sagt Josh und nimmt Theo das Hufeisen aus der Hand.

»Und ein Pferdeflüsterer ist er auch«, sage ich.

»Nun hört aber auf!« Theo wirft mir einen liebevollen Blick zu, bevor er auch die anderen Hufe von dem Metall befreit. Nach getaner Arbeit wischt er sich den Schweiß von der Stirn. »So, das Fohlen möchte ich allerdings nur ungern mit der Zange holen.«

Scarlett hat sich inzwischen wieder hingelegt. Josh streichelt sie behutsam. »Mein Schatz, du bist so tapfer, du machst das ganz toll. Ich bin gleich wieder da«, sagt er und verschwindet. Scarlett versucht sich wieder aufzurichten, bleibt liegen, probiert es erneut. Sie scheint sich sehr zu quälen.

»Josh kann uns doch jetzt nicht allein lassen!«, sage ich panisch.

Im nächsten Augenblick kommt Josh mit einem Eimer Wasser und einem Lappen zurück. Wieder spricht er zärtlich auf Scarlett ein und beginnt damit, sie sanft abzutupfen. Sie scheint das tatsächlich zu beruhigen.

»Katja, könntest du ihr bitte den Schweif flechten?«, fragt Josh da.

»Wofür soll das jetzt gut sein?«

»Auch Stuten haben ein gewisses Stilbewusstsein«, scherzt Theo.

»Schminken brauchst du sie aber nicht. Nein, im Ernst, am Schwanz sammelt sich viel Schmutz. Wenn sie nachher aufsteht, dann kann es passieren, dass sie mit der Luft Dreck in ihre Gebärmutter einsaugt und sich womöglich mit etwas infiziert. Wenn aber der Schweif gebändigt ist, dann ist die Gefahr geringer«, erklärt Josh.

»Dann mache ich mich mal an die Arbeit«, sage ich und hocke mich hin.

Theo steht feixend in der Ecke.

»Bitte erspare dir jeglichen Kommentar, so anzüglich er auch sein mag«, sage ich kichernd.

»Da kommt nichts über meine Lippen.«

Vorsichtig greife ich nach den kräftigen Haaren und beginne damit, sie zu flechten. Sie sind teilweise verfilzt, aber ich schaffe es trotzdem. »Das letzte Mal habe ich das bei

Emma gemacht, als sie zehn war. Dann kam leider ihre Kurzhaarphase.«

Dass ich den ersten Flechtzopf seit Jahren nun ausgerechnet einem Pferd mache, ist schon irgendwie amüsant. *Ach Emma, wenn du mich hier nur sehen könntest.*

Josh reicht mir einen dicken schwarzen Gummi. Ich wickele ihn um das Zopfende. »Fertig!« Stolz betrachte ich mein Werk.

Dann wird es wieder hektisch. Scarlett schafft es, auf die Beine zu kommen, scharrt fahrig herum und geht dann wieder zu Boden. Nun legt sie sich auf die Seite, ihren Kopf hat sie zum Bauch gedreht.

»Die Wehen! Die Wehen haben eingesetzt! Jetzt dürfen wir sie nicht mehr allein lassen, es kann nicht mehr lange dauern!«, ruft Josh.

Theo und ich stehen hinter ihm und warten auf weitere Anweisungen. Da läuft plötzlich ein Schwall Wasser aus Scarlett heraus, wahrscheinlich ist es das Fruchtwasser. Ihre Wehen werden immer kräftiger, sie presst und presst. So etwas habe ich noch nie gesehen! Ich schwitze nun ebenfalls, so sehr fiebere ich mit ihr mit. »Du kannst das, du schaffst das«, rufe ich immer wieder. Meine Worte vermischen sich mit den Anfeuerungsrufen von Josh, bis er sagt: »Es ist so weit!«

»Ja, ja, da kommt was«, rufe ich. »Mach schon, kleines Fohlen, zeig dich ganz!«

Im Eifer meiner überlaufenden Gefühle greife ich nach Theos Hand. Da erblickt gleich ein neues Leben diese Welt, und wir sind dabei. Gemeinsam schauen wir auf dieses Wunder der Natur.

»Werden und Vergehen. Der Kreislauf des Lebens …«, murmele ich und denke wieder an Sophie. Theo drückt meine Hand. Komplett überwältigt von der Szene schaue ich ihn an. Unsere Blicke verschmelzen zu einer innigen Umarmung. Für einen Augenblick scheint die Zeit still zu stehen. Theo hält noch immer meine Hand. Dieser Augenblick ist so ergreifend, dass mir die Tränen in die Augen steigen. Da kommt der Kopf, er liegt auf den ausgestreckten Vorderbeinchen. Es dauert nicht lange, bis das ganze Fohlen draußen ist. Es ist geboren!

Klein und zerbrechlich, verklebt und dunkel glänzend liegt es neben seiner Mutter. Josh erklärt uns, dass die Nabelschnur reißen wird, wenn Scarlett aufsteht. Nun leckt sie ihr Baby ab. Was für ein anrührendes Bild! Ich könnte noch stundenlang hier stehenbleiben und die beiden beobachten. Aber Josh macht mir einen Strich durch die Rechnung. »Gehen wir schlafen. Mutter und Kind brauchen jetzt ihre Ruhe«, sagt er.

Theo bringt mich zu meinem Zimmer. Vor der Tür bleiben wir stehen. Ein Stromstoß durchfährt mich, als er mir eine Haarsträhne aus dem Gesicht streicht.

»Du kannst jetzt wieder normal atmen«, sagt er.

»Wirklich?« Ich halte kurz die Luft an und atme dann ganz langsam aus, um einen ruhigeren Rhythmus hinzukriegen. »Stimmt. Fast hätte ich vergessen, dass Scarlett Mutter geworden ist und nicht ich.«

Theo sieht mich eindringlich an. »Katja? Alles okay?«

»Ja! Das war eine unglaubliche Nacht!«

Theo verabschiedet sich mit einem Kuss auf die Stirn von mir. Wie der nachglüht!

Gleich wird es hell. Eigentlich lohnt es sich gar nicht mehr, wieder ins Bett zu gehen. Aufgewühlt tue ich es trotzdem.

14

»Dem Kleinen geht es ausgezeichnet«, sagt Josh am nächsten Morgen, als er sich zu Theo und mir an den Frühstückstisch gesellt. Wegen akuter Übermüdung trinken wir literweise Kaffee.

»Es ist ein Junge?«, frage ich und pflüge mit der Gabel durch meine *Scrambled Eggs*.

»Ja, das wird mal ein Hengst oder ein Wallach, schauen wir mal. Und weil ihr ihm bei der Geburt so treu zur Seite gestanden habt, dürft ihr einen Namen für ihn aussuchen.«

»Klasse!«, entfährt es mir mit vollem Mund. Schnell schlucke ich runter. »Wie wäre es mit Rocky?«

Theo runzelt die Stirn. »Rocky? Da denkt doch jeder sofort an Silvester Stallone. Kann das im Sinne eines Hengstes sein?«, fragt er.

»Den hatte ich gar nicht im Sinn, sondern die Rocky Mountains.«

Josh schmiert sich eine dicke Schicht Erdnussbutter auf ein Stück lappiges Weißbrot. Das Brot hier ist so weich, dass man es locker ohne Zähne essen könnte. »Es ist eure Entscheidung«, sagt er. Da kommt Liz an den Tisch, um mit Josh etwas zu besprechen. Er verschlingt sein Brot und geht mit ihr nach draußen.

»Oder Change? Für Veränderung?«, frage ich.

»Change. Hm. Wie wäre es mit Terminator, Chuck, Spiderman, Knight Rider oder Kill Bill?«

»Lass uns besser einen Blick auf den Minihengst werfen, bevor wir eine Entscheidung treffen.«

Als ich kurz darauf das kleine Fohlen beim Säugen an seiner Mutter sehe, geht mein Herz wieder ganz weit auf. »Ich denke gerade zum ersten Mal über Adoption nach«, sage ich.

»Mit der Einreise nach Deutschland könnte es Probleme geben. Und wäre das Kinderzimmer groß genug?«

»Kein Problem, wir bauen an. Nur leider bringe ich es nicht übers Herz, Scarlett ihr Kind zu entreißen. Schau doch nur, wie eng verbunden die beiden miteinander sind.«

Das kleine Pferd ohne Namen lässt von seiner Mutter ab und torkelt uns auf seinen zittrigen Beinen entgegen. Gerührt streichele und liebkose ich es. Da kommt mir wie ein Blitz ein neuer Name in den Sinn. »Horizon! Wie wäre es, wenn wir ihn Horizon nennen?«

Theo grinst. »Horizon. Du willst also in der Liga bleiben?«

»Ja! Der Kleine steht als Sinnbild dafür, dass die Zukunft vor uns liegt. Bis zum Horizont und immer weiter. Wir bleiben nicht stehen, sondern gehen mutig nach vorn. Du hast sicher noch viele Träume und ich auch und ...« Da pralle ich mit meiner Handkante gehen Theos Kinn. Er weicht ruckartig zurück, und ich muss lachen, weil mir nicht bewusst war, wie wild ich gestikuliert habe. Das mache ich meistens unbewusst beim Reden. Oliver hat sich darüber immer sehr amüsiert, mir fällt es nie auf. »Entschuldige, normalerweise bin ich kein Fan von körperlicher Gewalt. Äh, findest du das albern?«

»Dass du mir einen Kinnhaken verpasst hast? Überhaupt nicht. Abgesehen davon kann ich nach deiner glühenden Ansprache mit meinen Vorschlägen sowieso nur verlieren.

Willkommen im Leben, Horizon«, sagt Theo und streichelt ihm über sein langes Köpfchen. Stolz darauf, den Namen durchgesetzt zu haben, nehme ich mir vor, dass ich ihm gemeinsam mit dem Fohlen alle Ehre machen werde.

Das intensive Leben reißt auch in den nächsten Tagen nicht ab. Theo nimmt sich viel Zeit für mich. Bei unseren Ausritten durch *Big Sky Country* gibt es so viel zu erkunden. Immer wieder bin ich überwältigt von dieser schier endlosen Weite und der ursprünglichen Natur in all ihrer Schönheit, immer wieder sehe ich etwas zum ersten Mal. Ich fühle mich wie ein Kind, das die Welt entdeckt. Das ist ein unbeschreibliches Gefühl. Mal sind es Dickhornschafe oder Gabelböcke, die ich bestaune, dann die sagenhaft sauber funkelnden Bäche und Flüsse, an denen wir entlangreiten, oder die stillen Ponderosa-Wälder, die wir durchqueren. Die Ponderosa-Kiefer, auch Gelb-Kiefer genannt, ist das Wahrzeichen Montanas, erfahre ich von Theo. Und so ganz nebenbei entdecke ich auch mich ein Stückchen neu. Denn die Leichtigkeit, die ich hier spüre, war mir völlig fremd geworden.

Mit Theo kann ich nicht nur über das Leben – und den Tod – philosophieren, sondern auch viel und herzlich lachen, was unglaublich befreiend wirkt. Wenn ich mit ihm zusammen bin, dann habe ich keine Sorgen. Dann zählt nur der Augenblick. Sicher habe ich in den letzten Jahren ein Dutzend Bücher zum Thema Achtsamkeit verschlungen; und doch hat all die Theorie in der Praxis nie gefruchtet. Viel zu schnell wurde ich wieder herausgerissen aus all den wahrzunehmenden Augenblicken, diesen kostbaren Momenten, die ein Leben ausmachen. Meine Gedankenmühle drehte sich immer weiter, ich war überall – nur nicht im *Hier und Jetzt*.

Nach einem dieser intensiven Tage telefoniere ich am späten Abend mit Lou. »Unfassbar, wie sehr ich hier bei mir bin! Wenn ich reite, dann reite ich. Wenn ich meinen Blick über die Landschaft schweifen lasse, dann nehme ich all ihre Schönheit war. Wenn ich mit Theo zusammen bin, dann bin ich nur mit Theo zusammen. Ich fühle mich frei; und Deutschland ist so weit weg!«

»Süße, kann ich diesen Theo samt Urlaub in Montana auch buchen?«, fragt Lou.

»Nein! Zumindest hoffe ich, dass er kein Geschäftsmodell daraus macht.« Damit ich die Hände freihabe, stelle ich das Telefon auf laut, während ich mich ausziehe.

»Ach, komm schon!«, sagt Lou.

»Außerdem ist es ja nicht so, dass ich alles andere ausblende. Mir ist klar geworden, dass ich an der Situation zwischen Oliver und mir nicht ganz unschuldig bin und dass es falsch wäre, allein Svenja die Schuld für unseren Status Quo zu geben. Inzwischen kann ich sogar nachfühlen, wie wohltuend es ist, jemandem zu begegnen, der einem neue Perspektiven eröffnet und so viel Lebenslust zurückgibt. Womöglich ist Svenja für Oliver so etwas wie für mich Theo.« Ich hülle mich in ein Handtuch und nehme Lou über den Flur mit ins Bad, um mich bettfertig zu machen.

»Meine Güte, so kenne ich dich gar nicht! Dich hat es ja richtig erwischt! Du vergleichst Theo mit Svenja? Ihr hattet Sex!?« Ihre Stimme überschlägt sich beinah.

Schnell stelle ich sie wieder auf leise und drücke mir das Telefon ans Ohr. »Nein, natürlich nicht! Wobei ich zugeben muss, dass ich ihn extrem anziehend finde ... Aber vergiss meine sanften Worte über Svenja.« Ich deute ein Würgen an. »Möge diese Person auf schnellstem Wege zu nichts anderem werden als einer kleinen Anekdote. Und jetzt dusche ich ganz fix und rufe dich in einer Minute wieder an.«

Nachdem ich mich abgetrocknet und mir die Zähne geputzt habe, ist Lou wieder an meinem Ohr.

»Nebenbei bemerkt ist es eine beachtliche Leistung von dir, dass du dich nicht mehr nur als armes Opfer siehst. Hast du Kontakt zu Oliver?«, fragt sie.

Das Telefon zwischen Kopf und Schulter geklemmt, kämme ich mir die Haare. »Ja. Wir schicken uns ab und zu kurze Nachrichten.«

»Also ist nach wie vor alles offen zwischen euch?«

Schnell husche ich zurück in mein Zimmer. »Ich glaube schon. Aber ich vermisse ihn überhaupt nicht! Das ist nicht gut, oder?«

»Wundert dich das ernsthaft?«

»Aber was ist, wenn es Oliver genauso geht? Was wollen wir noch voneinander? Ach Lou, es ist vertrackt! Einerseits möchte ich meine Familie nicht verlieren. Andererseits darf ich doch nicht um jeden Preis daran festhalten wollen! Auch wenn Oliver und ich kein Paar mehr wären, würde Emma das Wichtigste in unserem Leben bleiben – und ein Zuhause hätte sie auch! Aber trotzdem, Oliver und mich verbindet doch so viel ...« Ich streife mir mein Schlafshirt über und lege mich aufs Bett.

»Katja! Es gibt doch nur zwei Möglichkeiten: Entweder ihr wollt *beide* einen gemeinsamen Neustart, oder ihr trennt euch. Wenn nur einer von euch überzeugt ist, funktioniert es ohnehin nicht.«

»Ja, so simpel ist das ...«

»Wie geht's Emma überhaupt?«

»Gut, wirklich. Wir schreiben uns regelmäßig und telefonieren. Aber das ändert nichts daran, dass ich mich für all die Halbwahrheiten schäme, die ich ihr auftische.«

»Tu dir den Gefallen und quäle dich nicht mit einem schlechten Gewissen. Momentan ist jeder von euch mit sich beschäftigt. Das Wichtigste ist, dass deine Gefühle echt sind!«

»Das sind sie! Danke, Lou!«

Nach dem Gespräch wird mir wieder einmal klar, wie wertvoll unsere Freundschaft ist. Lou versteht mich, sie ist mir nah, auch wenn uns tausende Kilometer trennen. Dankbar mummele ich mich ein und registriere, dass beachtlich viele – nicht jugendfreie – Gedanken an Theo durch meinen Kopf schwirren und mir ein Lächeln auf die Lippen zaubern. Irgendwann schlafe ich ein.

Am nächsten Tag macht Theo mit mir einen Ausflug in eine sogenannte Geisterstadt. »Hier in Montana gibt es einige dieser verlassenen Städte. Sie wurden während des Goldrauschs erbaut, als die Bodenschätze Menschen aus dem ganzen Land anlockten. Meist bestanden sie aus einfachen Holzhäusern, einem Saloon und einer staubigen Hauptstraße. Aber letztlich erlebten die Städtchen nur eine kurze Blütezeit. Als es nichts mehr zu holen gab, da zogen die Menschen weiter«, sagt er.

Staunend sehe ich mich um. »Sagenhaft! Es sieht wirklich so aus, als wäre die Zeit hier einfach stehengeblieben.«

»Hier haben einmal über zweitausend Menschen gelebt. Aber seit ungefähr neunzig Jahren gibt es hier kein Gold mehr, nur noch Geister.«

»Bitte lass uns unbedingt vor Einbruch der Dunkelheit wieder weg sein!«, sage ich.

»Keine Angst, sie sollen ganz umgänglich sein.«

Von den einstigen Abraumhalden der Goldminen ist nichts mehr zu sehen. Gestrüpp und Bäume überwuchern sie. Nur die leeren Holzhäuser der Arbeiter sind stehengeblieben. Ich schaue durch die Fenster. In den Zimmern stehen sogar noch vereinzelt verstaubte Tische und Stühle herum. Wir laufen an einer alten Schule und einem Saloon vorbei.

»Ob die Frauen hier Can-Can getanzt haben?«

Meine Frage wird vom Klingeln eines Telefons verschluckt. Es ist Theos. »Hey Josh, what's going on?«, höre ich ihn sagen.

»Früher wäre das hier nicht passiert«, murmele ich.

Früher. Plötzlich muss ich an Olivers Worte denken, dass Theo jahrelang glaubte, er hätte ihm die Freundin ausgespannt. Was hat es damit nur auf sich? *High Noon. Späte Revanche*. Was da wie ein Westerntitel in meinem Kopf herumgeistert, ist doch völliger Blödsinn! Oder? Wenn ich nur wüsste, was zwischen den beiden damals vorgefallen ist!

Ich gehe ein paar Schritte zur Seite und kratze im hohen Gras mit einem Stöckchen an einer alten, wahrscheinlich denkmalgeschützten Tonne herum. Dabei beobachte ich Theo. Beim Sprechen changiert sein Gesichtsausdruck von konzentriert bis amüsiert. Wenn ich ihn lächeln sehe, färbt es sofort auf mich ab, selbst wenn ich nicht weiß, was ihn erheitert. Womöglich hat Josh ihm nur einen dreckigen Witz erzählt. Er wirkt so unglaublich anziehend! Wie authentisch darf man eigentlich sein, wenn man jemandem gefallen möchte? Aber was bringt es, wenn man sich verstellt? Die Wahrheit kommt ohnehin irgendwann ans Licht. Es sei denn, es kommt gar nicht erst so weit, das soll es ja durchaus auch geben.

»Hallo? Erde an Katja!«

Erst jetzt merke ich, wie weit weg ich war. Gar nicht gut. »Äh, was hast du gesagt?«

»Angeblich treibt sich ein Bär auf der Ranch herum. Josh will nachher mit mir auf die Jagd gehen«, sagt er und setzt sich auf die oberste Stufe einer knarzigen Treppe. Er deutet auf den Platz neben sich. »Komm, setz dich zu mir. Was beschäftigt dich?«

Vorsichtig nehme ich neben ihm Platz. *Verstell dich nicht!*

»Also, ähem, Oliver hat so eine Andeutung gemacht. Er hat gesagt, du hättest jahrelang geglaubt, er habe dir die Freundin ausgespannt.«

Theo schaut mich belustigt an. »Das ist doch schon gar nicht mehr wahr. Hat er sonst noch etwas erzählt?«

Ich rutsche nervös hin und her. »Nein, aber er hat mir das quasi mit auf den Weg gegeben. Das hört sich jetzt ziemlich komisch an, oder?« Unsicher schiele ich zu Theo.

»Falls du mir damit unterstellen willst, dass ich mich mit meiner Einladung an Oliver rächen möchte, dann hast du völlig recht. Warum sonst hätte ich dich hierherlocken sollen?«, fragt er mit einem Grinsen.

»Entschuldige, mir war klar, dass das abstrus ist!«

Der Wind pfeift um die Ecken. Es ist ein unheimliches Geräusch. Ich fröstele und reibe mir die Arme. Ohne ein Wort zu verlieren, zieht Theo seinen Parka aus und legt ihn mir um die Schultern.

»Wie kann es nur sein, dass ein Mann wie du noch frei herumläuft?«, entfährt es mir. Hätte ich mir mal lieber auf die Zunge gebissen. Als ob ich die Gründe nicht kennen würde. »Sorry!«

»Hey, nur keine falsche Rücksichtnahme. Ich bin im Vollbesitz meiner geistigen und körperlichen Kräfte – und ehrlich gesagt, manchmal frage ich mich das auch.«

Theo klingt nicht verbittert, dafür bewundere ich ihn. Wieder einmal spüre ich diese Spannung zwischen uns. Da liegt ein Knistern in der Luft, das sich zu einem Feuer auswachsen könnte. Werden wir ihm genügend Sauerstoff geben? Oder empfinde nur ich so?

»Erzählst du mir, was damals zwischen euch passiert ist?«, frage ich hastig.

»Es war der Sommer nach dem Abitur. Ich war mit Nina zusammen. Sie war meine erste große Liebe. Ich habe damals gedacht, dass ich noch mit neunzig Hand in Hand mit ihr durch die Straßen laufe.« Theo lacht auf und fährt fort: »Sie ging in unsere Parallelklasse. Oliver war mit Julia aus unserer Klasse liiert. Wir vier wollten für drei Wochen an die französische Atlantikküste fahren. Zwei Tage vor der Reise kam ich mit einer Hirnhautentzündung ins Krankenhaus. Ich schwebte in Lebensgefahr. Also machte ich zehn Tage Ferien im Koma.«

»O Gott! Hast du etwas mitgekriegt in diesem Zustand?«

»Nein. Aber meine Mutter ist der festen Überzeugung, dass mich Mariah Carey aus dem Koma geholt hat. Sie hat mir ständig *Without you* vorgespielt. Aber ich bin trotzdem nie ein Fan von ihr geworden.«

Es ist wirklich ein Phänomen. Bei aller Tragik schafft Theo es immer wieder, mich zum Lächeln zu bringen.

»Was soll uns das nur sagen, dass wir beide nicht nur mit einem schlimmen Verlust leben müssen, sondern auch selbst dem Tod schon einmal von der Schippe gesprungen sind?«, sinniere ich.

»Dass alles einen Sinn hat?«

»Weil wir sonst nicht zusammen hier sitzen würden? Hm. Zu schade, dass uns diesen Sinn niemand ins Blöckchen diktiert«, sage ich.

Wieder begegnen sich unsere Blicke so, dass mir ein prickelnder Schauer über den Rücken läuft.

»Aber nun erzähl bitte, wie es weiterging, nachdem euer Urlaub ins Wasser gefallen war«, sage ich.

»Oliver scherte sich nicht um mich. Dieses hormongesteuerte Ungetüm, das er damals in meinen Augen war, hat Julia sitzen lassen und ist mit Nina nach Frankreich gefahren.« Theo schüttelt den Kopf.

»Wie verabscheuungswürdig! Und dann?!«

»Ich wurde wieder gesund. Nachdem ich auch Wochen später nichts von Oliver gehört hatte, erfuhr ich von Julia, dass Nina schwanger gewesen sei. Auf Geheiß von Oliver hin habe sie abgetrieben. Ich war so wütend, dass ich zu ihm ging und ihn zusammenschlug. Nie zuvor in meinem Leben habe ich mich so verraten gefühlt.«

Mir wird übel. »Mit diesem Mann soll ich verheiratet sein? Was hat Nina zu all dem gesagt?«

»Sie war für mich nicht erreichbar. Was habe ich damals unter Liebeskummer gelitten! Ich habe es in Kiel nicht mehr ausgehalten und bin nach Lindau gezogen, wo ich meinen Zivildienst leistete. Direkt danach bin ich zum Studium in die USA gegangen. Ich habe lange gebraucht, um über diese Enttäuschung hinwegzukommen.«

»Und dann hast du bis zum Klassentreffen nichts von Oliver gehört?«

»Er hat über Jahre beharrlich versucht, Kontakt mit mir aufzunehmen, aber ich habe auf stur geschaltet und all sein Bemühen abgewehrt. Ich wollte nichts mehr mit ihm zu tun haben.«

»Das kann ich gut verstehen. Wie kam es zu eurer Versöhnung?«

»Das Leben ist nicht immer so, wie es scheint. Manchmal ist es empfehlenswerter, miteinander zu reden, als sich einfach nur zurückzuziehen.«

»Ich kann dir nicht ganz folgen«, sage ich.

»Was ich dir erzählt habe, ist die Version der Geschichte, an die ich jahrelang geglaubt habe. Aber es war alles ganz anders! Nach zwanzig Jahren habe ich erfahren, was damals wirklich passiert ist.«

»Was?!«

»Nina war nicht schwanger. Oliver wollte nur nichts von ihr. Da hat sie sich diese Geschichte mit der Abtreibung ausgedacht, um sich an ihm für seine Abweisung zu rächen und sich als Opfer darzustellen. Sie war schon lange hinter Oliver her, nur habe ich davon nichts bemerkt. Meine Krankheit hat sie als Chance genutzt und sämtliche Instrumente weiblicher Verführungskunst an den Tag gelegt. Außerdem hat sie Oliver erzählt, dass niemand zu mir ins Krankenhaus dürfe und auch meine Familie in Ruhe gelassen werden wolle. »Dazu kamen dann noch viel mehr Lügen. Dabei war das Niveau wirklich beachtlich. Ich hätte zum Beispiel überall herumerzählt, dass Oliver noch Jungfrau sei, sich eher zu Männern hingezogen fühle und mir schon seit Jahren auf die Nerven ginge.« Unter diesen Umständen fiel es Oliver nicht schwer, mit Nina nach Frankreich zu fahren.«

»Unglaublich! Verlorene zwanzig Jahre wegen einer intriganten Kuh!«

»So kann man das sagen.«

»Was ist aus dieser Schlam ... äh, ich meine Nina geworden?«

»Sie ist mit einem Mann verheiratet, der sie innerhalb

von sechs Jahren zur Mutter von fünf Jungs gemacht hat. Angeblich steht sie völlig unter seinem Pantoffel.«

»Manchmal kennt das Leben eben doch noch so etwas wie ausgleichende Gerechtigkcit.«

»Beim Klassentreffen hat Oliver mir erzählt, wie sehr ihn meine Ablehnung und die Erinnerung an den Sommer all die Jahre gequält haben. Er hat sich für sein Verhalten geschämt. Ich kann schon verstehen, dass er nicht darüber sprechen wollte. Da hat sich niemand von uns mit Ruhm bekleckert.«

»Reden wir über den Oliver, der sich eher kastrieren lassen würde, als freiwillig über seine tiefsten Gefühle zu sprechen?«

»Ja, genau über den. So emotional hatte ich ihn zuvor noch nie erlebt.«

»Aber wenn Oliver das all die Jahre so belastet hat, dann verstehe ich umso weniger, warum er es nicht mit mir geteilt hat.«

»Du kennst ihn doch lange genug.«

»Ja, aber besser macht es das nicht.«

Nun grinst Theo mich ein wenig spöttisch an. »Also, liebe Katja, aus welchen niederen Beweggründen sollte ich die Frau meines alten Freundes, der sich noch dazu gerade ein Ehe-Aus gönnt, hierher eingeladen haben? Um ihn zu verletzen?«

Verlegen greife ich nach einem vertrockneten Ahornblatt und zerbrösele es. »Aber es hat Oliver ziemlich beschäftigt, dass ich diese Reise mit dir mache.«

»Wir kannten uns kaum. Dass er überrascht war, ist doch nachvollziehbar. Aber ich kenne Oli, er kann damit umgehen. Eins muss ich ihm lassen, die Info mit der ausgespannten Freundin hat er geschickt eingestreut, der alte Haudegen. Womöglich wollte er eine Brücke zur ganzen Geschichte schlagen, die ich dir erzählen sollte. Und es hat ja funktioniert.«

Ich stehe auf und strecke mich. Was denkt er sich nur dabei?«

»Oliver ist ein feiner Kerl. Ich schätze seine Unkompliziertheit, seinen Sinn für Humor, seinen Schneid und seine messerscharfe Intelligenz. Uns verbindet seit frühester Kindheit so viel. Wir sind sogar echte Blutsbrüder.«

»Im Ernst? So richtig mit Aufritzen und Wunde aneinanderhalten?«

»Ja, genauso. Wir haben mit stumpfen Taschenmessern an unseren Zeigefingern herumgesäbelt. Die Narbe sieht man heute noch.« Theo streckt mir den Finger entgegen. Ich sehe eine feine weiße Linie, die ungefähr einen halben Zentimeter lang ist. »War das der Schnitt?«

»Ja. Da waren wir acht Jahre alt. Im Winter hat mir Oliver dann sogar das Leben gerettet.«

»Das wird ja immer besser! Wie hat er das angestellt?«

»Hey, das ist kein Witz. Ich bin in einen Tümpel eingebrochen. Oliver hat geistesgegenwärtig einen langen Stock über das Eis geschoben, an dem ich mich festhalten konnte. Dann hat er so lange geschrien, bis ein Spaziergänger auf uns aufmerksam wurde und mich aus dem Wasser zog.«

»Meine Güte, was erfahre ich denn noch alles über Oliver?«

Theo räuspert sich. »Für heute ist es genug. Wenn du noch immer glaubst, dass ich dich nur benutze, dann kannst du gern hier bleiben.«

In Theos Blick lese ich, dass das mehr als ein Scherz ist. »Das meinst du ernst, nicht wahr?«

Er nickt. »Ich mag es nicht, wenn mir jemand dumme Spielchen unterstellt.«

Das Blut schießt mir in den Kopf. »Es tut mir leid. Verzeihst du mir? Ich konnte mir sowieso nicht vorstellen, dass du mit mir eine alte Rechnung begleichen willst.« Ich schaffe es nicht, Theos Blick standzuhalten und fixiere in der Ferne einen knorrigen Strauch.

»Gut, dann haben wir das ja geklärt.«

Schweigend gehen wir zum Auto und fahren zurück zur Ranch.

15

Als wir zurück auf die Ranch kommen, dämmert es bereits. Josh hat die Bärenjagd auf morgen verschoben, wofür ich dankbar bin. Vielleicht kann der Bär ja noch entkommen.

Dan, Joshs Sohn, ist angereist und unterhält uns beim Abendessen – es gibt saftige Steaks und Süßkartoffeln – prächtig. Er plaudert über sein hektisches Leben in New York, die Schule und darüber, dass er eigentlich viel lieber auf der Ranch leben würde.

»Mein Junge, du gehst sowieso bald aufs College, und hier gibt es weit und breit keines«, sagt Josh.

»Aber ich würde viel lieber mit den Pferden arbeiten!«

»Du ziehst erst mal dein Studium durch, und dann kannst du später immer noch sehen, was du aus deinem Leben machst«, sagt Josh. Dan verzieht genervt das Gesicht. Er scheint diese Ansage bereits zu kennen.

Was Josh hier sagt, passt doch überhaupt nicht zu seiner Philosophie. Aber es steht mir nicht zu, mich einzumischen. Vielleicht findet er ja, dass man erst eine Ausbildung absolviert haben muss, bevor man dazu fähig ist, ein selbstbestimmtes Leben zu führen. *Du hast dein Studium abgebrochen. Vielleicht kriegst du das mit dem selbstbestimmten Leben deswegen nur schleppend hin.*

»Die Ferien sind lang, du kannst jederzeit hierherkommen. Aber eine vernünftige Ausbildung ist essentiell«, wiederholt Josh.

»Ach Dad, du klingst genau wie Mum!«

»Man mag es kaum glauben, aber ab und zu sind wir uns noch einig.« Josh lächelt versonnen. Ob er Christy vermisst?

»Hast du es je bereut, dein altes Leben aufgegeben zu haben?«, frage ich.

»Nein. Sonst hätte ich das Anwesen wieder verkauft. Ich fühle mich wohl hier. Aber es wäre noch schöner, wenn ...« Josh hält inne. Er sieht abgekämpft aus.

»Christy mir dir hier leben würde?«, vollende ich den Satz.

Josh zögert, gibt dann aber zu: »Wenn ich sie aus der Ferne betrachte, ja. Aber die stürmische, abenteuerlustige Frau, die ich einmal geliebt habe, gibt es längst nicht mehr. Inzwischen ist ihr nur noch wichtig, dass ihre Haare das richtige Blond haben und dass ihr Fitnesstrainer auch Uma Thurmann trainiert.«

»Dad!«

»Schon gut, Dan. Sie ist und bleibt trotzdem eine großartige Mutter.« Josh hüstelt. »Moment einmal, worüber reden wir hier eigentlich? Katja! Was kitzelst du aus mir heraus?«

Ich schmunzele. Wir wechseln das Thema, reden über Tourismus in Montana, philosophieren über deutsche und amerikanische Tugenden und diskutieren über die Sinnhaftigkeit der Todesstrafe. Theo und ich sind dagegen, Josh und Dan befürworten sie in Einzelfällen. Wir trinken Whiskey; Josh und Theo rauchen Zigarren. Kurz vor Mitternacht löse ich mich aus der Männerrunde und schaue noch einmal bei Horizon vorbei. Der Kleine döst neben seiner Mutter. Ich beobachte die beiden eine Weile und spüre einen tiefen Frieden in mir.

Den neuen Tag verbringe ich zunächst allein. Josh hat einen Geschäftstermin in der zwei Stunden weit entfernten Stadt, zu dem Theo ihn begleitet.

Ich miste den Stall von Horizon und Scarlett aus, striegele die beiden und verbringe danach lesend Zeit auf meinem Zimmer.

Am späten Nachmittag ist Theo zurück. Wir sitzen auf der Terrasse, genießen den Ausblick und köstlichen Schokoladenkuchen, den Liz gebacken hat.

»Hm! Was kann die Frau eigentlich nicht?«, frage ich.

»Höhlentauchen?«

»Darüber kann ich hinwegsehen. Sie ist so eine sympathische und patente Frau. Wäre sie nicht was für Josh?«

»Darauf muss er von allein kommen.«

Leider komme ich nicht dazu, einen ausgefeilten Verkupplungsplan zu entwerfen, weil auf einmal das mobile Sondereinsatzkommando Bär vor uns steht: Josh, Dan und Freddy, ein etwas zottelig aussehender Geselle, der auf der Ranch arbeitet. Er übernimmt die Führung, weil er sich mit den Raubtieren gut auskennt, erklärt Josh und fragt: »Kommst du, Theo? Und was ist mit dir, Katja? Traust du dich als einzige Frau mit uns in die Wildnis?«

Da muss ich nicht lange überlegen. »Ja! Immerhin ist der Bär das Wappentier der deutschen Hauptstadt, und ich habe mehrere in Plüsch zu Hause herumsitzen, da will ich endlich mal einen in freier Wildbahn sehen. Aber versprecht mir, dass er nicht zu Schaden kommt, ja?« Irritiert blicken mich die Männer an. »Ähem, also nicht ich, sondern meine Tochter besitzt diese Plüschbären.« Hastig trinke ich den Kaffee aus. »Na, wenn dich das nicht qualifiziert, dann weiß ich auch nicht«, sagt Theo.

Wir laufen zum Auto. Irgendwie scheinen die Männer von

meiner Unerschrockenheit noch nicht so recht überzeugt zu sein. »Du brauchst keine Angst haben Katja, wir wollen den Bär nicht töten, nur verjagen«, sagt Dan.

»Das sieht der Bär bei uns hoffentlich auch so«, sage ich und quetsche mich neben ihn und Theo auf die Rückbank eines in die Jahre gekommenen Jeeps. Freddy drückt mir eine Büchse Bier in die Hand. Die Männer öffnen ihre Dosen und prosten sich lautstark zu. »Good man drinking good beer and hunting bad bear«, fasst Freddy zusammen.

Zweifelnd blicke ich zu Theo. Der grinst nur und sagt: »Fear? Drink beer!«

»Das wird wohl das Beste sein, du Poet.«

Die Fahrt ist holprig, das Bier schäumt über und spritzt. Da ich mich nicht als Kostverächterin outen möchte, trinke ich trotzdem ein paar Schlucke. Anscheinend ist die Bärenjagd nichts für Abstinenzler. Die Männer fachsimpeln inzwischen über Meister Petz. Bären sind unglaublich schlau, schnell und schlicht unberechenbar, entnehme ich den wilden Geschichten, die Freddy zum Besten gibt. Na, das kann ja heiter werden!

Nachdem wir eine Weile über Joshs Land gebrettert sind, parkt Freddy den Wagen und nötigt uns zum Aussteigen.

»Jetzt geht es zu Fuß weiter. Dan, verteilst du an alle ausreichend Coke Light?«

Das klingt mehr nach einem Befehl als nach einer Frage. Freddy schultert sein Gewehr. Auch Josh und Theo tragen eine Waffe. »Ich war noch nie mit bewaffneten Männern unterwegs. Wie soll ich nur bei diesem Anblick die Situation als nicht bedrohlich einschätzen?«, frage ich Theo.

»Genieße einfach das Gefühl, dass wir dich verteidigen werden, wenn es darauf ankommt.«

»Ja, klingt beruhigend.«

Dan drückt mir eine Büchse in die Hand. »Danke. Cola trinke ich sowieso viel lieber als Bier. Aber meint ihr, dass wir etwas zu trinken mitnehmen müssen? So lange sind wir doch sicher nicht unterwegs, oder?« Unsicher blicke ich um mich. Nachts möchte ich ganz sicher keinem Bären begegnen. Und wer weiß, was sich da sonst noch alles rumtreibt.

Freddy lacht und erklärt: »Die Coke ist nicht für uns, sondern zum Anlocken des Bären. Er mag das süße Zeug. Deswegen verspritzen wir sie.«

»Und ich dachte, nur Eisbären trinken Coke«, witzele ich unbeholfen und weiß noch nicht, was ich von der Aktion halten soll.

Wir pirschen uns durch eine wahrlich einmalige Abendstimmung. Am Horizont glitzern im Schein der langsam untergehenden Sonne die schneebedeckten Gipfel der imposanten Berge. Ein Weißkopfseeadler dreht über uns seine Runden, in der Ferne äsen entspannt ein paar Rehe. Kleine Präriehunde jagen um uns herum von einem Erdloch zum nächsten. »Ich komme mir vor wie in einer preisgekrönten Naturdokumentation. Alles wirkt so friedlich und wunderschön«, sage ich beeindruckt.

»Wusstest du, dass hier in der Nähe über hundert mit Atomsprengköpfen bestückte Interkontinentalraketen stationiert sind?«, fragt Dan da völlig unvermittelt.

Von der Idylle zur Apokalypse. Sofort habe ich grauenvolle Bilder im Kopf. Die Erde tut sich auf, Raketen starten und zack, vorbei. »Eigentlich zählen die Soldaten auf der Base zur Elite der Air Force, aber dann kam heraus, dass sie sich zu Tode langweilen, trinken, im Dienst schlafen und Sicherheitsregeln verletzen. Einmal haben sie sogar vergessen, bei einem Lufttransport Nuklearsprengköpfe zu entschärfen. Stell dir mal vor, die Maschine wäre abgestürzt. Und …«

Das ertrage ich nicht länger! »Dan! Sorry, dass ich dich unterbreche. Aber weißt du, es gibt Dinge, die muss ich nicht wissen, weil es sich wesentlich angenehmer lebt, ohne die Details zu kennen«, sage ich.

»Aber man darf doch die Augen nicht vor der Wirklichkeit verschließen und …«

»Katja will es nicht hören! Respektier das bitte!«, mischt sich nun Josh ein und strubbelt seinem Sohn durch die Haare. »Feinfühligkeit muss er erst noch lernen«, sagt er.

»Schon gut«, lüge ich, denn auf diesen Exkurs hätte ich gern verzichtet.

Theo läuft vor uns und ist schon länger in ein Gespräch mit Freddy vertieft, der sich nun zu uns umdreht und daran erinnert, weswegen wir hier sind. »Wir jagen einen Bär.«

»Aye, aye, Captain«, grummelt Dan.

Vor einem Waldstück bleiben wir stehen. Die Männer besprechen flüsternd ihre Taktik. Ich muss mich anstrengen, um alles zu verstehen, und lerne Regel Nummer eins: leise sein. Die zweite Regel lautet: immer gegen den Wind pirschen, weil Bären einen extrem feinen Geruchssinn haben. Und Regel Nummer drei besagt, dass man nur schießen soll, wenn die Sicht frei ist. Das klingt plausibel. Wir gehen weiter. Da bleibt Freddy abrupt stehen und deutet auf einige unscheinbare Steine vor uns.

»Die hat der Bär bewegt, das ist noch nicht lange her!«

Er umfasst sein Gewehr fester und macht mir Angst. »Woher will er das wissen? Hat er hier irgendwo Kameras installiert?«, frage ich Theo leise.

»Er ist der Experte. Wir haben keine andere Wahl, als ihm zu vertrauen.«

Beunruhigt scanne ich den Waldrand. Was, wenn der Bär nur darauf wartet, uns alle niederzutrampeln? So schnell könnte doch niemand reagieren! Wir wagen uns trotzdem in den Wald und schleichen durchs Unterholz. Es knackt überall, und die Äste kratzen mich. Worauf habe ich mich hier nur eingelassen? Meine Klamotten sind schon komplett eingesaut, nicht nur von der verspritzten Cola, auch das Bier hat vorhin schon ganze Arbeit geleistet. Ich bin der perfekte Fliegenfänger, alles bleibt an mir kleben.

»So, hier bleiben wir«, befiehlt Freddy mitten im Gestrüpp.

Es scheint ernst zu werden! Wir kauern uns hin. Die Männer haben ihre Gewehre im Anschlag. Ich erschrecke mich beinah zu Tode, als Freddy plötzlich mit einer Tröte seltsame Geräusche macht.

»Er imitiert Rotwildstimmen«, flüstert Josh mir zu.

»Und das soll helfen? Es erinnert mich eher an quietschende Meerschweinchen«, wispere ich.

Nichts passiert. Wir warten und warten. Diese Stellung ist so unbequem. Mir schlafen gleich alle Gliedmaßen ein. Ich schiele auf meine Uhr. Schon eine halbe Stunde haben wir uns nicht von der Stelle bewegt. Was gäbe ich jetzt für einen Schluck Cola! Leider haben wir aber schon alles verschüttet. Und wofür? Plötzlich vergeht mir jegliches Verlangen. Ein lautes schweres Schnaufen ist zu hören. Es kommt irgendwo aus dem Dickicht vor uns. Äste knacken so geräuschvoll, wie sie das sonst nur in Horrorfilmen tun. Meine Nebennieren schütten so viel Adrenalin in mein Blut, dass ich mein Herz wild schlagen höre und in Fluchtposition gehe. Der Bär! Sicher ist er ein Riesenkerl. Womöglich ist er krank, weil er so komisch schnauft, fiebrig und noch unberechenbarer.

Ich zittere vor Angst und möchte sofort davonlaufen. Da

ich nicht weiß, wohin, bleibe ich, wo ich bin. Theo rückt dichter an mich heran, sein Mund ist an meinem Ohr, ich kann seinen Atem spüren, er kitzelt mich.

»Keine Angst, ich werfe mich vor dich, wenn er kommt«, flüstert er.

»Superman, bist du das wirklich? Dich kannte ich bisher nur aus Comics«, wispere ich und blicke zu Josh, der angestrengt durch sein Zielfernrohr schaut. *Hab Vertrauen. Nur keine Panik!*

Die gruseligen Geräusche verebben. Kein Schuss fällt, kein Bär ist in Sicht. Es wird dunkel. Freddy bricht die Jagd ab. Erleichtert atme ich auf.

»Du hast dich super geschlagen«, sagt Theo.

»Normalerweise kann ich mir so etwas Gruseliges nicht mal auf DVD anschauen, insofern bin ich selbst erstaunt.«

Schweigend machen wir uns auf den Rückweg. Innerlich danke ich dem Bär dafür, dass er schlauer war als wir.

Plötzlich fängt Freddy lauthals an zu lachen.

»Du hättest dich mal sehen müssen, Katja, allein das war es wert!«, prustet er. Sein Lachen irritiert mich. »Was war was wert?«, frage ich und weiß beim besten Willen nicht, wo sich der Witz versteckt.

»Als wir das schwere Schnaufen gehört haben, war deine Fluchthaltung preisverdächtig …« Freddy lacht weiter.

»Was bitte war daran lustig?«, frage ich.

Freddy imitiert nun das furchteinflößende Schnaufen und sagt: »Das war ein Elch!«

Und dann fällt die letzte Anspannung von mir ab. »Was? Du gemeiner Mensch lässt mich fast sterben vor Angst und machst dir noch einen Spaß draus?« Jetzt muss ich auch kichern. So originell hat mich lange niemand an der Nase herumgeführt.

Theo, Josh und Dan winden sich vor Lachen.

»Ihr habt das die ganze Zeit gewusst! Habt ihr diese Inszenierung etwa nur für mich gemacht?« Ich erhalte keine Antwort. »Aber gut, so ein Opfer wie mich würde ich mir auch nicht entgehen lassen. Ich nehme das als Geschenk und verzeihe euch.«

»Danke«, keucht Josh.

»Andere müssen sehr viel Geld dafür zahlen, um einmal ihre Grenzen zu überwinden. Ich hatte das gratis«, rede ich mir die Aktion schön.

»Aber es hätte auch anders kommen können, der Gag war nicht geplant«, gesteht Theo.

Ein kleines Hochgefühl steigt in mir auf. Fast alles war echt, und ich bin nicht weggelaufen. *Du hast eine Menge drauf, von dem du keine Ahnung hattest!*

16

»Dann habt einen schönen Abend! Wir können leider nicht dabei sein, weil gleich das traditionelle Rippchenessen mit den zahlenden Gästen im Haus stattfindet. Aber ihr werdet euch auch ohne uns amüsieren, da bin ich mir sicher«, sagt Josh, als wir zurück auf der Ranch sind. Auch Freddy und Dan verabschieden sich.

»Was hat das zu bedeuten?«, frage ich.

Theo macht es spannend. »Wir bleiben draußen«, sagt er.

»Dann gehe ich mich noch schnell umziehen, meinen verdreckten Anblick möchte ich keinem länger zumuten«, sage ich und eile auf mein Zimmer.

Kurz darauf führt Theo mich zu der großen Wiese hinter den Stallungen. Dort flackert ein prächtiges Lagerfeuer.

»Et voilà, Madame. Nach der Jagd gibt es das Abendmahl heute hier.«

Das ist alles für mich? »Theo! Dass du mir diesen Wunsch erfüllst! Das Feuer sieht aus, als wäre es für einen Freiheits-Werbeclip entfacht worden. Waren das Heinzelmännchen?«, frage ich völlig überwältigt.

Die mit Steinen umrandete Feuerstelle sieht aus, als würde sie öfter genutzt werden. Nur ist sie mir bisher nicht aufgefallen, was mich aber bei der überdimensionalen Grundstücksgröße nicht wundert. Hier wurde an alles gedacht. Auf einem zur Bank umfunktionierten Baumstamm liegen Wolldecken parat. Daneben lagern auf einem Servierwagen

Getränke, Brot und Holzspieße mit Kartoffeln, Gemüse, Würstchen und Marshmallows.

»Das haben wir Liz und ihrer Crew zu verdanken«, sagt Theo und öffnet eine Flasche Wein. Er schenkt ein und reicht mir ein Glas. Dann nehmen wir auf dem Baumstamm Platz, stoßen an und lassen die letzten Tage noch einmal Revue passieren.

»Was ich mit dir hier schon alles erlebt habe, das passt in ein Leben«, sage ich. Der Wein tut jetzt richtig gut.

»Hey, das schmeichelt mir zwar, aber übertreib nicht. Da geht noch viel mehr!« Theo reicht mir einen Spieß mit Würstchen und einen mit Gemüse. Ich halte beide ins Feuer.

»Daran habe ich keinen Zweifel!« Plötzlich muss ich wieder an die geheimnisvolle Indianerin denken. Ob sie auch gerade an einem Lagerfeuer sitzt? Oder habe ich völlig verklärte Bilder im Kopf? Durch all die ereignisreichen Tage habe ich die Suche nach ihr auf später verschoben, und nun bleibt kaum mehr Zeit. Aber ich muss herausfinden, ob sie recht hatte und ich sie tatsächlich finden kann!

Ich ziehe die Spieße aus dem Feuer und knabbere aufgeregt daran herum. *Erzähl es endlich Theo!* Auf die Gefahr hin, dass er sich über mich lustig macht, berichte ich ihm nun von meinem Erlebnis in Helena. Tatsächlich interpretiere ich seinen Blick im Schein des Feuers als belustigt und rechtfertige mich prompt. »Aber Theo! Du hättest sehen müssen, wie sie mich angesehen hat. Sie hat gesagt, dass ich sie finden kann, nur war hier immer so viel los, dass ich bisher nicht mit dir darüber sprechen konnte. Aber irgendwie lässt sie mich nicht los. Na ja, und ehrlich gesagt wusste ich nicht, wie du darauf reagieren würdest.«

Theo legt seinen Kopf schief, noch immer umspielt ein Lächeln seinen Mund. »Und? Wie reagiere ich?«

»Immerhin lachst du mich nicht *laut* aus.«

»Das fällt mir nicht leicht. Im Ernst, selbst wenn ich wollte, ich kann mich darüber gar nicht lustig machen. Denn als ich nach Annas Tod in Indien war, da bin ich mitten in einem Elendsviertel einem Yogi begegnet, der sämtliche Klischees erfüllt hat. Lange weiße Haare, Bart, ganz in Rot gewandet, mehrmals täglich meditierend – und so voller Weisheit und inneren Friedens, dass er mich komplett in seinen Bann gezogen hat.«

»Und du bist dir sicher, dass er keine Touristenattraktion war?«

»Ich traf ihn an einem Ort, an den sich nur selten Touristen verirren. Zumindest hat er echt gewirkt, und er wollte auch kein Geld von mir.«

»Und du hast mit ihm gesprochen? Was hat diese Begegnung mit dir gemacht?«

»Dieser besitzlose Mann hat mir gezeigt, dass wir unser Glück nicht von äußeren Umständen abhängig machen dürfen, es kann nur aus uns kommen.«

Ein kleines Tier, vielleicht eine Maus oder Ratte, so genau kann ich das nicht erkennen, huscht an uns vorbei.

»Lebst du das?«

»Alles, was wir sind, entsteht mit unseren Gedanken. Damit machen wir die Welt. Es ist wahr – und nicht nur eine buddhistische Weisheit. Das verinnerliche ich immer mehr.«

»Da habe ich noch einiges vor mir«, sage ich. *Frag ihn endlich!* »Würdest du dich mit mir auf die Suche nach der Indianerin machen?«

Theo zögert einen Moment. »Glaubst du, dass man ein spirituelles Erlebnis forcieren kann? Nach eigenem Empfinden hast du es gehabt. Was erwartest du von einem weiteren Treffen?«

»Ich möchte sichergehen, dass ich mir nichts eingebildet habe.«

»Dann erzähl mal, was du über die mysteriöse Dame weißt.«

Ich berichte Theo von den Anhaltspunkten, die sie mir gegeben hat.

»Was soll dieses geheimnisvolle Getue? Ich war schon einmal im Reservat der Blackfeet. Es ist landschaftlich wunderschön gelegen. Mal sehen, ob ich spontan etwas organisieren kann.«

»Oh Theo! Wirklich?!« Am liebsten würde ich ihm um den Hals fallen, so sehr freue ich mich über seine Worte.

»Noch haben wir sie nicht gefunden. Bitte erwarte nicht zu viel von der Aktion.« Theo reicht mir einen Spieß mit Marshmallows. »Zeit für den zweiten Gang«, sagt er.

Dieser Mann macht mich so glücklich! Sobald er in meine Nähe kommt, fühlt es sich an, als würde ich verfroren in ein achtunddreißig Grad warmes Vollbad steigen und diesen wohligen Gänsehautmoment beim Eintauchen spüren. Ich schaue nach oben in den tiefschwarzen Himmel mit all den funkelnden Sternen, die längst vergangen sind und uns dennoch so scheinbar unerschütterlich entgegenleuchten.

»Katja? Du hast da was im Feuer!«

»Oh!« Hastig nehme ich die Marshmallows aus den Flammen. Es war wirklich höchste Zeit. Ich puste und ziehe mit den Zähnen an einem dieser widerlich süßen Teile. Das wird sicher niemals meine Leibspeise.

Ein Windstoß fegt über uns hinweg. Das Feuer sprüht Funken und knackt laut. Wir haben die erste Flasche Wein geleert. Theo öffnet eine neue. »Auf das Leben!«, sagt er.

»Ja! Auf das Leben!« Wir prosten uns zu. »Aber wenn ich

so weitermache wie bisher, dann bin ich definitiv einer der Menschen, die am Ende ihres Lebens etwas bedauern. Ich habe einiges zu tun, wenn ich dieses Schicksal von mir abwenden möchte«, sage ich.

»Woher kommt diese Einsicht?«

»Du hast mir nicht zu viel versprochen, als du gesagt hast, dass Montana genau der richtige Ort sei, um sich zu sortieren.« Ich hole tief Luft und beginne zu erzählen: »Oliver wirft mir vor, dass ich mich mit meinem Leben abgefunden habe und nichts mehr wage. Das stimmt. Nach dem Unfall rückte alles, was wir einmal erreichen wollten, in den Hintergrund. Da hing all die Jahre eine dicke graue Wolke über mir, hinter der sich alles verbarg, was mir einmal wichtig war. Ich konnte es nicht mehr sehen ... Auch Sophie, die ... Oh Mann, Montana und du – diese Kombination scheint wirklich effektiver zu sein als jede Therapie.«

Ich bin nicht so locker, wie ich gern wäre. Die Wolke beschließt, ein paar Prozent abzuregnen! Mir schießen wie Blitze Bilder in den Kopf, die jahrelang unter Verschluss waren. Ich kann nichts dagegen tun. Es fühlt sich an, als hätte jemand das Codewort für meine dunkelsten Erinnerungen geknackt. »Weißt du, was das Schlimmste war?«, frage ich.

Theo reicht mir eine kleine silberne Flasche. »Erzähl es mir.« Ich trinke einen Schluck daraus, meine Kehle brennt. *Mach dein Päckchen leichter, raus mit dem ganzen Ballast!* »Ich ... ich war gerade aus dem Koma erwacht. Da haben sie Sophie zu mir ans Bett gebracht. Sie hatten sie in einem Kühlraum aufbewahrt und in ein weißes Tuch gewickelt und ...« Für einen Moment kann ich nicht weitersprechen. Die Kraft und Brillanz meiner inneren Bilder lassen den alten Schmerz zu einer Python anwachsen, die mich fest umschlingt und mir den Atem abzuschnüren droht. Theo nimmt stumm meine Hand und drückt sie ermutigend.

»Verstehst du, ich konnte kaum klar denken. Und da brachten sie mir mein totes Kind. Sie hätten doch wenigstens auf Oliver warten können. Als er dann endlich kam, hat er einen Sarg ausgesucht und entschieden, dass sie auf ihrer letzten Reise diesen niedlichen rosa-karierten Strampler anzieht, den ich für beide Mädchen gekauft hatte ... Ich konnte das nicht. Emmas habe ich verschenkt. Ich hätte es nicht ertragen, sie darin zu sehen.«

So viele Jahre habe ich diese traumatischen Bilder weggedrückt und kein Wort darüber verloren. Es tut so gut, dass Theo da ist und mir einfach nur zuhört, während ich mich erleichtere. »Ihr kleiner lebloser Körper war ganz bleich. Sie sah aus wie eine Puppe. Der winzige Mund stand einen Spalt weit offen, ihre Lippen hatten die gleiche Herzform wie Emmas. Und über ihren geschlossenen Augen zeichneten sich wie gemalt die feinen Augenbrauen ab und ...« Wieder kann ich kaum weitersprechen. Ich putze mir die Nase und fahre fort. »Da waren wie bei Emma diese flaumigen dunklen Haare, die ihr später alle ausgefallen sind ... Sie sollten doch zusammen die Welt entdecken und für immer verbunden sein.«

Beschützend nimmt Theo mich in den Arm. Ich lege meinen Kopf auf seine Schulter. »Sophie war doch bereit zu leben. Sie konnte es nur nicht, weil ihre gottverdammte Mutter unbedingt Schokoladeneis essen wollte! All die Jahre bin ich nicht darüber hinweggekommen, dass ich meinem Kind das Leben genommen habe!«

Theo lässt mich in Ruhe weinen. Nach einer Weile appelliert er mit sanfter Stimme: »Katja, du musst endlich deine Schuldgefühle loswerden. Wenn dir das nicht gelingt, dann bereust du am Ende wirklich dein ganzes Leben. Du hast den Unfall nicht vorsätzlich verursacht! So etwas passiert leider tausendfach. Akzeptiere den Verlust und hör damit auf, die Vergangenheit wiederzukäuen! Diese Schuldgefühle helfen dir kein Stück weiter.«

»Ja, nur habe ich es zu lange nicht geschafft, dagegen anzugehen ...« Ich wische mit einer Handbewegung ein Insekt von meinem Hals und richte den Kragen meiner Jacke auf. »Hast du es denn schon akzeptiert?«, frage ich.

Theos Augen funkeln im warmen Licht des Feuers. »Immer mehr«, sagt er nach einer Weile leise. Nun greife ich nach seiner Hand und halte sie fest.

»Träumst du noch so intensiv von Anna?«

»Seltener, aber wenn, dann nicht weniger eindringlich.« Theo lächelt wehmütig. »Lass dein Leben zu, das war die Kernbotschaft im letzten Traum. Den hatte ich übrigens hier in Montana. Davor hatte ich wochenlang nicht von ihr geträumt.«

»Mich wundert hier gar nichts mehr ...«, wispere ich.

Wir lauschen den Geräuschen des Feuers und der Nacht. Nach ein paar Minuten breche ich das heilsame Schweigen. »Erinnerst du dich noch daran, als du in Kiel zu mir gesagt hast, dass es doch gelacht wäre, wenn wir unsere Päckchen nicht ein paar Kilo leichter kriegen?«

»Natürlich weiß ich das noch. Du wolltest darauf mit mir anstoßen.«

»Das machen wir jetzt auch! Denn ich kann förmlich spüren, dass ich schon ein paar Kilo abgeworfen habe.« Ich nehme die Flasche und gieße Wein nach.

»Du tust mir gut, Katja«, sagt Theo. Dieser Blick! Wir lassen die Gläser klirren.

Was ist auf einmal los mit mir? Energie durchströmt mich

wie ein frischer Luftstrom. Ich nehme noch einen Schluck und gurgele damit. *Los, alter Schmerz, löse dich!*

Dann stehe ich auf und laufe um das Feuer. »Weißt du eigentlich, wie stark du mich machst?«, rufe ich.

»Nein, Katja, das bin ich nicht, das kommt alles aus dir.« Theo klingt so überzeugend, dass ich ihm glauben möchte. Ich setze mich wieder zu ihm und erzähle nun auch von meinen Fehlgeburten und davon, wie ich mit dem Wunsch nach einem weiteren Kind abgeschlossen habe.

Theo schaut mich nachdenklich an. »Wir sind alt genug, um zu wissen, dass die Zeit nicht alle Wunden heilt. Entweder wir verrecken irgendwann daran, oder wir nehmen das, was geschehen ist, an und können trotzdem ein erfülltes und gutes Leben führen. Da hat jeder die Wahl«, sagt er.

»Noch ist es nicht zu spät. Ich bin eindeutig für Letzteres! Komm, darauf stoßen wir auch noch an. Auf ein erfülltes und gutes Leben!« Wieder treffen sich unsere Gläser – und unsere Blicke. »Seit Emma weg ist, hat sich in einer enormen Geschwindigkeit schon so viel verändert. Anfangs habe ich gedacht, dass ich nicht lebensfähig bin ohne sie. Und dann die Geschichte mit Oliver ...«

»Die dich aufrütteln sollte.«

»Hat er das gesagt?«

»Nein. Aber durch eure Auszeit scheinst du zum ersten Mal seit Langem wieder aktiv geworden zu sein. Immerhin bist du hier, obwohl du anfangs dachtest, das sei unmöglich. Olivers Affäre hat dich nicht erstarren lassen, im Gegenteil.«

»Ich wundere mich selber, dass dadurch so viel Bewegung in mein Leben kam. Dabei weiß ich noch nicht einmal, wie es weitergeht ...« Ich werfe ein Steinchen ins Feuer.

»Die entscheidende Frage ist doch, was *du* willst!«

»Mein Leben leben!«

»Hut ab! So eine konkrete Vorstellung von ihrem Dasein haben die Wenigsten.«

»Machst du dich etwas über mich lustig? Verrate mir doch erst mal, was du willst!«, sage ich.

Theo sieht mich mit einem tiefen Blick an, mir wird ganz anders dabei. »Das ist ganz einfach. Ich möchte kein Sklave meiner Trauer mehr sein. Ich möchte wieder offen sein für die Liebe. Und jetzt kommst du.«

Das ist schön, da wird sich sicher jemand finden. Ich bin überfordert mit seiner Aussage, weiß nicht, wie ich reagieren soll. Ich zögere einen Moment und entschließe mich dann dazu, nicht darauf einzugehen, sondern einfach weiterzumachen.

»Als erster Schritt schwebt mir vor, dass ich beruflich etwas Eigenes auf die Beine stelle. Aber das geht nicht so schnell, Oliver braucht mich in der Praxis.«

»Glaubst du?«, fragt Theo und lockert mit einem Stock das Holz und die Asche auf.

Nein. Aber ich rede es mir ein, weil ich noch dabei bin, Loslassen zu lernen. »Ich mache mir oft zu viele Gedanken«, sage ich.

»Die zu nichts anderem führen als Stillstand. Oder ist es das, was du willst, weil es weniger anstrengend ist, als weiterzugehen?« Theo breitet nun eine der Decken auf dem Boden aus, nimmt darauf Platz und lehnt sich an den Baumstamm. Das sieht so gemütlich aus, dass ich es ihm nachtue. Die Wärme des herunterbrennenden Feuers, die ich hier unten intensiver spüre, legt sich wohlig um mich. »So gut kennst du mich also schon! Quatsch, natürlich nicht! Ich kriege das alles in den Griff!« Ich ziehe meine Knie an die Brust. »Ach Theo! Mit dir scheint alles ganz einfach zu sein, sogar mein

Leben, *theo*retisch zumindest. Ha, jetzt weiß ich auch, warum du so heißt.«

»Frau Petersen, Sie sind ja noch origineller, als ich dachte.«

»Hey, haben Sie mich etwa unterschätzt?«

»Ganz sicher nicht!«

Wir sind uns so nah und mein Herzschlag kennt kein Tempolimit. *Küss mich, ich leiste keinen Widerstand!* Doch da steht Theo auf und nimmt sich ein Stück Brot vom Servierwagen. Warum muss er ausgerechnet Olivers Freund sein? Was empfindet er für mich?

Als Theo sich wieder neben mich setzt, ist der Zauber des Moments verflogen.

»Zwar fasziniert mich dein Leben, aber auf Dauer stelle ich mir diese Weltenbummelei ganz schön anstrengend vor. Wie lange willst du das noch durchhalten?«, frage ich.

»Ich weiß es noch nicht. Da habe ich mir kein Limit gesetzt.«

»Kann es sein, dass du versuchst, vor einem Leben ohne Anna davonzulaufen?«

»Jetzt willst du es aber wissen, was?« Theo streckt seine Beine aus und lehnt den Kopf zurück. »Vielleicht war das anfangs so. Einen Alltag ohne Anna konnte ich mir nicht vorstellen – und schon gar nicht an dem Ort, an dem wir zusammen gelebt haben. Irgendwann hat sich das dann verselbstständigt.« Theo greift nach dem letzten Marshmallow-Spieß und hält ihn in das schwächer werdende Feuer. »Aber natürlich bin ich nicht so naiv, zu glauben, dass ich vor der Realität davonlaufen kann.«

»Warum tust du es dann noch immer?«

»Es fällt mir schwer, mich festzulegen. Das muss ich nicht, wenn ich immer unterwegs bin.«

»Weil du Angst davor hast, dass dir wieder etwas genommen werden könnte?«

»Frau Psychoanalytikerin, normalerweise rede ich nur auf einer Couch über solche Dinge.«

»Ach komm, ich habe es vorhin auch ohne geschafft.«

Theo zieht den Spieß aus dem Feuer. »Magst du?«

»Nein danke, iss du mal.«

»Das Zeug ist mir viel zu süß. Ich spende es den Mäusen«, sagt Theo und legt die angerösteten Teile auf den Boden.

»Meine Reisen sind wie ein Studium. Ich lerne die verschiedensten Menschen und Lebensmodelle kennen. Dadurch wird mein Leben ungemein bereichert. Von jedem Trip bringe ich etwas mit.«

»Was denn? T-Shirts und Postkarten? Im Ernst, kannst du dir überhaupt vorstellen, jemals wieder sesshaft zu werden? Oder sogar in Deutschland zu leben?«

»Wer weiß? Ein Teil von mir sehnt sich nach einem festen Wohnsitz, nach einer neuen Aufgabe – und sogar nach Schleswig-Holstein, wo ich in den letzten zwanzig Jahren immer nur auf der Durchreise war. Dabei vermisse ich die Ostsee, ich liebe den Regen dort, den rauen Wind und die norddeutsche Sonne, mein altes Segelboot, das seit Jahren in einem Bootsschuppen sein Dasein fristet, und das Bier, das ich schon so lange nicht mehr bei Sonnenuntergang darauf getrunken habe ...«

Theos Blick schweift versonnen in die Ferne. Seine leidenschaftlichen Worte überraschen mich. »Hat dir dein Studium in der Welt schon ein paar Impulse geliefert, wie dein Leben aussehen könnte, falls du eines Tages wirklich zurückkommen solltest?«

»Interessant, dass du mich das fragst. Das macht sonst nur mein Onkel. Er hat eine alteingesessene Kanzlei außerhalb von Kiel und möchte kürzer treten. Nichts wünscht er sich mehr, als dass sein Neffe in dritter Generation den Laden übernimmt. Schon seit Jahren bearbeitet er mich dahingehend auf jedem Familienfest. Er hat keine Kinder.«

»Und? Kannst du dir das vorstellen?«

»Ich weiß es noch nicht. Früher fand ich allein die Frage unverschämt. Ich studiere doch nicht Jura in den USA, um dann auf dem platten norddeutschen Land Mandate für Nachbarschaftsstreitigkeiten zu übernehmen, habe ich immer gesagt. Aber nun ist es tatsächlich so weit gekommen, dass ich zumindest darüber nachdenke. In eine Metropole zu ziehen, kommt für mich nicht mehr in Frage, eben so wenig wie die Arbeit für einen Großkonzern. Wenn ich mich tatsächlich eines Tages irgendwo niederlassen sollte, brauche ich die Nähe zur Natur.«

»Ja! Wir lassen die Vergangenheit hinter uns und fangen beide noch mal ganz neu an!«, sage ich übermütig und schiebe hastig hinterher: »Also, ich meine das rein beruflich.«

»Ach so?«

Die Schärfe in Theos Tonfall entgeht mir nicht. Ich kichere nervös. Ob sich diese Spannung zwischen uns jemals entladen wird? Ich beginne damit, Gläser und Teller zusammenzuräumen. Es ist spät geworden. Das Feuer ist fast heruntergebrannt. Dabei habe ich nicht bemerkt, dass fünf Stunden vergangen sind. Raum und Zeit verschwimmen, wenn ich mit Theo zusammen bin.

Da verschwindet er in der Dunkelheit und kehrt mit einem Eimer Sand zurück, mit dem er das kraftlose Flämmchen erstickt, zusammen mit allem, was ich vorhin imaginär dem Feuer übergeben habe.

Auf dem Rückweg schauen wir bei Horizon vorbei. Der

Kleine schläft nicht. Er sucht den Kontakt zu seiner Mutter und steht ganz dicht bei ihr.

»Von Tag zu Tag wirst du kräftiger. Es macht mir so viel Freude, dir dabei zuzusehen, wie du dich entwickelst. Du wirst mir wirklich fehlen«, flüstere ich.

»Mach ihn nicht traurig. Du kannst ihn jederzeit besuchen kommen. Ich habe auch schon mit Josh besprochen, dass weder Seife noch Salami aus ihm gemacht wird, komme, was da wolle.«

Theo sieht in dem schwachen Stall-Licht aus wie eine Erscheinung.

»Das mag albern klingen, aber ich habe das Gefühl, dass uns Horizons Geburt für immer miteinander verbinden wird«, sage ich und trete vorsichtig an das Fohlen heran, streichle es behutsam und spüre seine Wärme.

»Nicht nur seine Geburt«, sagt Theo. Seine Worte schweben ganz sanft durch den Stall. Sie berühren mich, und ich absorbiere sie, was zu zirkulierender Hitze in jeder Zelle meines Körpers führt. »Das war ein unsagbar kostbarer Abend für mich, den ich niemals vergessen werde. Ich danke dir dafür!« *Katja! Du klingst, als seist du einem kitschigen TV-Melodram entsprungen.* Aber das ist mir völlig egal, weil es die Wahrheit ist!

»Was ist das nur mit uns?«, fragt Theo da.

»Ich weiß es nicht.« *Noch nicht.*

17

Im Bett finde ich keine Ruhe. In Deutschland ist es früher Abend. Kurzentschlossen rufe ich Lou an und erzähle ohne Punkt und Komma, wie Theo und ich den Abend zusammen verbracht haben.

»Meine Güte, ich habe es ja bei unserem letzten Telefonat schon gewusst, aber heute übertriffst du alles. So schwärmerisch und verliebt habe ich dich noch nie gehört!«, sagt Lou.

»Oje! Was soll ich denn nur machen? Vor allem, was ist mit Oliver?«

»Soweit ich weiß, ist er nicht dabei, oder? Also ran an den Speck, Schatz!«

»Du nun wieder! Theo ist doch viel mehr für mich als Speck!«

Lou fällt mir energisch ins Wort. »Und deswegen willst du die platonische Ebene nicht verlassen? Respekt!« Ich höre Lou geräuschvoll atmen. »Sorry, aber das ist lachhaft. Du bist feige! Oder wo ist das Problem?«, fragt sie.

»Solange zwischen Oliver und mir nicht alles ...«

Wieder unterbricht Lou mich. »Du hältst dich also nur zurück, weil Theo Olivers Freund ist?!«

»Ideal ist das nicht.«

»Meinst du wirklich, jemand hetzt dir die Moralpolizei auf den Hals? Was war mit Oliver? Hat er auf dich Rücksicht genommen, als er sich mit Svenja eingelassen hat? Himmelherrgott, fang endlich an, dir zu nehmen, was dich froh macht!« Lou hat sich in Rage geredet. Ich höre sie schnaufen. »Darf ich dem noch etwas hinzufügen?«, frage ich vorsichtig.

»Nur zu!« Lou klingt wieder milder.

»Erstens weiß ich nicht, was Theo in mir sieht. Und zweitens kann die Unbeschwertheit dieses Urlaubs nicht ewig währen. So reizvoll Theos freies Leben zunächst auch erscheinen mag, diese Lebensform ist nichts für mich. Ich brauche Beständigkeit, die kann er mir nicht bieten. Er weiß nicht, ob und wann er nach Deutschland zurückkehrt. Ich hänge an Kiel ...«

Lous Stimme fährt aufbrausend in meinen Satz. »Geht's noch? Worüber redest du da? Hast du mir nicht neulich hochtrabend erzählt, dass du in Montana im Hier und Jetzt lebst? Hör auf, dich als pseudoweise Strategin aufzuspielen! Zum Teufel mit deinen Ausreden! Genieße das Gefühl und die Zeit, die du mit Theo *jetzt* hast!«

Schweigen in der Leitung. Die Worte nehmen in mir Platz. »Puh ... Genau so eine Ansprache habe ich wohl gebraucht! Danke!«, sage ich und registriere, dass ich so sehr mit mir selbst beschäftigt war, dass ich Lou noch nicht mal nach ihrem Befinden gefragt habe. »Entschuldige, ich bin eine miese Freundin. Die ganze Zeit heule ich mich bei dir aus und weiß nicht mal, wie es dir geht.«

Lautes Ausatmen am anderen Ende der Leitung. »Nicht gut. Ich hatte einen echt beschissenen Tag.« Lous Stimme beginnt zu flattern. »Der Mann einer lieben Patientin ist heute im Kreißsaal gestürzt und kurz nach der Geburt seines ersten Kindes verstorben. Wir konnten nichts für ihn tun!«

»Das ist nicht wahr!«

Ich höre Lou leise schluchzen. »Doch! Er war bei der

Geburt dabei; ein wunderbarer Mann, charmant, geistreich und witzig. Er hat sich so auf seinen Sohn gefreut. Kurz bevor der Kleine seinen ersten Schrei abgab, ist er vor Aufregung ohnmächtig geworden und dabei so unglücklich gefallen, dass er sich eine tödliche Kopfverletzung zuzog. Er war siebenunddreißig.« Lou schnäuzt sich die Nase. Ich steige aus dem Bett und laufe fassungslos im Zimmer auf und ab. »Wie furchtbar! Was denkt sich das Schicksal nur dabei?«

»Es zeigt uns wieder einmal, wie kostbar unser Leben ist! Wir vergessen es nur immer wieder.« Lous Stimme klingt nun klar und energisch. »Und deswegen sollten wir uns fragen, was uns wirklich wichtig ist! Stell dir vor, du hast nicht mehr lange zu leben. Was hat dein Leben wirklich bereichert? Hadern? Stillstand oder falsche Zurückhaltung? Sag es mir!«

Wie sehr mich dieses Thema verfolgt! Ich setze mich auf die Bettkante. Die Vorstellung, dass mein Leben gleich vorbei sein könnte, löst Panik in mir aus. Ich höre in meinem Inneren förmlich Fragmente aus meiner Grabrede. *Sie hätte aus ihrem Leben so viel machen können, aber sie hatte nicht den Mut dazu, sie haderte mit ihrem Schicksal und zog eine ohnehin nicht existierende Sicherheit vor. Als sie dies ändern wollte, war es zu spät ...*

»Hör auf, Lou, das ist wie Folter!«

»Was glaubst du, was ich heute durchgemacht habe? Aber solche Horrortage können auch nützlich sein, weil sie einem vor Augen führen, dass das Meiste, für das wir uns aufreiben, völlig unwichtig ist. Lass uns uns mehr auf die Momente konzentrieren, die es wirklich wert sind, zu leben!«

»In Gedanken nehme ich dich jetzt in den Arm. Du bist einer der wichtigsten Menschen in meinem Leben!«, schniefe ich.

»Jetzt werde mal bitte nicht sentimentaler, als ich es ohnehin schon bin. Also, mach was aus deinen letzten Tagen im Land der unbegrenzten Möglichkeiten.«

»Versprochen!«

Nachdem wir uns verabschiedet haben, wird mir die Vergänglichkeit einmal mehr bewusst. Schon in drei Tagen geht mein Flieger zurück nach Deutschland.

Als ich am nächsten Morgen, noch etwas benommen von der kurzen Nacht, beim Frühstück erscheine, wirkt Theo so, als sei er ausgeschlafen. »Guten Morgen«, begrüßt er mich fröhlich. »Ich habe alles organisiert. Wir machen uns gleich auf die Suche nach deiner Indianerin.«

»Theo! Wirklich? Sobald ich meine Müdigkeit abgeschüttelt habe, liebe ich deine Spontaneität!«, sage ich und gieße mir Kaffee ein, den ich auf ex trinke.

»Pack ein paar Sachen ein. Wir werden im Reservat übernachten.«

»Im Ernst?«, frage ich aufgeregt.

Theo nickt. »Wenn, dann richtig. Ich habe ein Tipi reserviert.«

Ungläubig blicke ich ihn an. Bevor ich etwas sagen kann, ergänzt er: »Du wünschst dir Indianerromantik, du kriegst Indianerromantik.«

Ich schmunzele. »Wie soll ich nur je wieder ohne dich leben?«

»Ich bin zuversichtlich, dass du diese Herausforderung meistern wirst. Falls nicht, ruf mich an.« Theo schaut mich verschmitzt an, mit Augen so klar wie ein Bergsee. Es ist kaum zum Aushalten. Habe ich je zuvor bei einem Mann nur durch Blicke und Worte ein solches Prickeln auf der Haut verspürt? Was ist das nur mit uns? *Viel mehr, als du dir eingestehen willst.*

»Das wird so hart«, sage ich mit gespielt weinerlicher Stimme. *Wie albern! Warum machst du aus der Wahrheit eine Show?* Ich schlinge *Quaker Oats* mit Joghurt herunter und stürme aufs Zimmer, um meine Sachen zu packen.

Im Radio singt Frank Sinatra *Nice 'n' Easy*. Aber irgendwie scheint Theo das nicht zu sein. Er wirkt abwesend. Wir sind seit drei Stunden im Auto unterwegs, aber seit einem Tankstopp und einem längeren Telefonat vor einer Stunde, für das er sich in die hinterste Ecke eines staubigen Parkplatzes zurückzog, hat er kaum ein Wort gesagt.

»Theo? Ist etwas passiert?«, frage ich vorsichtig.

Als hätte ich ihn aus einem Traum geweckt, schenkt er mir einen überraschten Blick. *Stimmt, du bist ja auch noch da.*

»Sorry, ich war völlig in Gedanken versunken.«

»Das habe ich gemerkt. Willst du darüber reden?«

Theo fährt sich durch die Haare und verstellt den Rückspiegel. Es wirkt, als wolle er Zeit schinden. »Bist du bereit dazu, mir die Beichte abzunehmen?«, fragt er dann.

»Klar, sehr gern sogar. Immer raus damit. Was sollte mich denn noch schocken?«

Frank Sinatra wird von Cher abgelöst. Ich drehe ihr die Stimme ab.

»Anna war die erste Frau, mit der ich mir vorstellen konnte, eine Familie zu gründen …«, setzt Theo an. Ich schlucke schwer. Draußen ziehen ein paar Häuser und Strommasten an uns vorbei.

»Ich kann mir gut vorstellen, dass deine Seele immer wieder von diesem Gedanken gequält wird«, sage ich.

»Das war nur die Einleitung, nicht die Beichte.«

»Entschuldige, ich wollte dich nicht unterbrechen.«

»Bevor ich Anna kennenlernte, da hatte ich in London eine Affäre mit einer verheirateten Frau.« Theo greift nach der Wasserflasche im Getränkehalter und nimmt einen Schluck. Wie ergeht es wohl all den Pfarrern und Priestern, die bei der Beichte immer wieder mit tiefen Abgründen konfrontiert werden? Da ist eine Affäre sicher noch das kleinste Übel. Oder was kommt jetzt?

»Das mit Abby und mir lief ungefähr ein halbes Jahr. Dann hat sie unser Verhältnis abrupt beendet. Obwohl uns beiden klar war, dass nie mehr aus uns wird, war ich überrascht über das plötzliche Aus ...« Wieder hält Theo inne.

»Das ist sicher nicht schön, aber so etwas passiert«, sage ich, obwohl ich ihn ausreden lassen wollte.

»Das war noch immer nicht die ganze Geschichte. Als ich Anfang des Jahres in London war, habe ich Abby auf der Feier zum siebzigsten Geburtstag meines Freundes Jack zum ersten Mal seit unserem Cut wiedergesehen. Da waren bestimmt dreihundert Leute. Ihr Mann war dabei und ein kleiner Junge. Er sah aus wie mein Vater, als er klein war. Und ich wiederum sah als kleiner Junge aus wie mein Vater ...«

Von wegen, dich kann nichts mehr schocken. Und von wegen, du redest nicht mehr dazwischen. »Nein! Willst du damit etwa sagen, dass der Junge dein Sohn sein könnte?«

»Er ist sechs, vom Alter her passt es genau. Abby nahm sofort Reißaus, als sie mich sah. Ich konnte kein Wort mit ihr wechseln.«

»Was hast du dann gemacht?« Zappelig kaue ich auf meiner Unterlippe herum.

»Diese Ungewissheit zu empfinden war wie Folter. Aber natürlich konnte ich ihr nicht hinterherrennen und sie vor ihrer Familie zur Rede stellen. Also habe ich danach versucht, Abby zu erreichen, aber sie wollte nicht mit mir sprechen. Ich bin nicht an sie herangekommen, und ganz sicher wollte ich nicht zum Stalker werden. Irgendwann habe ich mich dann Jack anvertraut. Er wusste nichts von dem Verhältnis, aber er kennt Abby schon sehr lange. Vorhin hat er mich angerufen ...«

»Um dir was zu sagen?!«

»Dass Collin mein Sohn ist!«

»Oh mein Gott!« Ich muss aufpassen, dass ich meine Unterlippe nicht blutig beiße.

»Als Abby unsere Affäre so abrupt beendete, hatte sie gerade erfahren, dass sie schwanger ist.«

»Da lebt ein Mann in dem Irrglauben, er wäre Vater. Und ein anderer hat keine Ahnung davon, dass er einer ist. Wobei Abbys Mann natürlich für Collin der Vater ist, wenn auch nicht der biologische ...«, sinniere ich. »Aber wie hat Jack Abby dazu gebracht, ihm alles zu erzählen?«

Theo überholt einen monströsen Truck. »Ich schätze, dass er ihr von Annas Schicksal erzählt hat und meiner schweren Zeit.« Jack musste schwören, dass ihr Mann es niemals erfährt. Abby ist im Februar mit ihm nach Hongkong gegangen, wo er ein Projekt managt. Sie wollten ein Jahr bleiben, aber Abby und Collin kamen schon vor drei Wochen zurück nach London. Anscheinend hat ihre Ehe schon bessere Zeiten gesehen.« Wir scheren wieder ein. Der Truck hupt zweimal. Wahrscheinlich vor Freude, womöglich sind wir das erste Auto, das ihn heute überholt hat.

»Konnte Jack auch arrangieren, dass du Collin sehen darfst?«

»Abby hat sich bereiterklärt, mich zu treffen, wenn ich in London bin. Es geht doch nichts über einen Mediator.

Aber ich habe keine Ahnung, was da auf mich zukommen wird.«

»Und Jack wusste wirklich nichts von eurer Affäre?«

»Nein. Abby ist die Nichte seiner damaligen Lebensgefährtin, ich wollte ihn nicht damit belasten. Inzwischen sind sie aber getrennt.« Theo schüttelt den Kopf. »Wenn ich nicht auf seiner Party gewesen wäre, dann hätte ich wohl nie erfahren, dass ich einen Sohn habe.«

»Allerdings weiß ich unter diesen Umständen nicht, was besser ist, Wissen oder Nichtwissen«, sage ich.

»Auch wenn ich mein Leben nicht mit Collin teilen kann, ist es ein gutes Gefühl, zu wissen, dass da draußen ein Teil von mir herumläuft. Aber ich brauche sicher noch eine Weile, bis ich das realisiert habe.«

»Was wäre, wenn Abbys Ehe wirklich auf der Kippe stünde? Könntest du dir vorstellen, um sie und Collin zu kämpfen?«

»Die Frage kann ich nicht beantworten. Aus rein pragmatischen Gründen mit einer Frau zusammen zu sein, kann ich mir nicht vorstellen. Aber natürlich weiß ich nicht, was passieren wird, wenn wir uns treffen.«

Daran darf ich jetzt nicht denken! Ich spüre ein ungutes Gefühl in meinem Bauch. »Das ist doch alles ganz schön viel auf einmal. Willst du jetzt lieber allein sein, um das alles in Ruhe sacken zu lassen?«, frage ich.

»Nein, ich bin froh, dass du an meiner Seite bist.«

Ich senke den Blick auf meine Knie. »Zwar kenne ich Abbys Mann nicht, aber sie wird sich schon etwas dabei gedacht haben, dass sie dich als Vater ausgesucht hat.«

»Das würde ich gern als Kompliment nehmen, aber die Gründe waren weitaus sachlicher. Sie sei von ihrem Mann über Jahre nicht schwanger geworden, hat Jack mir erzählt. Aber er wollte nicht wahrhaben, dass es an ihm liegen könnte und hat sich jeglichen Untersuchungen verweigert. Am Ende hat er dann gesehen, dass er doch zeugungsfähig ist … In gewisser Weise hat Abby mich also missbraucht.«

»Hey, du armer, bemitleidenswerter Mann, für diese Aussage drohen dir Prügel! Seit wann ist Verhütung ein reines Frauenthema?«

»Das war auch nicht ganz ernst gemeint. Aber sie hat mir gesagt, dass sie die Pille nimmt.«

»Männer!«

Theo wirft mir einen treuen Blick zu und sagt: »Erbarme dich meiner, o Herr.« Das war sie nun also, seine Beichte.

Ich lege meine Hand auf seine Schulter. »So spreche ich dich los von deinen Sünden im Namen des Vaters und des Sohnes und des Heiligen Geistes«, sage ich salbungsvoll.

»Danke, das bedeutet mir sehr viel. Aber ich sitze ja nicht nur zum Beichten hinterm Steuer. Wir haben das Reservat deiner Indianerin erreicht.«

Aufgeregt blicke ich aus dem Fenster. *Welcome to the Blackfeet Nation* steht auf einem Schild am Straßenrand.

Am Himmel halten Schäfchenwolken die Sonne im Zaum. Die Berge mit ihren zackigen Konturen wirken zum Greifen nah.

»Die Landschaft hier ist zum Niederknien schön«, sage ich ehrfurchtsvoll.

»Wusstest du, dass die Rocky Mountains als das Rückgrat der Welt bezeichnet werden?«, fragt Theo.

»Nein, aber es wundert mich nicht.« Anscheinend habe nicht nur ich die heilsame und stützende Kraft dieses sagenhaften Faltengebirges gespürt, sondern schon viele andere vor mir.

Wir fahren vorbei an saftig grünen Wiesen und Zitterpappel-Wäldchen. Ich stelle mir vor, wie eine Herde Büffel über das Land zieht, begleitet von Bilderbuchindianern mit ihrem bunten Federschmuck auf glänzenden Pferden. Doch dann holt mich die Realität ein. Wir erreichen Browning, den Stammeshauptsitz der Blackfeet. Es geht vorbei an billig zusammengezimmerten, von Steppengras umgebenen Häusern und an Läden, vor denen desillusioniert dreinblickende Männer und Straßenhunde einträchtig zusammensitzen.

»Das habe ich mir hier aber anders vorgestellt«, sage ich.

»Tja, willkommen in der Wirklichkeit. Touristen sind hier eigentlich nur auf der Durchreise.«

»Kein Wunder, so trostlos, wie es hier aussieht. Wovon leben die Menschen hier?«

»Der wichtigste Arbeitgeber ist eine Bleistiftfabrik. Aber ein Großteil der Bevölkerung ist arbeitslos. Viele nehmen Drogen. Neugeborene müssen öfter erst mal auf Entzug gesetzt werden. Die Selbstmordrate unter Jugendlichen ist dreieinhalb Mal höher als im nationalen Durchschnitt.«

»Das klingt ja paradiesisch! Da hast du mir wirklich nicht zu viel versprochen mit der Indianerromantik«, bemerke ich ironisch.

»Und das war erst der Anfang«, sagt Theo und gibt Vollgas.

Nach einer weiteren halben Stunde Fahrt erreichen wir unser Ziel. Und was für eins! An die majestätische Kulisse der Rocky Mountains schmiegt sich die weitläufige Prärie. Mehr als ein Dutzend Indianerzelte schmücken die leicht hügelige Landschaft, in einiger Entfernung stehen kleine und größere Holzhäuser.

»Theo! Es ist wunderschön hier!« Ich bin völlig aus dem Häuschen und freue mich wie ein kleines Kind. »Jetzt sag bloß, dass wir in einem dieser Zelte übernachten werden!«

»Aber ja, das habe ich dir doch versprochen.«

»Nicht jeder steht zu seinem Wort.«

»Was kennst du nur für Leute? Komm, lass uns einchecken.«

Wir betreten eins der größeren Holzhäuser, an dem *Rezeption* steht. Hinter einem kleinen Tresen empfängt uns ein Mann, der sich als Norman vorstellt und angeblich ein echter Schwarzfuß-Indianer ist. Wieder kippt mein Bild, denn für mich hatten Indianer lange Haare, seine sind kurz, außerdem trägt er ganz unspektakulär Jeans und ein einfaches weißes T-Shirt. Norman erzählt, dass hier an diesem Ort indianische Künstler leben, die ihre Traditionen Menschen aus aller Welt näherbringen möchten. Zum Camp gehört auch eine Galerie mit zeitgenössischer indianischer Kunst, die zu besuchen er uns unbedingt empfiehlt.

»Das alles hier passt genau zu dem, was die Indianerin mir erzählt hat!«, sage ich ungeduldig zu Theo.

»Na ja, nach dem, was du mir erzählt hast, gibt es kaum andere Möglichkeiten im Reservat.«

Norman erzählt nun, dass sein Volk aus rund dreizehntausend Mitgliedern besteht, von denen aber nur die Hälfte im Reservat lebt.

»Und woher kommt der Name Blackfeet?«, frage ich.

»Meine Vorfahren trugen schwarze Mokassins. Es ist allerdings nicht überliefert, ob sie mit Absicht schwarz gefärbt wurden oder nur verdreckt waren«, sagt Norman und versorgt uns mit Schlafsäcken. Dann begleitet er uns zu unserem Zelt. Erst da wird mir so richtig bewusst, dass ich darin die Nacht zusammen mit Theo verbringen werde. Vorausgesetzt, es gibt keine Einzelzelte. Mein Herz beginnt wie wild zu hüpfen.

»Die Tipis wurden über Jahrhunderte von den Prärie-Indianern entwickelt. Sie halten einiges aus«, sagt Norman.

Ehrfürchtig trete ich ein. Wie die Indianer hier wohl einst gelebt und geliebt, gelacht und gelitten haben? Ein Leben im Einklang mit den Elementen. Vier Feldbetten stehen kreisförmig angeordnet vor den Zeltwänden. In der Mitte befindet sich eine Feuerstelle, der Boden davor ist mit Büffelfell ausgelegt. Alles wirkt urig und behaglich hier drinnen, obwohl es so einfach und ursprünglich ist.

»Mehr braucht man nicht zum Leben. Ich habe doch gewusst, dass das mit der Indianerromantik kein Mythos ist«, raune ich Theo zu. Er grinst nachsichtig.

»Heute und morgen findet hier im Camp ein Workshop rund um schamanistische Rituale statt. Wenn ihr Lust habt, könnt ihr gern vorbeischauen. Der Last-Minute-Preis beträgt nur zweihundert Dollar für euch beide«, sagt Norman da und lässt uns allein.

»Musste das sein?«, frage ich.

Theo lacht. »Von nichts kommt eben nichts«, sagt er.

Wir stellen unsere Sachen ab und breiten die Schlafsäcke aus. Theos Bett liegt meinem gegenüber, die Feuerstelle trennt uns. Wenn es sonst nichts ist, denke ich aufgewühlt und folge Theo nach draußen. Wir erkunden das Gelände. »Kannst du das hier überhaupt genießen? Du bist doch sicher die ganze Zeit bei Abby und Collin in London, oder?«, frage ich.

»Mach dir darüber keine Gedanken. Jetzt kann ich

sowieso nichts machen. Ich bin hier, mit dir. Und das ist schön.« Theo pflückt eine kleine blaue Wildblume und überreicht sie mir.

»Danke!«, sage ich verlegen und stecke sie mir ins Knopfloch meiner Jacke.

18

Von einer kleinen Anhöhe aus sehe ich in zirka fünfzig Meter Entfernung Menschen in einem Kreis sitzen. Das sind bestimmt Teilnehmer des Workshops, von dem Norman sprach. In ihrer Mitte hockt eine alte Frau, die ... Nein, das glaube ich nicht!

»Theo! Da hinten ist die Indianerin, die ich in Helena getroffen habe! Ich wusste es! Ich wusste es doch!«, rufe ich komplett überwältigt, und dann weiß ich nicht, wie mir geschieht. Die Welt um mich herum wird still. Prickelnde Hitze steigt in mir auf. Eine Woge scheint mich mitzureißen in eine andere Dimension. Öffnet sich da etwa gerade das Universum einen Spalt breit, um mir zu beweisen, dass ich ein Teil vom großen Ganzen bin? Voller Demut sehe ich ganz klar, dass das Schicksal unausweichlich ist. Da spüre ich auf einmal eine große Ruhe in mir, einen tiefen Frieden. *Alles hat seinen Sinn.*

Da schnippt Theo mit den Fingern. »Katja? Geht's?«

Ich brauche einen Moment, um mich zu orientieren. So ganz kann ich noch nicht fassen, was ich da gerade erlebt habe. »So etwas ist mir noch nie passiert!« Aufgewühlt schildere ich Theo, was ich empfunden habe, soweit sich das überhaupt in Worte kleiden lässt. »Und das mir! Bisher hatte ich mit spirituellen Phänomenen ungefähr so viel Erfahrung wie der Dalai Lama mit einem Konsumrausch.«

Theo lächelt milde. »Es war beeindruckend, dich zu beobachten.«

»Mehr hast du dazu nicht zu sagen?«

»Doch. Es gibt eben mehr zwischen Himmel und Erde, als wir uns vorstellen können. Außerdem freue ich mich darüber, dass dein Wunsch in Erfüllung gegangen ist, sie wiederzusehen.«

Da kreuzt erneut Norman unseren Weg. »Das Programm ist gleich vorbei. Wenn ihr euch für morgen anmelden wollt, zahlt ihr nur noch hundert Dollar«, sagt er.

»Klingt verlockend, aber da müssen wir leider schon wieder abreisen«, sagt Theo. Norman hat es nicht eilig. Ich nutze den Moment und frage ihn aus. Dabei erfahre ich, dass die Indianerin Sinopa gerufen wird, was so viel bedeutet wie Fuchs. Außerdem sei sie die Tochter eines großen Medizinmannes, dessen Tradition sie seit Jahren weitergibt. »Es lohnt sich, Sinopa zu lauschen. Nun setzt euch noch für die letzten Minuten dazu!«, fordert Norman uns auf.

Um Sinopa scharen sich acht Bleichgesichter, die ihr gebannt zuhören. Wir schleichen uns an und nehmen ebenfalls Platz. Noch immer bin ich benommen von dem, was ich eben erlebt habe. Sinopa scheint mich nicht zu erkennen, zumindest lässt sie sich nichts anmerken. Sie spricht über Dinge, die sich immer wieder gut anhören. Verstand und Herz müssen zusammenarbeiten. Hass und Wut sind Geister der Vergangenheit, denen nur unser Kopf ein Eigenleben ermöglicht.

»Das kann nicht oft genug betont werden«, raunt Theo mir zu. Obwohl ihn das Ganze hier eher zu amüsieren scheint, rechne ich ihm hoch an, dass er neben mir sitzt.

»Wahrscheinlich bin ich hier, um es aus ihrem Mund zu hören«, wispere ich.

»Ein Büffel verliert während eines Schneesturms die Orientierung. Er weiß weder vor noch zurück und ist völlig verängstigt. Aber er geht weiter durch den Sturm, immer weiter«, sagt Sinopa mit tiefer, klirrender Stimme und hebt beschwörend ihre Hände. »Jetzt schließt die Augen und stellt euch diesen Büffel vor. Er kann kaum noch etwas sehen und ist ganz auf sich allein gestellt. Doch dann lässt der Schneesturm nach, und er sieht seine Gefährten friedlich im Tal grasen.«

Nun schlägt ein junger Mann, der rechts neben Theo sitzt, auf einer Handtrommel einen einfachen, gleichmäßigen Rhythmus und singt dazu *Heio-ah heiho-dah*. Etwas befremdlich finde ich die Situation jetzt doch. Ich schaue zu Theo. Er erwidert meinen Blick und beißt sich auf die Unterlippe. Nun singen alle um uns herum. Es wird lauter, der Trommelrhythmus schneller. Plötzlich ebbt der Krach wieder ab. »Wenn ihr Angst habt, denkt an den Büffel. Ihr selbst seid dieser Büffel. Geht weiter. Der Sturm wird aufhören!« Noch einmal hebt Sinopa mit großer Geste ihre Hände. Dann verabschiedet sie uns, bleibt aber noch sitzen.

»Ich lasse dich jetzt besser allein«, sagt Theo und geht zu Norman, der am Rand des Geschehens gewartet hat.

Ich verlasse meinen Platz nicht und starre Sinopa an. Doch da wendet sie sich zum Gehen. Sie hat mich wirklich nicht erkannt! Das darf es nicht gewesen sein! Ich springe auf und spreche sie ohne Umschweife an. »Erinnern Sie sich noch an mich?«

Sinopa schaut mich eine Weile mit ihren trüben Augen an. »Ach ja, du bist das Kindchen, das mir in Helena auf die Beine geholfen hat.« Es scheint wirklich das Normalste der Welt zu sein, dass wir uns hier wiedersehen. Sinopa berührt mich flüchtig an der Wange. Dabei hat sie einen solchen Blick drauf, dass ich wieder eine Gänsehaut kriege.

»Es ist besser geworden«, sagt sie.

»Was?«

»Der Druck auf deiner Seele.«

Nutze die Chance und bohre nach! »Woher wollen Sie das wissen?«

»Ich sehe das. Die alten Geister ziehen weiter. Du öffnest dich und wirst etwas Neues wagen. Du bist auf einem guten Weg.«

»Wie meinen Sie das? Was werde ich wagen?«

»Das weißt du längst! Höre in dich hinein. Habe Mut und vertraue dir!«

Bohre nach! »Warum sind wir uns in Helena begegnet? Was haben Sie ausgerechnet an diesem Tag dort gemacht?«

Sinopa fasst mit ihrer knochigen Hand nach meiner. »Das spielt keine Rolle. Sieh nur, wie weit du schon gegangen bist. Geh weiter, immer weiter wie der Büffel.«

Was macht diese Frau nur mit mir? Mein Mund steht offen. Ich weiß nicht, ob er sich jemals wieder schließen lässt. Sinopa berührt mich nochmals. Die Blockade löst sich, mein Mund geht wieder zu. »Hab einen unvergesslichen Aufenthalt hier. Die Liebe trägt dich.« Sie drückt mir etwas in die Hand, dann wendet sie sich ab.

»Aber, aber ...« Mehr bringe ich nicht hervor; wie schon in Helena bin ich außer Gefecht gesetzt. Aber nicht lange, denn von einer Sekunde zur anderen kommen mir Zweifel: Womöglich ist das ja eine Masche von ihr. Geheimnisvoll dahingehauchte Sätze, dem Gegenüber die Sprache rauben und dann Abmarsch, bevor es nach mehr Tiefe verlangt. Erst jetzt sehe ich, dass das in meiner Hand eine kleine weiße Feder ist. Ich umschließe sie fest.

Sinopa hat gesagt, dass ich etwas Neues wage. Was meinte sie damit? Ich öffne die Hand wieder und fixiere die Feder. Da schlägt wie ein Blitz die Erkenntnis ein: Etwas Neues wagen, das bedeutet nichts anderes, als dass ich endlich mit Kindern arbeiten werde! Es meint meine berufliche Veränderung, meine Loslösung von Oliver. Ich werde mich zur Kinderheilpraktikerin ausbilden lassen! Dieser Wunsch war die ganze Zeit in mir! Jetzt werde ich es endlich tun! Sinopa wusste es! Die Zweifel ziehen weiter wie ein Schwarm Zugvögel. Ich fühle mich frei und stark. Ab sofort wird ihre Feder immer bei mir sein! In Gedanken lasse ich epochale Musik aufspielen. Was für ein unglaublicher Tag!

Da kommt Theo auf mich zu. »Na, wie war es mit der geheimnisvollen Sinopa unter vier Augen?«

Ich wedele mit der kleinen Feder herum. »Schau mal, sie hat mir Leichtigkeit geschenkt!«, sage ich und berichte von unserem Gespräch. »Zwar habe ich nicht herausgefunden, welcher Umstand uns in Helena zusammengeführt hat, aber letztlich spielt es auch keine Rolle ... Was grinst du denn so?«, frage ich.

»Ich weiß es. Willst du es wirklich wissen?«

»Natürlich!«

»Norman hat mir erzählt, dass Sinopa einmal pro Woche den weiten Weg nach Helena auf sich nimmt, um ihren Enkel im Gefängnis zu besuchen. Meist macht sie dann noch einen Abstecher ins State Capitol, um mit dem Generalstaatsanwalt über Begnadigung zu sprechen. Nur ist sie bisher noch nie zu ihm vorgedrungen.«

»Stopp! Too much information! Außerdem ändert es nichts daran, dass sie eine weise Frau mit magischen Fähigkeiten ist. Es bedeutet mir ganz viel, dass ich ihr noch einmal begegnet bin!«

Nach einem indianischen Dinner, ich esse Büffelsuppe mit Beeren und dazu Fladenbrot, ziehen wir uns in unser Tipi zurück. Zufrieden blicke ich auf das Fazit des Tages: Wie schon Theo zuvor hat mich Sinopa darin bestätigt, woran ich viel zu lange kaum zu glauben gewagt habe: dass ich mich von der Vergangenheit lösen und vorwärtsbewegen kann, um ein selbstbestimmtes Leben zu führen und nicht länger mit dem Schicksal zu hadern.

Theo und ich haben lange geredet und einander dann *Gute Nacht* gewünscht, als wären wir auf Klassenfahrt. Draußen zirpen die Grillen ein meisterhaftes Konzert.

Ans Einschlafen kann ich nicht denken, zu nervös macht mich in der Stille Theos Nähe. *Wohin soll das führen, dass du dich nach ihm verzehrst? Was ist mit Oliver? Nichts ist geklärt! Du bist nicht bereit für etwas Neues! Außerdem ist er sein Freund!* Wenn sich doch nur mein Verstand mit Grübel-Diplom endlich einmal eine Auszeit in der Wüste nehmen würde! Er heuchelt mir vor, dass er nur das Beste für mich möchte, ignoriert dabei aber komplett mein Herz. Dabei hat Sinopa vorhin doch betont, wie wichtig es ist, dass Herz und Verstand zusammenarbeiten. Übermorgen um diese Zeit sitze ich im Flieger zurück nach Deutschland. Dann wird Theo unerreichbar sein für mich. Zum Teufel mit meinen Skrupeln! In der Ferne ist ein Jaulen zu hören.

»Theo? Schläfst du schon?«

»Dafür bin ich zu wach.«

»Sind das da draußen Kojoten?«

»Ja, aber die greifen uns nicht an.«

»Bist du dir da sicher?«

»Kojoten sind ängstlich und scheu. Da beißt sich keiner freiwillig durch unsere Zeltwand.«

»Mir ist kalt.«

Ich höre ein Rascheln. Theo knipst die Taschenlampe seines Smartphones an und leuchtet in meine Richtung. »Wenn du magst, gebe ich dir ein bisschen Wärme ab. Wir können die Liegen zusammenstellen.«

»Das ist wirklich nett von dir.« *Du bist nicht auf Klassenfahrt!*

Theo steht auf und kommt mit seinem Bett zu mir. Wir schieben die beiden Liegen zusammen, legen uns hin und machen aus zwei Schlafsäcken einen. »Mir ist immer noch kalt«, flüstere ich.

Theo rückt näher an mich heran. Ich spüre seine Wärme, während eine Welle der Lust durch mich schießt. *Mehr davon, viel mehr!* Hier und jetzt! Niemals möchte ich bereuen, diesen Augenblick nicht genutzt zu haben. *Dann hör jetzt endlich auf zu denken und mach was draus!*

Ich liege auf der Seite, und Theo ist hinter mir. Die Schlafsackdecke höher ziehend, schmiege ich mich enger an ihn und drehe mich zu ihm um. Keiner von uns sagt etwas, wenn sich diese Spannung zwischen uns nicht gleich entlädt, kann ich für nichts garantieren.

Zunächst etwas zaghaft beginne ich, ihn zu berühren. Theo erwidert meine Offensive, sein immer fordernder werdendes Verlangen lässt mich erschauern. Es tut so gut, ihn zu spüren! *Nicht aufhören, nur nicht aufhören!* Nein, uns verbindet ganz sicher nicht nur Freundschaft! Unsere Lippen treffen aufeinander, warm und weich verschmelzen sie zu einem leidenschaftlichen Kuss. Weg mit der Welt um uns herum! *Bleib stehen, Zeit!* Immer wilder und ungestümer stimmen sich unsere Körper aufeinander ein. Es dauert nicht lange, bis sie ihren Takt gefunden haben. »Lass mich nie wieder los!«, höre ich mich stöhnen. Oje, ich habe wirklich gar nichts mehr unter Kontrolle. Und das fühlt sich großartig an!

»Wie könnte ich!«, murmelt Theo.

Sein Körper fasst sich so gut an. Ich umklammere seine breiten Schultern und fühle seine muskulösen Oberarme. An meinen Schenkeln reiben sich die Härchen seiner langen Beine. O Gott! Gierig nach mehr, kralle ich mich an seinem stählernen, sehnigen Rücken fest.

Doch da drosselt Theo plötzlich seine Leidenschaft. »Du hast mich vorhin daran erinnert, dass Verhütung kein reines Frauenthema ist. Äh, ich muss zu meiner Entschuldigung sagen, dass ich darauf nicht vorbereitet war …«

Sei still, mach weiter! Ich lege meinen Finger auf seinen Mund. »Pssst. Ausnahmsweise geht das heute mal.«

»Sicher?«

»Ganz sicher!« *Mea culpa!*

Da zieht Theo mich kraftvoll an sich, und wir lieben uns tatsächlich so, als gäbe es kein Morgen, ach was, als gäbe es die nächste Stunde nicht mehr. Ich löse mich auf, zerschmelze, fließe einfach weg. Oder schwebe ich? Egal. Es gibt keine Worte für das, was ich mit Theo erlebe, weil sie noch nicht erfunden wurden. Selig schlafe ich irgendwann an seiner Brust ein.

In der Dunkelheit der Nacht ist es ein Leichtes, die Vernunft in den Stand-by-Modus zu versetzen. Da können alle Hüllen fallen. Leider wird sie aber am Morgen wieder aktiv. Wozu gibt es nur diesen überflüssigen *Tag danach*, der nichts anderes im Sinn hat, als die Leichtigkeit der Nacht wieder zu nehmen? Nach dem Aufwachen waren Theo und ich höflich und nett zueinander – und auch ein bisschen verschämt, zumindest ich. Wir haben nicht über die Nacht geredet, Unsicherheit lag über uns wie eine Glocke. Nun sind wir auf dem Weg zurück zur Ranch. Dunkle Wolken verhängen den Himmel, Nieselregen fällt.

»Das hätte nicht passieren dürfen«, sagt Theo da.

Eine Machete trifft mich mitten ins Herz.

»Ach komm, das warst du Oliver nach all den Jahren schuldig«, versuche ich zu witzeln.

Aber Theo lacht nicht. »Es geht nicht um die letzte Nacht. Ich hatte nur nicht vor, mich ausgerechnet in Olivers Frau zu verlieben.«

Perplex schaue ich zu Theo. Er blickt konzentriert nach vorn. Der Regen dreht auf, die Sicht ist schlecht.

»Du brauchst jetzt nichts zu sagen, aber ich musste das loswerden.«

Ich schlucke schwer und starre in das triste Grau da draußen. »Denkst du etwa, ich empfinde anders?«, raune ich.

Da fährt Theo rechts ran und schaltet den Motor aus. Der Regen trommelt ungeduldig aufs Auto. »Willst du damit etwa sagen, dass du nicht nur meinen Körper wolltest?«, fragt Theo und runzelt die Stirn.

Wie viel du mir bedeutest! Ich lächele berauscht. »Schlimm?«

»Nein, nur ungewöhnlich.«

»Ach Theo! Du bist unmöglich!«

Er schaut mir tief in die Augen. Mein Herzschlag ist ein dermaßen kräftiger Beat, dass er Menschenmassen zum Tanzen bringen könnte. Auch wenn mir der direkte Vergleich fehlt: Ich kann mir kaum vorstellen, dass es eine Droge gibt, die dieses Gefühl von Glückseligkeit toppen kann.

»Was machen wir denn jetzt?«, fragt Theo.

Ich zucke mit den Schultern. »Nicht an morgen denken?«

»Für heute ist es wohl das Beste, was wir tun können.«

Ich nicke eifrig. Unsere Lippen nähern sich einander wie Magneten. Wir geben uns auf diesem engen Raum einander hin, spüren und lieben uns feurig, keinen Gedanken daran verschwendend, dass eine Patrouille vorbeikommen und uns verhaften könnte. Im Eifer des Gefechts knalle ich mit meinem Rücken gegen das Armaturenbrett. Für eine Sekunde befürchte ich, dass es etwas Ernstes ist, der Schmerz fühlt sich an, als würde jemand mit einem Hammer einen Nagel in mich einschlagen. Doch gleich darauf tut mir nichts mehr weh, wir machen einfach weiter. Bedeutet das, dass Liebe tatsächlich die beste Medizin ist?

Als wir am späten Nachmittag die Ranch erreichen, schaffe ich es nicht länger, *nicht* an morgen zu denken. Da ich bereits in aller Herrgottsfrühe zum Flughafen aufbrechen muss, verabschiede ich mich schon von Josh und Dan. Die beiden wollen am frühen Abend zusammen ausgehen. Wobei ich das Gefühl nicht loswerde, dass Josh diesen Termin mit Absicht gewählt hat, damit Theo und ich uns nicht verpflichtet fühlen, meinen letzten Abend mit ihm zu teilen. Ich mag ihn einfach!

»Danke für alles, lieber Josh. Ich hoffe, das gefällt dir, er spielt im August hier in der Nähe«, sage ich und ziehe eins der beiden Bruce-Springsteen-Tickets aus der Tasche, die ich online gekauft und heimlich in Joshs Büro ausgedruckt habe. Theo hat mir erzählt, dass Josh ihn mag. Er fand meine Idee prima, allerdings habe ich ihm nicht gesagt, dass ich Josh nur eine Karte schenke.

»Katja! Ich bin ein Fan der ersten Stunde! Da freue ich mich riesig! Danke!« Josh umarmt mich.

»Übrigens schenke ich Liz ebenfalls eine Karte«, sage ich

beiläufig, drehe mich zu Theo um und zwinkere ihm zu. Er lächelt. »Wie praktisch, dann könnt ihr zusammen hinfahren«, kommentiert er.

Josh blickt von mir zu Theo und wieder zurück. Ob er meinen Verkupplungsversuch plump findet?

»Ja, das ist wirklich praktisch«, sagt er da, und ich bin erleichtert. »Komm bald wieder! Du bist hier jederzeit gern gesehen!«

»Es bedeutet mir eine Menge, dass du das sagst. Es war eine fantastische Zeit hier!« Wir umarmen uns noch einmal. Danach gehe ich zu Dan, der an seiner Rodeo-Karriere zu arbeiten scheint, so wild lässt er sich auf einem Pferderücken durchschütteln. Ich winke ihm zu und schreie: »Mach's gut!«

Er hebt eine Hand. Nun sitzt er noch wackliger im Sattel. Da kann ich nicht hinsehen. Schnell wende ich mich ab und setze meine Verabschiedungstour in Richtung Liz fort. Auch sie kann ich mit Bruce Springsteen glücklich machen. Ich bilde mir sogar ein, dass sie errötet, als ich ihr erzähle, dass ich Josh auch eine Karte geschenkt habe.

»Wir waren noch nie miteinander aus«, gesteht sie. Und einmal mehr ist mir klar, dass es höchste Zeit war, hier etwas nachzuhelfen.

Horizon scheint seit meinem letzten Besuch gestern früh schon wieder ein Stück gewachsen zu sein. Es geht alles so schnell. Zu schnell. »Wir sehen uns bestimmt wieder«, flüstere ich, obwohl ich doch weiß, dass das eher unwahrscheinlich ist. Ich schmiege mich an ihn und gebe mich meinem Abschiedsschmerz hin.

»Na, ich wusste doch, dass ich dich hier finde«, sagt Theo und weckt mich aus der Melancholie. Zärtlich streichelt er mir übers Gesicht. »Hey, wer wird denn hier Trübsal blasen?«

»Hast du einen besseren Vorschlag?«

»Oh ja! Wir können den Abend außerhalb des Stalls miteinander verbringen.«

»Wird es dann besser?«

»Das kann ich dir nicht versprechen, aber auf einen Versuch kommt es an.«

Das letzte Abendessen, es gibt Buffalo Stew, nehmen wir im Kaminzimmer ein. Aber ich habe keinen Appetit. Theo versucht mich aufzuheitern, aber es ist schwierig. Ich vermisse ihn jetzt schon.

Etwas später, in meinem Zimmer, ist meine Stimmung noch immer nicht besser geworden. Traurig und schwer sitze ich neben Theo auf dem Bett. »Es fühlt sich schlimm an, wenn im Hintergrund ein Countdown läuft«, sage ich.

»Aber der ist immer da, dein ganzes Leben lang! Ignorier ihn!« Theo zieht mich in seine Arme, und wir lassen uns fallen. Wir lieben uns, und wir reden, dann fangen wir wieder von vorne an, lieben uns und reden.

»Bleib doch noch! Wir können auch zusammen reisen … Weißt du, Katja, ich habe lange geglaubt, dass ich niemals wieder mit einer Frau glücklich sein kann, doch du hast mir gezeigt, dass das möglich ist.«

Meine Augen fangen an zu brennen. Es bedeutet mir so viel, dass er das sagt. Wie gern möchte ich mit ihm zusammen sein! Aber es geht nicht, zu viel ist ungeklärt. Ich kann die Tränen nicht zurückhalten. »Ach Theo! Es zerreißt mir das Herz! Aber ich kann mich auf nichts einlassen, solange ich nicht weiß, wie es mit meiner Familie weitergeht … Außerdem willst du doch als Nächstes nach London, da habe ich nichts verloren. Und unsere Lebenswelten passen doch eigentlich überhaupt nicht zusammen, du Nomade.« Ich drücke mein Gesicht ins Kissen, der Schmerz ist entsetzlich.

»Howgh – die Stimme der Vernunft hat gesprochen! Die Liste ist lang, ich habe verstanden. Oder nennt man sowas schlicht miserables Timing?« Theos Stimme klingt bitter. Er seufzt und reibt sich die Stirn, bevor er sanfter fortfährt: »Tja, dann bleibt mir nichts anderes übrig, als dir alles Gute zu wünschen für deinen Weg, auf dem du hoffentlich bald herausfindest, was du wirklich willst und was dir wichtig ist.«

Theo streicht mir zärtlich durchs Haar. Ich kann nichts sagen. Dann zieht er mich so fest in seine Arme, dass es beinah weh tut.

Die Nacht ist vorbei, wir haben keine Minute lang geschlafen.

Am Flughafen ist es dann bittersüß: Eine letzte Umarmung, ein letzter Kuss – und wieder kann ich meine Tränen nicht zurückhalten. »Ich wünsche dir, dass du in London einen wunderbaren kleinen Jungen triffst und ihr einen Weg findet, mit dieser schwierigen Konstellation umzugehen«, schniefe ich.

Theo nimmt behutsam mein Gesicht in seine Hände und küsst die Tränen weg. »Du bist eine wunderbare und starke Frau! Vergiss das nicht!«

Mein Flug wird aufgerufen. Es fällt mir so schwer, mich von Theo zu trennen.

»Mach's gut«, sage ich.

»Du auch.«

Abschiedsfloskeln. Was sollen wir jetzt auch sonst noch sagen? Ein letzter tiefer Blick, dann trennen sich unsere Wege. Ich nehme Sinopas Feder in die Hand, aber es wird nicht leichter. Mein zerrissenes Herz steigt mit mir in den Flieger.

19

Als ich aus dem Taxi steige, werde ich von einer frischen Brise willkommen geheißen. Schön, dass du wieder da bist, scheint sie zu wispern. Der Taxifahrer ist so freundlich und trägt mir meine Taschen bis vor die Haustür. Da zahlt sich das üppige Trinkgeld, das ich ihm gegeben habe, wenigstens aus. Aber ich gehe noch nicht gleich hinein, sondern spaziere durch den Garten und lasse mich von seinem Duft und dem saftigen Grün einlullen.

Die Bäume haben ihre Blüten längst abgeworfen und präsentieren mir stolz ihr frisches Grün. Alles sprießt üppig in den schönsten Farben. Ich kann mich gar nicht sattsehen an all der Pracht. Es scheint viel geregnet zu haben während meiner Abwesenheit. Offensichtlich wurde der Rasen in den letzten Wochen nicht gemäht. Auch das Unkraut hat sich breit gemacht, als hätte es eine unbefristete Aufenthaltserlaubnis. Dass Oliver keinen grünen Daumen besitzt, ist mir schon immer klar gewesen, aber zumindest den Rasen hätte er einmal mähen können! Oder ist er etwa während meiner Abwesenheit gar nicht hier gewesen? Ich beende meinen Rundgang und betrete das leere Haus, in dem die Luft steht wie ein Wald. *Eine Hülle deines Lebens*.

Oliver wusste doch, dass ich heute zurückkomme! Er scheint wirklich nicht hier gewesen zu sein. Aber vermisse ich ihn jetzt? Nein! Nur hätte er wenigstens mal durchlüften können. Ich reiße die Fenster auf. Dann packe ich kraftlos meine Sachen aus und werfe die Waschmaschine an. Beinah habe ich den Eindruck, dass all meine Gefühle in Montana geblieben sind, bei Theo. Und kein Mitarbeiter an einem Lost & Found-Schalter wäre imstande, mir dabei zu helfen, sie zurückzubekommen.

Auf dem Hinflug habe ich den Jetlag kaum gespürt, aber jetzt entkomme ich ihm nicht. Am liebsten würde ich gleich ins Bett gehen, obwohl es erst kurz nach vier ist. Morgen kann ich mich ausschlafen, bevor ich am Montag wieder arbeiten gehe. Um wieder in den richtigen Rhythmus zu kommen, ignoriere ich jedoch mein Schlafbedürfnis und setze mich mit einem dreifachen Espresso und allerlei wild um meine Aufmerksamkeit buhlenden Gedanken auf die Terrasse. Wann wird der beste Zeitpunkt sein, um mit Oliver zu reden? Über uns und meine beruflichen Pläne. Nachdenklich hämmere ich mit dem Löffel in der Tasse herum. Nach und nach trudeln meine verloren geglaubten Gefühle wieder ein. Der Drang, herauszufinden, was mich mit Oliver noch verbindet, ist da. Denn in Montana habe ich es nicht geschafft. Soll ich für Emma an uns festhalten? Reicht das? *Bleiben oder scheiden?*

Unruhe packt mich. Was ist, wenn für Oliver längst klar ist, dass es für ihn keine Option auf einen Neustart gibt? Und wenn ich ehrlich bin, dann sieht es auch bei mir eher nach einer miesen Chance von zehn zu neunzig aus, dass wir noch mal glücklich werden. Müssten es nicht aber hundert Prozent sein? Verdammt! Wenn ich an Theo denke, dann überkommt mich eine unsagbare Wehmut. Diese freidrehenden Gefühle! Unwillkürlich denke ich an die alte Volksballade:

Es waren zwei Königskinder,
die hatten einander so lieb,
sie konnten zusammen nicht kommen,
das Wasser war viel zu tief.

Das tiefe Wasser sind in unserem Fall verschiedene Lebensentwürfe, die sich lediglich in der Unbeschwertheit eines Urlaubs, fernab der Realität, nicht in die Quere kamen. Mal ganz abgesehen von meiner ungeklärten Familiensituation. Ich schlucke und schicke Theo eine kurze Nachricht:

Bin gut gelandet. Bemühe mich, den Entzugserscheinungen zu trotzen. Die T(heo)-Droge wirkt noch nach. Nicht leicht! K

Es dauert keine fünf Minuten, bis seine Antwort kommt:

Hacke Holz. Du hast dein Halstuch vergessen. Habe es annektiert; duftet viel zu gut nach dir. Miss you! T

Gedankenverloren streiche ich über das Display meines Telefons. Mehr gibt es im Augenblick nicht zu sagen, auch wenn mir das sehr schwerfällt.

Der Espresso tut seine Wirkung. Kurzentschlossen hole ich den Rasenmäher aus dem Schuppen und setze mich mit körperlicher Arbeit gegen den Blues zur Wehr, mit meiner Form des Holzhackens. Ich mähe und mähe und komme dabei mächtig ins Schwitzen. Nach getaner Arbeit spritze ich mich mit dem Gartenschlauch ab. Sofort sehe ich Bilder von Emma vor mir. Seit frühester Kindheit liebt sie es, wenn ich sie mit dem Schlauch jage. Als kleines Mädchen rannte sie jauchzend über die Wiese, ich hinterher – und irgendwann war sie klitschnass. Das letzte Mal veranstalteten wir an einem der heißen Tage im letzten Sommer eine Wasserschlacht. Wir hatten so viel Spaß dabei. Ach Emma! Wie sehr ich mich darauf freue, dass sie den Garten bald wieder mit Leben füllt!

Vor lauter Sehnsucht nach ihr kann ich nicht auf unsere morgige Skype-Verabredung warten. Ich gehe ins Arbeitszimmer und versuche, sie schon jetzt zu erreichen. Mein Herz geht auf, als ihr Gesicht tatsächlich auf dem Monitor erscheint.

»Hallo, meine Kleine. Es tut so gut, dich zu sehen! Was machst du gerade?«

»Hi, Mama! Willkommen zurück in der Zivilisation! Ich mache Hausaufgaben. Eins ist schon mal klar: Ich werde niemals ein naturwissenschaftliches Fach studieren.«

»Solange es genügend Alternativen gibt. Du siehst gut aus.«

»Ich fühl mich auch so. Aber es ist schon krass, wie schnell die Zeit vergeht.«

So gar nichts erinnert mehr an das Mädchen, das früher ständig unter Heimweh litt. »Bald bist du wieder hier. Freust du dich schon ein bisschen auf Zuhause?«

»Yes! Ich finde es so cool, dass wir alle zusammen segeln gehen werden, das macht mir den Abschied easier. Die Ostsee fehlt mir. Und ihr mir natürlich auch!« Meine Tochter! Bald kann ich sie wieder in den Arm nehmen! »Mama, habe ich dir überhaupt schon gesagt, wie super ich es finde, dass du mitkommst? Ich weiß doch, wie wenig Spaß du am Segeln hast.«

»Wenn du mit dabei bist, ist mir nichts zuwider, selbst wenn es die Überfahrt nach Schweden ist. Ich kann kaum erwarten, dass du wieder hier bist.«

»Kann Steve mich mal besuchen kommen?« Ihr Freund. Um wie viel aufregender das Leben doch wird, wenn sich die Liebe dazugesellt. *Wohin soll das führen? Du bist sechzehn, und er ist dein erster Freund. Hake ihn ab.* Aber das Letzte, was ich jetzt tun sollte, ist ihre Hoffnung zu zerstören und ihr den

Abschied noch schwerer zu machen. »Aber klar, da gibt es bestimmt eine Möglichkeit.«

Ein Lächeln huscht über ihr Gesicht. »Danke! Jetzt erzähl aber mal, wie dein Urlaub war!«

»Wunderbar. Ich bin prächtig erholt und habe mich endlich wieder selbst gefunden.«

»Mama! Ich kann Ostereier finden, den Hausschlüssel oder vermisste Personen. Aber was soll ich mir nun darunter vorstellen, dass du *dich* gefunden hast? Du warst doch immer da!« Emma schmunzelt, und ich gehe mit dem Gesicht noch näher vor den Monitor.

»Tja, stimmt, aber irgendwie auch nicht. Ich habe zu lange in den Rückspiegel geschaut und bin nicht mehr weitergefahren ...«

Was rede ich da? Aber Emma sieht mich an, als wisse sie ganz genau, was ich meine. »Weil du über Sophie nicht hinweggekommen bist«, sagt sie nur.

Ich nicke. »Dass ich mich gefunden habe, bedeutet, dass ich mich und mein Leben akzeptiere. Freude und Leid gehören genauso dazu wie Nutella, bunte Streusel und saure Milch oder verdorbene Eier.«

»Mamilein, ich bin sechzehn! Du kannst ganz normal mit mir reden!«

»Ach ja! Vergessen!« Ich werfe ihr eine Kusshand zu. »Was ich damit sagen will, ist, dass nicht nur Glück, sondern auch Schmerz und Leid wertvolle Erfahrungen sind, die man annehmen muss. Das habe ich endlich erkannt und deswegen kann ich mich nun wieder auf mich selbst besinnen, auf das, was mir wichtig ist und mich froh macht. Verstehst du, was ich meine?«

Emma deutet eine Kugel an, in die sie hineinschaut. »Ja, ich glaube schon. Du wirst bei Papa in der Praxis kündigen!«

Perplex blicke ich in die Kamera. »Emma! Mein kluges Mädchen, ich wusste nichts von deinen hellseherischen Fähigkeiten!«

»Na ja, das war nicht schwer. Du hast so viel von den alten Zeiten erzählt, dass ich mich schon lange gefragt habe, warum du nur Papa assistierst.«

»Das war mir nicht bewusst ...«

»Mama, ich freue mich total, dass du endlich mal was für dich getan hast. Irgendwie ist das schon irre: Wenn ich nicht weg gewesen wäre, dann wärst du doch nie im Leben allein verreist.«

Und du wärst sicher nicht an dem Punkt, deine Ehe in Frage zu stellen und einen beruflichen Neustart wagen zu wollen. »Da ist was dran. Ich habe auch schon einen Plan, aber davon erzähle ich dir in Ruhe, wenn du wieder hier bist.« Und plötzlich überkommt mich ein Impuls, dem ich nachgebe, als wäre es die normalste Sache der Welt. »Und jetzt gehe ich zu Sophie.«

Emma sieht mich völlig entgeistert an. »Was hast du da gerade gesagt?«

»Du hast mich schon richtig verstanden.«

»Mama! Das hast du noch nie so gesagt! Du scheinst es wirklich ernst zu meinen!«

»Oh ja. Ab jetzt werden sich ein paar Dinge ändern. Aber eins bleibt immer gleich: Egal, was passiert, ich liebe dich, mein Schatz!«

Emmas Gesicht ist nun ganz nah vor der Kamera; ihr Mund wirkt riesig. »Ich dich auch. Mama?«

»Ja?«

»Grüß sie von mir! Ich bringe ihr etwas Schönes mit.«

Meine Augen brennen. Ich blinzele. »Das mache ich.«

Nachdem die Verbindung getrennt ist, gehe ich in den

Garten und schneide ein paar Rosen ab, dazu Mohnblumen und Margeriten. Der Strauß sieht wunderschön aus, er ist farbenfroh und voller Leben. Beschienen vom goldenen Glanz der Abendsonne, mache ich mich auf den Weg zum Friedhof.

Jedes Mal, wenn ich Sophies Grab besuchte, war mir schwer ums Herz. Wie Tonnen aus Stahl lasteten die Schuldgefühle auf mir. Nun spüre ich, dass sich die Last hebt. Ich muss mich nicht zurücknehmen oder ein schlechtes Gewissen haben, weil ich lebe.

Früher ist mir nie aufgefallen, was für ein schöner Ort dieser kleine Friedhof ist. Alles ist nur eine Frage der Wahrnehmung. Wie liebevoll er mit Wacholder, Wildrosen, Heidekraut und Ginster bepflanzt ist. Der Rhododendron steht in voller Blüte. Vor einem kleinen, schon etwas verwitterten weißen Grabstein, gehe ich in die Hocke. *Sophie* steht in geschwungener Schrift darauf und das Datum von Tag X. Ein Engel aus Marmor wacht in der rechten Ecke über sie.

Tja, Sophie, so lange hat es gedauert, bis ich aus der Trauer zurückgefunden habe, murmele ich. Ein Rauschen geht durch die vollen Kronen der alten Eichen. *Mensch Mama, das wurde aber auch Zeit! Schlimm genug, dass es so lange gedauert hat!* Da flattert ein weißer Schmetterling an mir vorbei. Ich blicke nach oben in den leuchtenden Abendhimmel und lächle. Viele Grüße von Emma, flüstere ich und Erinnerungen steigen in mir hoch.

Emma habe ich erstmals an ihrem dritten Geburtstag von ihrer Schwester erzählt. Sie hat mich mit ihren großen Kulleraugen angeschaut, in ihnen blitzte etwas auf, und ich bildete mir ein, dass sie verstand. Niemals wollte ich mir den Vorwurf machen, Emma durch Schweigen belogen zu haben.

Hätte ich länger damit gewartet, wäre es womöglich dazu gekommen.

Später wollte sie mit mir über ihre Schwester sprechen. Es fiel mir immer schwerer, und meist lenkte ich sie dann irgendwie ab. Aber Sophie spielte immer eine Rolle in Emmas Leben. An ihrem sechsten Geburtstag bestand sie darauf, dass wir an ihr Grab gingen. Sie schenkte ihr eine Playmobil-Prinzessin. Von diesem Zeitpunkt an wollte Emma öfter auf den Friedhof. Sie ging völlig unverkrampft mit Sophie um. Aber ich schaffte es nicht, daran teilzuhaben, dafür waren meine Schuldgefühle zu groß.

Behutsam fahre ich mit dem Finger über die Konturen des Engels. Als Emma älter wurde, ging sie auch allein zum Friedhof. Sie brachte Sophie Briefe. Ich habe nie erfahren, was sie ihr schrieb, und ich wollte mich da auch nie einmischen; das war etwas unter Schwestern. Emma geht fest davon aus, dass Sophie über sie wacht und ihrem Tun auf der Erde von oben zusieht. Schlagartig wird mir bewusst, welch intensive Beziehung Emma auch nach all den Jahren zu ihrer Schwester pflegt. Ein Zwilling über den Tod hinaus.

Tränen laufen über meine Wangen. Meine beiden Mädchen. Da durchflutet mich eine Woge der Dankbarkeit. Emma geht es gut, und Sophie wird immer ein Teil von uns sein. Warum konnte ich daraus nie die nötige Kraft ziehen? So viele vergeudete Jahre! Sie waren wohl meine Art der Buße. Das selbstauferlegte Schweigegelübde zwischen Oliver und mir, diese Mauer, die wir von Jahr zu Jahr höher zogen, war das Falscheste, was wir tun konnten. In Gedanken umarme ich Emma ganz fest dafür, dass sie sich davon nicht beirren ließ und schon so früh ihren eigenen Weg zum *Leben* mit ihrer Schwester gefunden hat.

Ich nehme die Grabvase zur Hand und fülle sie mit Wasser. Dann stecke ich den Strauß hinein, den ich mitgebracht habe. Noch einmal lausche ich dem Rascheln der Blätter. Diesmal klingt es wie: *Schluss mit dem ewigen Lamentieren! Lebe!* Ja, das werde ich! Danke, Sophie!

Es ist kurz vor neun, als ich mich nach diesem ereignisreichen Tag erschöpft auf die Couch fallen lasse. Augen zu, nur einen Moment verschnaufen, bevor ich ins Bett gehe. Als ich wieder zu mir komme, ist es immer noch hell. Es dauert eine Weile, bis ich begreife, dass das bereits der neue Tag ist. Ich habe fast elf Stunden lang geschlafen!

Nach einem Blick auf mein Telefon sehe ich, dass Oliver gestern Abend probiert hat, mich zu erreichen. Da es erst kurz nach sieben ist, rufe ich ihn nicht gleich zurück, sondern nehme erst mal ein ausgiebiges Bad. Kaum bin ich aus der Wanne gestiegen, klingelt es. Wer soll das sein um diese Zeit? Ich hülle mich rasch in Frottee und gehe zur Tür. Davor steht Oliver mit frischen Brötchen. »Hey, das ist aber eine Überraschung!«, sage ich, nehme mir den Handtuchturban vom Kopf und fahre mit den Fingern durch mein feuchtes Haar.

»Guten Morgen! Da kannst du mal sehen, was du davon hast, wenn du auf meine Anrufe nicht reagierst.«

»Frische Brötchen. Es hätte wirklich schlimmer kommen können.« Wir lächeln, erleichtert darüber, unser Wiedersehen entkrampft zu haben. Aber selbst nach einem Küsschen links und rechts, das wir uns wie alte Freunde geben, stellt sich die Wiedersehensfreude bei mir nicht so recht ein. Kein Wunder, nach allem, was passiert ist. Wie wird es wohl Oliver gehen? Er geht in die Küche, und ich verschwinde im Bad, kämme mir die Haare und tausche den Bademantel gegen T-Shirt und Jeans. Als ich in die Küche komme, steht Oliver ratlos vor der aufgerissenen Kühlschranktür. »Hm, und jetzt?«, fragt er.

»Gestern habe ich es nicht mehr geschafft, einkaufen zu gehen. Und da du mir den Kühlschrank so prall gefüllt hast, müssen wir nun davon zehren«, sage ich. Bis auf etwas ranzige Butter, ein paar Ecken jahrelang haltbarem Schmelzkäse und einem Glas Marmelade ist nichts Verwertbares mehr drin.

»Sorry, da habe ich nicht dran gedacht.«

»Du hast auch alle anderen Spuren gut verwischt, die darauf hindeuten könnten, dass du während meiner Abwesenheit hier gewohnt hast.«

Oliver fährt sich über den Kopf. »Eigentlich wollte ich etwas vorbereiten, aber ich habe es nicht geschafft. Immerhin war ich öfter hier, um den Briefkasten zu leeren.«

»Immerhin. Magst du einen Kaffee?«

»Gern.«

Während die Kaffeemaschine ihren Job erledigt, decke ich den Tisch. »Das wird doch ein fürstliches Frühstück«, murmele ich und drapiere zwei der in Alu gehüllten Käseecken mit Salami- und Kräutergeschmack auf einem kleinen Teller. Daneben stelle ich die Erdbeermarmelade. In die ranzige Butter ritze ich ein Zickzack-Muster.

»Du hast schon immer die seltene Gabe gehabt, aus Nichts etwas Ansprechendes zu zaubern«, sagt Oliver.

»Und du hast mir lange kein Kompliment mehr gemacht, danke. Wie ist es dir während meiner Abwesenheit ergangen?«

»Gut, gut. Und wie war es mit Theo? Hat er sich anständig benommen?«

Schnell wende ich mich der Kaffeemaschine zu und fülle

die Tassen. »Hm. Wir haben viel geredet. Er kann gut zuhören. Der Urlaub war wie eine Therapie für mich.« Ich habe zu viel Kaffee eingeschenkt und muss aufpassen, dass ich nichts verschütte. »Hast du schon mit ihm gesprochen?«, frage ich wie beiläufig und reiche Oliver die Tasse.

»Danke. Nein, noch nicht.«

Ich setze mich wieder hin und bestreiche eine Brötchenhälfte mit Marmelade. »Es war eine wahnsinnig intensive Zeit in Montana. Theo kannte sich so gut aus und hat mir ganz viel gezeigt. In mir hat sich viel bewegt. Ich habe endlich angefangen aufzuräumen.«

Oliver puhlt das Papier von der Salami-Käse-Ecke. »Das klingt gut.« Er fragt nicht weiter nach; es scheint ihn nicht zu interessieren.

»Ach Oli, wir haben einiges an Arbeit vor uns.«

»Ja, ich weiß«, erwidert er mit gesenktem Blick.

Und da sind auf einmal diese Wackersteine in mir, die auf meiner Seele lasten. *Du brauchst endlich Klarheit!* Appetitlos beiße ich ins Brötchen. »Wie ist der Status quo bei dir und Svenja?«, frage ich und weiß im selben Moment, warum man nicht mit vollem Mund sprechen sollte, wenn allein die Aussprache eines Namens selbst mit leerem Mund Brechreiz verursacht. *Aber es ist nicht ihre Schuld, dass eure Ehe auf dem Prüfstand steht!* Obwohl ich das weiß, verschlucke ich mich, huste wie wild und habe damit zu kämpfen, dass ich nicht alles wieder herausbringe.

Oliver schlägt mir auf den Rücken und bleibt mir die Antwort schuldig. »Geht's wieder?«, fragt er.

»Ja, ja.« Hastig greife ich nach der Küchenrolle, reiße ein Blatt ab und huste hinein, der Anfall verebbt. Aber ich fühle mich nicht gut und kann jetzt nicht mit Oliver über meine Pläne reden, geschweige denn unsere Zukunft; ich möchte allein sein. »Sei mir nicht böse, aber wahrscheinlich ist es besser, wenn du jetzt gehst. Ich bin ziemlich fertig.«

»Okay. Kann ich noch irgendetwas für dich tun?«

»Danke, nein. Wir sehen uns morgen in der Praxis.«

Oliver steht auf und räumt seinen Teller ab. »Jedenfalls ist es schön, dass du wieder da bist«, sagt er.

Ich nicke und begleite ihn zur Haustür. »Bitte nimm dir morgen Zeit für mich. Ich möchte so vieles mit dir besprechen.« *Denn spätestens ab morgen werde ich nichts mehr aussitzen.*

Unvermittelt nimmt Oliver meinen Kopf in seine großen Hände und haucht mir einen Kuss auf die Stirn. »Ja, wir müssen reden. Ruh dich aus, bis morgen.«

Irritiert trete ich einen Schritt zurück. Was war das? Diese Art von Nähe gab es schon lange nicht mehr zwischen uns. Aber ein Kuss auf die Stirn? *Komm schon Kleines, ist doch alles halb so wild.* Es ist wohl meiner Verwirrung geschuldet, dass meine Halsschlagader zu pochen beginnt und meine Stimme schrill auf Angriff übergeht. »Schön, dass du das auch so siehst! Wir müssen wirklich reden, denn bisher hast du es ja vorbildlich geschafft, auf keine meiner Fragen einzugehen! Geschweige denn, dass *du* einen Vorstoß machst, um über die Zukunft zu sprechen!«

Ich fuchtele wild herum. Oliver hebt beschwörend die Hände. »Stopp! Warum regst du dich so auf? Es war dein Wunsch, dass ich jetzt gehe und wir uns auf morgen vertagen.«

»Stimmt! Aber das ändert nichts an dem, was ich gesagt habe! Oder habe ich was verpasst?«

»Komm schon, das führt doch jetzt zu nichts. Wir sprechen morgen weiter.«

»Worauf du dich verlassen kannst«, sage ich und knalle die Haustür hinter Oliver zu.

Nachdem er weg ist, beruhige ich mich wieder, lege mich hin und fertige in Gedanken eine Oliver-Pro-und-Contra-Liste an.

Zugutehalten muss ich ihm, dass er ein sehr guter und liebevoller Vater ist, der all die Jahre aufopferungsvoll für uns gesorgt hat. Dass er den Unfall und die Fehlgeburten anders verarbeitet hat als ich, ist sicherlich ein Grund für unsere Lage. Aber eigentlich haben wir uns doch immer gut verstanden. *Eigentlich.* Wieder einmal verfluche ich unser Schweigen. Aber warum sollten wir nicht etwas ändern können? Wir müssen Emma nicht zu einem Scheidungskind machen, wenn wir uns beide wirklich darum bemühen! Aber liegt nicht schon allein im Wort *Bemühen* der Schlüssel zum Scheitern? Und überhaupt, was ist mit meinen Gefühlen für Theo? Da übermannt mich die Müdigkeit dermaßen massiv, dass ich einschlafe und erst nach zwei Stunden wieder zu mir komme.

Ein Spaziergang zur Ostsee lässt mich mich wieder frischer fühlen. Wie mir der weite Blick über das Wasser und das Rauschen der Brandung gefehlt haben! Die landschaftliche Schönheit Montanas hat ohne Zweifel eine enorme Kraft auf mich ausgeübt. Aber nun, zurück zu Hause, weiß ich einmal mehr, warum ich niemals woanders leben möchte als hier. Außerhalb von Urlauben bin ich eindeutig nicht gemacht für die Fremde, das muss ich wohl oder übel akzeptieren.

Augenblicklich übermannt mich wieder die Sehnsucht nach Theo, dem Mann in der Fremde. Ist das nun gut oder schlecht, dass meine Gefühle keine Rücksicht auf meinen Lebensstil nehmen? Die Sehnsucht nach ihm droht mich aufzufressen wie ein Krokodil. Es fühlt sich an, als würden sich spitze Zähne direkt in mein Herz hineinbohren. *Tja,*

Katja, du weißt doch längst, dass du für alles im Leben einen Preis zahlen musst. Du willst das hier nicht aufgeben, im Zweifel kostet dich das nur die Liebe. Wenn das kein Schnäppchen ist!

Meine innere Stimme kennt kein Erbarmen und kommt heute wieder einmal besonders zynisch daher. Hätte sie ein Gesicht, dann würde ich sie schallend ohrfeigen.

20

Später telefoniere ich mit Lou, die an diesem Wochenende Strohwitwe ist. Hauke besucht seine Kinder in Spanien.

»Eigentlich wollte ich dich gestern Abend noch mit einem Besuch überfallen, aber ich habe zu lange gearbeitet, all dieser Bürokram, der sonst immer liegen bleibt. Danach bin ich nur noch ins Bett gefallen«, sagt Lou.

»Kannst du heute wenigstens faul sein?«

»Dazu bin ich noch nicht gekommen. Ich renoviere, weil ich Hauke mit einem grün gestrichenen Flur überraschen möchte.«

»Wie bitte?«

Lou ist ein Phänomen. Ihr fällt auch immer etwas ein, um sich nur ja nicht die Zeit durch Müßiggang zu vertreiben.

»Ja, ich streiche Wände. Das wird richtig gut aussehen.«

»Und warum ausgerechnet grün?«

Da sprudelt es nur so aus Lou heraus: »Grün ist eine neutrale Heilfarbe. Es wirkt beruhigend, ohne zu ermüden. In der medizinischen Farbtherapie gilt es als die Farbe, die den Rhythmus von Herz und Nieren in Einklang bringt. Grün regeneriert und verschafft den Augen Ruhe. Grün steht für Durchsetzungsvermögen, Frische, Entspannung und ...«

»Äh, entschuldige, aber dein Fachwissen erschlägt mich gerade. Oder fehlt noch etwas Entscheidendes?«, unterbreche ich sie.

»Ja, Erneuerung.«

»Warum hast du mir bisher verschwiegen, dass du eine Farbexpertin bist? Oder muss ich mir Gedanken machen?«

»Frag mich das nachher noch mal. Und jetzt komm endlich her und hilf mir!«

»Ich bin schon unterwegs.«

Der Geruch von frischer Farbe schlägt mir entgegen, als Lou, bekleidet mit einem weißen Kittel, die Wohnungstür öffnet. Die Dielen im Flur sind mit Plastikplanen und Zeitungspapier abgedeckt. Vor der kahlen Wand steht eine Stehleiter; die ersten froschgrünen Bahnen sind bereits gerollt.

»Das sieht wirklich frisch aus. Obwohl ich es mir einen Hauch dezenter vorgestellt habe«, sage ich.

»Wenn, dann richtig.« Lou lässt mich ebenfalls in einen weißen Kittel schlüpfen und drückt mir eine Malerrolle in die Hand. »Mit deiner Hilfe sind wir im Nu fertig. Und nun brenne ich darauf, alles über deine letzten Tage in Montana und die Landung in der Heimat zu erfahren.«

Endlich kann ich Lou von meinem Erweckungserlebnis berichten. »Und du hast mich anfangs verlacht. Aber als ich die Indianerin wiedersah, da wusste ich, dass es genau so sein musste! Übrigens werde ich mich zur Kinderheilpraktikerin ausbilden lassen, das ist mir auch klar geworden. Morgen erzähle ich es Oliver.«

Lou schaut mich mit großen Augen an. »Du foppst mich nicht, oder?«, fragt sie und schüttelt den Kopf. »Wahnsinn! Ich dachte, solche Erlebnisse werden nur in einschlägiger Literatur beschrieben. Dass ausgerechnet dir so etwas widerfährt!«

»Frag mich mal!«

»Du wirst also Kinderheilpraktikerin. Ja, warum nicht? Vorstellen kann ich mir das gut bei dir. Oder du nimmst dein Studium wieder auf und wirst doch noch Kinderärztin.«

»Nein, jetzt kümmere ich mich erst mal um die Ausbildung, das geht schneller!«, sage ich bestimmt und tauche die Malerrolle in den Farbeimer, um endlich loszulegen. Dann erzähle ich Lou von den letzten Stunden mit Theo, ohne allerdings zu sehr ins Detail zu gehen, mache weiter mit dem Gespräch mit Emma, dem Friedhofsbesuch und meinem Wiedersehen mit Oliver. »Wir haben miteinander geredet, ohne viel zu sagen. Ach, ich weiß nicht, was ich erwartet habe. Wir müssen die Dinge zwischen uns klären, aber dazu war ich heute nicht in der Lage. Das geht ja leider nicht mal eben so zwischen Tür und Angel.« Ich male ein großes grünes Herz an die weiße Wand und überstreiche es gleich wieder.

»Was sollte mir dieses künstlerische Meisterwerk denn sagen?«, fragt Lou.

»Dass der Status zwischen Oliver und mir weiterhin ungeklärt ist.«

Lou sieht mich eindringlich an. »Aha. Aber du musst dir doch zumindest über deine Gefühle ihm gegenüber im Klaren sein! Was hast du sonst für eine Basis, um über eure Zukunft zu sprechen?«

»Zumindest weiß ich, was uns verbindet. Für morgen sind wir verabredet, dann geht's ans Eingemachte.«

Lou lässt ihre Rolle sinken. »Schau mich an, Liebes!« Sie legt ihren Kopf schief. »Es liegt doch auf der Hand, dass du momentan gefühlstechnisch viel näher bei Theo bist. Wirst du ihm das sagen?«

Ich steige auf die Leiter, um den oberen Teil zu streichen. »Ach Lou! Es ist doch ohnehin utopisch, dass aus Theo und mir mehr wird. Wir waren im Urlaub und hatten eine großartige Zeit. Aber unsere Vorstellungen vom Leben passen nicht zueinander.«

»Das hattest du schon angedeutet. Aber gibt es ein Gesetz, in dem das steht? Oder ist es nur eine billige Ausrede? Immerhin wäre es doch nachvollziehbar, dass du nun erst mal mit Theo durchbrennst, verschiedene Lebenswelten hin oder her. Dabei musst du ja nicht gleich an eine langfristige Zukunft denken.«

»Ja, es könnte so einfach sein.« Ich streiche mir eine Haarsträhne aus dem Gesicht. »Aber wäre das gut? Damals, nach dem Unfall, da habe ich mich für den bequemsten Weg entschieden und bin bei Oliver in der Praxis gelandet, weil ich nicht in der Lage dazu war, die Dinge eigenständig anzugehen. Was daraus geworden ist, wissen wir.«

Ich schüttele energisch den Kopf. Meine Stimme wird lauter. »Nein, ich habe die Schnauze voll vom einfachsten Weg. Ich muss erst ein Kapitel abschließen, bevor ich ein neues beginne. Deswegen muss ich zunächst herausfinden, ob Oliver und mich noch etwas zusammenhalten kann. Auch auf die Gefahr hin, dass ich am Ende mit leeren Händen dastehe und mich womöglich irgendwann bei einer Online-Partnerbörse anmelde oder auf Ü-vierzig-Partys gehe. Oder vielleicht brauche ich auch keinen Mann! Die Liebe ist doch kein Garant für ein glückliches Leben! Zumindest würde ich nicht mehr enttäuscht werden, wenn ich darauf verzichte. Verstehst du, was ich sagen will? Ich muss endlich Verantwortung für mein Leben übernehmen!«

Einen Moment lang ist Lou sprachlos. Sie blickt zu mir auf, als wäre ich ein Geist. »Wow! Was für ein Plädoyer!«, platzt es dann aus ihr heraus.

Ich steige mit trockener Kehle von der Leiter. »Hast du etwas zu trinken für mich?«

»Na klar.« Lou verschwindet in der Küche und kommt mit einem Glas Wasser zurück. »Das ist gegen den Durst.« Sie drückt es mir in die Hand und biegt erneut um die Ecke, um kurz darauf mit zwei Gläsern eines hochprozentigen Gebräus zurückzukehren, das ein befreundeter Apotheker schwarz brennt. Der Schnaps, angeblich aus Johannisbeeren, wird nur zu besonderen Anlässen gereicht. Das letzte Mal hat Lou ihn serviert, als sie mit Hauke zusammengezogen ist. Das ist schon eine Weile her.

»Deine Worte verdienen nichts anderes, aber dass du womöglich von der Liebe nichts mehr wissen willst, überdenkst du noch mal, versprochen?«

»Nur das Leben weiß die Antwort darauf«, erwidere ich salbungsvoll und grinse. Wir stoßen an, und ich trinke das Glas in einem Zug leer. Das Zeug brennt in meiner Kehle wie Chili-Sauce mit Schärfegrad zehn plus. Ich hechle und schütte Wasser nach. »Wirklich gut, dieser Drink«, krächze ich mit tränenden Augen.

»Wenn das bei dir so weitergeht, dann können wir in Zukunft öfter einen Schluck davon trinken. Ich bin richtig stolz auf dich!«, sagt Lou.

»Unbedingt! Aber jetzt übertreib mal nicht. Dass ich etwas ändere, war doch längst überfällig.«

Wir kommen gut voran. Die Farbe ist dermaßen anwenderfreundlich, dass sie kaum tropft.

»So, nun aber zu dir, meine liebe Lou. Grün balanciert also den Rhythmus von Herz und Nieren aus, ja? Jetzt frage ich mich natürlich, ob die Aktion hier etwas damit zu tun hat. Also, was ist los?«

Lou legt die Rolle aufs Sieb und wischt sich ihre Hände am Kittel ab. »Es ist das Herz.«

»Oh, nein! Etwas Ernstes?«

»Weißt du, seit der Geschichte mit dem frischgebackenen Vater, der im Krankenhaus starb, bin ich schrecklich dünnhäutig geworden und süchtig nach Haukes Nähe. Nie war mir stärker bewusst, wie sehr ich diesen Mann liebe. Und wie schnell man alles verlieren kann.« Lou senkt ihren Blick. Dass Tränen in ihren Augen funkeln, kann ich trotzdem sehen. Auch mich berühren ihre Worte tief.

Ich lege nun ebenfalls mein Werkzeug ab und umarme sie. »Jetzt sag bloß, dass du deinen Single-Status in Frage stellst!«

»Merkwürdig, oder? Ausgerechnet ich, die Frau, die niemals heiraten wollte. Ja, ich fände es schön, wenn wir ganz offiziell miteinander verbunden wären, mit einem Namen und allem Drum und Dran.«

»Ist das schön! Ich freue mich so! Hauke muss doch jetzt der glücklichste Mann der Welt sein!«

»Er weiß es noch nicht. Das ist doch wirklich Ironie des Schicksals, dass ich erst so ein schockierendes Erlebnis brauchte, um meine Einstellung zu ändern. Zumal Hauke ja ein paar Tage zuvor das Thema wieder einmal angesprochen hat und ich wie immer abgelenkt habe. Nun glaubt er sicher nicht mehr daran, dass ich meine Meinung noch einmal ändere.«

»So, wir sind ohnehin gleich fertig, jetzt trinken wir bitte doch noch einen!«, insistiere ich.

»Ja, das ist an diesem historischen Tag das Beste, was wir machen können«, sagt Lou und schenkt unsere Gläser erneut voll. Nachdem das Brennen in meiner Kehle nachgelassen hat, greife ich das Thema wieder auf. »Du machst ihm einen Antrag. So einfach ist das!«

»Dann denkt er doch, dass ich mir nur einen Spaß erlaube.«

»So ein Quatsch! Du musst ja nicht vor ihm auf die Knie gehen und brauchst auch keinen Ring im Sektglas versenken. Wir finden schon eine originelle Idee, mit der du Hauke deine Absicht glaubhaft machen kannst.«

»Meinst du wirklich?«

»Auf jeden Fall!«

»Und wenn ich die Dinge in ein paar Wochen wieder anders sehe?«

»Lou! Wie wäre es, wenn *du* zur Abwechslung nicht so viel denkst, sondern dich von deinem Gefühl tragen lässt?«

»Dass ausgerechnet du mir das sagst!« Sie lächelt. »Aber gut, das ist natürlich auch eine Möglichkeit. Außerdem muss Hauke erst mal *Ja* sagen, bevor ich an Rückzug denken kann.«

»Ganz genau!«

Es ist kurz vor zehn, als wir mit der Arbeit fertig sind. Zufrieden betrachte ich das Ergebnis. »Wenn Hauke nachher kommt, dann können seine Augen hier aber richtig auftanken. Auf Herz und Nieren hast du ihn doch längst geprüft. Was soll da durch die Flurfarbe noch besser werden?«

»Hey, nicht so spöttisch! Ich habe die Aktion hier gebraucht. Wenn Wände frische Farbe tragen, dann muss ich etwas Neues wagen«, dichtet Lou.

»Na gut, da können wir uns nun die Hände reichen! Auf das Neue! Und Haare färben kann ja jeder.«

Wir räumen noch gemeinsam auf und dann verabschiede ich mich mit dem guten Gefühl, dass auch meine Freundin eine Grenze überwinden wird.

Ich fluche unflätig, als mich das Klingeln des Weckers am frühen Montagmorgen unbarmherzig aus dem Schlaf holt.

Doch als mir bewusst wird, dass das heute mein erster Arbeitstag mit neuer Zielausrichtung wird, bin ich schlagartig hellwach und sogar ein bisschen aufgeregt. Wie wird Oliver meine Entscheidung aufnehmen? Auf dem Weg in die Praxis, den ich so viele Jahre lang genommen habe, werde ich ein wenig trübsinnig. Bald wird alles anders ein. Margit und Elli waren wunderbare Kolleginnen. Ich werde sie schrecklich vermissen.

Als ich eine halbe Stunde vor Beginn der Sprechstunde die Praxis erreiche, ist Margit bereits anwesend. Doch entgegen ihrer sonstigen Gewohnheit kommt sie mir nicht entgegengerannt. Wie ein Häufchen Elend hockt sie hinter dem Empfangstresen. Also gehe ich auf sie zu und nötige sie dazu, sich zu erheben und eine herzliche Begrüßung über sich ergehen zu lassen. »Sag bitte, dass es nur dein Heuschnupfen ist, der dir zusetzt!«, bemerke ich, nachdem sich Margit wie ein Sack auf ihren Stuhl fallen ließ. Ihre Augen sind rot und geschwollen. Sie beginnt zu schluchzen. »Also kein Heuschnupfen!«, analysiere ich messerscharf und hocke mich vor sie hin. »Was ist es dann?«

Sie stöhnt. »Timo hat mich verlassen!«

»Nein! Wie kam es denn dazu?«

Margit wischt sich über das Gesicht. »Er wolle sich nicht fest binden, hat er mir gesagt, nach über einem Jahr! Das muss man sich mal vorstellen.« Sie versucht, die Fassung wiederzugewinnen, aber ihre Lippen beben. Sie sieht aus wie ein Kleinkind, dem die Puppe geklaut wurde. Ich hole eine Packung Schokolinsen aus meiner Tasche. »Wie wäre es mit ein paar Happy Pills?«

»Wehe da ist kein Wirkstoff drin!« Margit streckt mir ihre Handinnenfläche entgegen, und ich schütte eine Ladung drauf. Sie schaufelt sie direkt in ihren Mund.

»Aber Margit, jetzt mal ehrlich. Ich hatte nie den Eindruck, dass du mit Timo den Rest deines Lebens verbringen willst.«

»Doch! Das wollte ich!« Tatsächlich scheint alles, was im Moment von ihr übrig ist, ein verstörtes kleines Kind zu sein.

»Möchtest du lieber nach Hause gehen?«

»So weit kommt es noch! Doch nicht wegen so eines Mistkerls!« Margit heult schon wieder.

»Wenn das so weitergeht, dann werden wir heute viel Spaß haben. Komm, geh nach Hause.«

»Nein!«

Trotziges kleines Kind. Ich reiche Margit ein Taschentuch. »Los, weg mit den Tränen. Überleg doch mal, was dich außer Sex mit ihm verbunden hat!«

»Eine ganze Menge! Dass reife Frauen von jungen Männern nur das Eine wollen, ist doch bloß ein dämliches Klischee!«

»Ach ja? Was war es dann?«, bohre ich nach.

Es kommt keine Antwort, nur ein Seufzen.

»Wirklich? So viel?«

»Timo konnte mir so wunderbar den Rücken massieren.«

»Ist das dein Ernst? Dafür gibt's auch Physiotherapeuten.«

Margit beruhigt sich langsam wieder. Da huscht sogar ein kleines Lächeln über ihr Gesicht. »Ist ja gut! Ich werde wohl noch trauern dürfen!«

»Den Liebeskummer kann dir keiner nehmen, aber richte dich nicht zu gemütlich darin ein. Entschuldige mich, ich habe viel zu tun.«

Margit nickt. Froh darüber, das Thema abhaken zu können, setze ich mich an meinen Schreibtisch. Wie lächerlich mir Margits Kummer erscheint! Was ist schon so schlimm daran, dass ihr Lover ehrlich zu ihr war? Doch da halte ich inne, denn ich weiß doch, dass es keine allgemeingültige Skala für die Bewertung von seelischem Schmerz gibt. Jeder leidet auf seine Weise. Niemand sollte sich anmaßen, über die Pein eines anderen zu urteilen oder sie gar herabzusetzen. Kurzentschlossen gehe ich noch einmal zu Margit, um ein paar aufmunternde Worte an sie zu richten. »Du bist eine tolle Frau. Auch ohne Timo wirst du wieder glücklich werden.«

»Alles andere wäre auch irgendwie blöd«, sagt Margit und zupft in ihrem Gesicht herum. »Äh, ich habe dummerweise nichts zum Schminken dabei. Kannst du mir mit etwas Farbe aushelfen?«, fragt sie.

Ich hole einen grauen Kajalstift und einen etwas ranzig riechenden Lippenstift in einem hübschen Koralleton aus meiner Schreibtischschublade. Margit verschwindet damit in der Toilette und kommt vorzeigbar wieder heraus. Wie hat sie das so schnell hingekriegt? »Es wäre zumindest ein tröstlicher Gedanke, wenn man Leid einfach wegschminken könnte«, murmele ich.

Die Praxis füllt sich. Ich begrüße Elli, Frau Jensen und auch Oliver, der sichtlich froh darüber zu sein scheint, dass ich wieder da bin. *Wenn du wüsstest!*

An meinem Schreibtisch kann ich mich nur schwer konzentrieren. Zu oft driften meine Gedanken zu Theo ab. Verdammt noch mal! Aber es ist nun einmal so, dass ich mich noch nie zuvor von einem Mann so getragen gefühlt habe. Ich denke an unsere Nacht im Tipi und an seinen Körper und … Stopp! Das führt doch jetzt zu nichts! Ich muss mich auf Oliver und mich konzentrieren! Und dafür sind Mut und Klarheit erforderlich – und eine Verabredung! Kurzerhand überfalle ich ihn in seinem Behandlungszimmer. »Wann hast du Zeit für mich?«

Oliver hämmert auf seiner Tastatur herum und sieht angestrengt aus. »In ungefähr zwanzig Sekunden kommt der nächste Patient.«

»Das könnte ein bisschen eng werden.«

Er wirft einen hektischen Blick auf die Uhr. »Gut. Heute Abend spielen wir gegen die Jungs aus Laboe. Kommst du vorbei? Danach habe ich Zeit.«

»Ich werde da sein.«

Nachdem ich die dringlichsten Aufgaben erledigt habe, bereite ich mich zum Punkt *berufliche Veränderung* auf das Gespräch mit Oliver vor. Online recherchiere ich den Ausbildungsweg zur Kinderheilpraktikerin. Wenn ich die Ausbildung in Vollzeit absolviere, dann bin ich in zwölf Monaten damit fertig. Mit allem Drum und Dran würde mich das ungefähr dreitausend Euro kosten. Falls Oliver mich dabei nicht unterstützen wird, kann ich es mir trotzdem leisten. Meine Großmutter hat mir etwas Geld vererbt, das nur darauf wartet, sinnvoll investiert zu werden. Der Gedanke, dass ich es auch allein schaffen kann, beflügelt mich. Ich werde nicht nur herausfinden, wie es mit Oliver und mir weitergeht, sondern ihm zeigen, dass ich nun endlich meinen Weg gehe.

21

Punkt halb sieben wird das Spiel angepfiffen. Ich sitze an diesem milden Abend auf der improvisierten Zuschauertribüne des Fußballplatzes, auf dem Oliver schon als kleiner Junge gekickt hat. Die Tribüne besteht aus zwei Dutzend in die Jahre gekommener weißer Plastikstühle, die alle besetzt sind. Neben mir sitzt Simone, die Frau von Olivers Freund Volker, der ebenfalls mitspielt. Voller Inbrunst feuern wir die Mannschaft an.

Mir war gar nicht klar, wie flink und fit Oliver in seiner Position als Stürmer ist. Schon ewig habe ich ihn nicht mehr Fußball spielen sehen. Er jagt über den Platz wie Ronaldo. Es macht mir so viel Freude, ihm dabei zuzusehen. Sein sehniger Körper steckt in weißen Shorts und einem blau-grauen T-Shirt mit der Rückennummer neun. Da schießt er in letzter Sekunde vor der Halbzeitpause ein Tor! Vier zu drei für Olis Mannschaft! Laut jubelnd hält mich nun nichts mehr auf meinem Stuhl. Ich renne aufs Spielfeld und klatsche ein paar von Olivers Mannschaftskollegen ab, die mir entgegenkommen. Dann gratuliere ich Oliver. Verschwitzt und außer Puste lehnt er sich für einen Augenblick an mich.

Da gesellen sich Volker und Simone zu uns. Früher haben wir öfter zu viert etwas miteinander unternommen. Aber nachdem Simone vor vier Jahren Mutter geworden ist, hat sie sich zurückgezogen. Wir mögen uns, es ist nett, wenn wir uns sehen, aber wir vermissen uns nicht. Das ist der Unterschied zu einer echten Freundschaft. Kurz bevor der Schiedsrichter die zweite Halbzeit anpfeift, ziehen wir Frauen uns auf unsere Plätze zurück. Wieder fiebere ich mit und bin entsetzt, als die gegnerische Mannschaft ein Tor schießt – und noch eins.

»Oli vor, noch ein Tor!«, brülle ich. Doch es nutzt nichts, Olivers Mannschaft unterliegt vier zu fünf. Die Jungs gehen mit ihrer Niederlage sportlich um und gratulieren den Siegern. Oliver zieht sein Trikot aus. Der Schweiß glänzt auf seinem Körper.

»Ich geh mich schnell frischmachen«, ruft er mir zu und verschwindet zum Duschen in einer kleinen Baracke. Ich bleibe so lange sitzen und plaudere mit Simone über die Fortschritte bei Volkers Bootssanierung. Anscheinend ist sie völlig begeistert vom Hobby ihres Mannes. Zumindest weiß ich nun von ihr, dass Oliver ebenfalls Feuer und Flamme ist und Volker gern zur Hand geht. Er hat mich diesbezüglich also nicht belogen. Nach einer Viertelstunde kommen Oliver und Volker zu uns. Wir plaudern, wie wir es schon lange nicht mehr getan haben.

»Nun müssen wir leider los. Der Babysitter wartet. Aber lasst uns doch mal wieder was ausmachen«, sagt Simone nach einer Weile.

»Ja, das wäre schön«, erwidere ich zögernd. Irgendwie sind die beiden ein Stück altes Leben. Sie stehen für eine Zeit, in der ich es noch nicht bewusst in Frage stellte.

Nachdem Simone und Volker gegangen sind, bleiben Oliver und ich noch sitzen. »Du bist völlig geschafft, oder?«, frage ich. *Kannst du jetzt überhaupt über unser Leben reden?*

»Es geht schon.«

»Ich wusste gar nicht mehr, dass du so gut Fußball spielen kannst!« *Und ich weiß nicht, wann ich dich das letzte Mal so unbeschwert erlebt habe.* Warum ist das so? Wehmut packt mich, ich schlucke. Da blitzte ganz kurz noch mal der Mann auf, den ich früher geliebt habe. Wie konnte er nur verschwinden?

»Hat nur leider nichts genutzt.« Oliver holt eine Büchse alkoholfreies Hefeweizen aus seiner Sporttasche und öffnet sie. Weißer Schaum quillt heraus.

»Es ist zu warm«, sagt er und nimmt einen Schluck. »Magst du auch etwas?«

»Nein, danke. Wollen wir hierbleiben?« Der Sportplatz hat sich fast geleert. »Huh-Huhuhu-Huuuh«, ruft ganz in der Nähe ein Waldkauz, und die Schwalben fliegen hoch.

»Lass uns einen kleinen Spaziergang machen.« Oliver zeigt mit dem Finger auf den Waldrand. »Dort drüben ist mein Lieblingsplatz, lass uns hingehen.«

»Da sind wir so lange zusammen, und ich wusste nicht mal, dass du so etwas hast.«

Oliver schultert seine Tasche, wir brechen auf. »Ich habe ihn erst vor Kurzem entdeckt. Wenn ich zur Ruhe kommen möchte und nicht segeln gehen kann, dann bin ich dort.«

»Mein Kraft-Ort ist die Ostsee, der Spaziergang dorthin.«

»Ja, ich weiß. Wenn du von dort zurückgekommen bist, hast du oft gelöster gewirkt.«

Ungläubig blicke ich zu Oliver. »Das hast du bemerkt?«

»Für wie unsensibel hältst du mich eigentlich?«

Ich hake mich bei ihm ein. Lange habe ich mich ihm nicht so verbunden gefühlt wie in diesem Moment. Vor einem Hochsitz bleibt er stehen. »Hier ist es«, sagt er und lässt mich als Erste nach oben klettern.

Wir sitzen auf der engen Holzbank des überdachten Sitzes. »Wenn ich von hier oben aus den Wald beobachte, dann kommen meine Gedanken zur Ruhe.« Ein pilzig-holziger Duft umströmt uns. Die Bäume rauschen, und der Himmel verfärbt sich rot. »Schön hier. Das ist der perfekte Ort für einen romantischen Abend. Schade, dass wir das nicht einfach nur so genießen können.«

Oliver nickt und zaubert nun ein isotonisches Getränk mit Grapefruitgeschmack aus seiner Tasche. »Hey, Barmann«, sage ich. »Kann ich bitte einen Gin Tonic haben?«

»Habe ich leider heute nicht im Angebot.«

»Schade. Dann nehme ich gern einen Schluck von deinem Drink. Ich brauche Energie.«

Oliver reicht mir die Flasche und schenkt mir einen gedankenverlorenen Blick. »Ach, Katinka, das ist alles nicht leicht.«

Oje, was kommt jetzt? Gleich geht die Sonne unter, die Nacht schleicht sich heran. Und meine Zukunft. *Aber vergiss nicht, dass du sie zu einem Großteil in der Hand hast!* Mir ist trotzdem mulmig zumute.

»In den letzten Wochen habe ich intensiv über uns nachgedacht ...«, setzt Oliver an. *Stopp! Bitte lass mich erst reden!* Mein Herz ist eine Basstrommel, als ich ihn unterbreche. »Ich auch. Und ich habe eine Entscheidung getroffen.«

Oliver sieht mich überrascht an. »Okay, dann du zuerst.«

Ich hole tief Luft und setze mich aufrecht hin. »Ich werde Kinderheilpraktikerin. Das heißt, dass ich in Zukunft nicht mehr für dich arbeiten werde.« Ein lautes Knacken ist zu hören. Schlägt sich womöglich eine Horde Wildschweine durchs Unterholz?

»Katinka! Das ist ja großartig!«, entfährt es Oliver überschwänglich.

»Da bin ich aber froh, dass du das so positiv aufnimmst!«

Oliver schlägt mir sanft auf die Schulter. »Aber du solltest doch wissen, dass du meine volle Unterstützung hast, wenn es darum geht, dich weiterzuentwickeln. Das habe ich mir so lange gewünscht!«

Das mulmige Gefühl lässt nach, langsam fühle ich mich wohl. Dass wir einen so harmonischen Abend miteinander verbringen werden, habe ich nicht erwartet. Ich lege meinen Kopf auf Olivers Schulter. »Die Trauerphase ist endgültig vorbei. Ich war sogar schon an Sophies Grab, um es ihr persönlich zu sagen. Endlich bin ich wieder offen dafür, mein Leben in die Hand zu nehmen.«

»Ich kann dir gar nicht sagen, wie froh ich darüber bin«, sagt Oliver.

Schaffe Klarheit und höre auf dein Herz! »Aber da ist noch etwas ...« Ich nehme all meinen Mut zusammen. »Also, ich bin mir nicht sicher, ob meine Gefühle ... Also, ich meine, was fühlst du ... naja, es wäre vielleicht nicht richtig, wenn ... Aber ... Ach, ich habe dich vorhin unterbrochen, erzähl du erst mal!« *Mut und Klarheit!* Meine Güte, ist das schwer! Von meinen Gefühlen für Theo möchte ich Oliver hier noch nichts erzählen. Denn die haben mit uns nichts zu tun. Ich würde nichts anderes für ihn empfinden, wenn es Theo nicht gäbe.

Oliver räuspert sich. Ich nehme meinen Kopf von seiner Schulter und blicke ihn erwartungsvoll an. *Das mit Svenja ist vorbei. Ich liebe nur dich. Willst du mich noch?*

»Also, es fällt mir nicht leicht ...« Er stockt. Und ich spüre mit einem Mal die Macht dieser eklatanten Lücke, die zwischen Theorie und Praxis klafft. In genau diese Kluft drohe ich nun hineinzurutschen und ins Bodenlose zu stürzen. Theorie: Lass uns ehrlich sein. Wahrscheinlich ist es besser, wenn jeder von uns seiner Wege geht. Praxis: Oh nein! Soll es das wirklich gewesen sein? Ich möchte *das* nicht von Oliver hören! Eben hatte ich das Gespräch noch in der Hand, und nun frage ich mich, welche Vogelarten um diese Uhrzeit im Wald zwitschern, während mein Herz in Richtung Fußsohlen rutscht. Und dann durchbrechen Olivers Worte wie Gewehrsalven die liebliche Abendstimmung. »Ich sehe keine Zukunft mehr für uns beide ...«

Nur ein Satz, aber für mich fühlt es sich an, als würde ich erschossen, auf einem Hochsitz. Müsste ich nicht da unten sein, um erlegt zu werden? Aber Moment, ich lebe ja noch. Nur dass sich mein Körper völlig verkrampft. Kein Wort bringe ich heraus. Als dieses Szenario nur ein Konstrukt meiner Gedanken war, konnte ich wesentlich souveräner damit umgehen. Aber nun holt mich die Realität ein.

»Katja, glaub mir, die Entscheidung ist mir nicht leichtgefallen. Aber ich möchte endlich etwas bewegen ... Svenja hat mich darin bestärkt, mich bei *Ärzte ohne Grenzen* zu bewerben. Mich verbindet so viel mit ihr, sie steht voll hinter mir ...«

Olivers Worte klingen durch das wilde Rauschen hindurch so leise, als säße er am anderen Ende der Welt. Nur *Svenja* dringt zu mir durch. Da löse ich mich plötzlich aus der Schockstarre und bin wie von Sinnen. Ich trample auf und hämmere mit den Fäusten gegen Olivers Brust. »Du mieser, schwanzgesteuerter Dreckskerl willst mich tatsächlich für diese Person verlassen? Du gibst alles auf, um deinen Trieben zu folgen? Das ist es, was du willst?!«, schreie ich.

Nur weg hier, nur weg! Ein Heulkrampf übermannt mich. Wild um mich schlagend bahne ich mir den Weg zum Abstieg. Doch an Oliver komme ich nicht vorbei. Mit festem Griff hält er mich zurück. »Bitte beruhige dich und bleib!«, sagt er sanft.

Das macht mich noch wütender. »Wozu denn?« Ich stoße

mir den Kopf an einem Holzbalken und heule und heule. »Ich wollte unsere Krise von Emma fernhalten, aber nun ist es ja keine mehr, sondern ... sondern ein Fakt. Wir müssen ... sofort zu ihr ... fliegen. Wir müssen es ihr sagen. Wir ... wir ... Oh mein Gott! Wir können es ihr nicht am Telefon sagen. Wir müssen ... wir müssen sofort zu ihr!«, japse ich und bin plötzlich so kraftlos, dass ich mich von Oliver zurück auf die Bank drücken lasse.

»Katja, es tut mir sehr leid, dass es so gekommen ist. Aber bitte lass uns Emma nicht ihre letzten Wochen ruinieren. Wie sollte sie sich dann noch auf die Schule konzentrieren? Wir sagen es ihr, wenn sie wieder zu Hause ist.«

»*Zu Hause*. Du bist gut«, schniefe ich und lasse meinen Kopf auf die Knie sinken.

»Ihr könnt selbstverständlich im Haus wohnen bleiben. Und unser Segeltörn findet auch statt.«

Der Tränenfilm vor meinen Augen nimmt mir jegliche Sicht. »Du hast also schon alles durchdacht, prima, da habe ich weniger Arbeit! Aber du glaubst doch nicht im Ernst, dass ich unter diesen Umständen mit dir Urlaub mache«, wimmere ich. *Lass es sich erst mal setzen!*

Im Laufe eines Lebens weint ein Mensch über zwei Milliarden Tränen, mehr als achtzig Liter, habe ich gelesen. Mit dem heutigen Abend dürfte ich mein Kontingent weitgehend ausgeschöpft haben. Rien ne va plus. Oder?

»Wir bleiben doch trotzdem eine Familie. Bitte! Katja! Lass uns damit klarkommen«, fleht Oliver und streicht mir besänftigend über den Rücken.

Tatsächlich schafft er es mit seiner Geste, dass ich mich etwas beruhige. »Es dauert sicher noch ein, zwei Minuten, bis ich mich daran gewöhnt habe«, versuche ich nach einer Weile matt zu scherzen.

Oliver lächelt schwach. »Drink gefällig? Der Barmann hat noch etwas dabei«, sagt er und kramt ein kleines Fläschchen aus der Tasche. »Volker hat es mir vor dem Spiel geschenkt. Er ging offenbar davon aus, dass wir verlieren.«

»Das sagst du erst jetzt?«, frage ich und reiße es ihm aus der Hand. *Frust-Schutz* steht in großen Lettern darauf. »Zu spät, aber egal«, sage ich und öffne die Flasche. *Alles geklärt. Prost!* Der Wodka-Feigen-Likör rinnt zielstrebig meine Kehle hinunter.

»Weißt du, was ich wirklich schlimm finde?«, frage ich und warte Olivers Antwort nicht ab. »Dass sich der Zerfall unserer Ehe auf Zehenspitzen angeschlichen hat. Wir haben doch so gut wie nie gestritten.«

»Warum auch? Wir haben alles laufen lassen.« Oliver seufzt. »Es ist bitter. All die Jahre habe ich versucht, dich für etwas zu begeistern und zu pushen. Als du mir eben von deinen Plänen erzählt hast, da habe ich mich so gefreut. Aber in der nächsten Sekunde machte es mich traurig ...«

»... weil mein Wille zur Veränderung zu spät für uns kommt.« Ich schlage die Hände vor dem Gesicht zusammen und merke, dass noch immer ausreichend Tränenflüssigkeit in mir ist. Meine Lippen beben, und meine Stimme ist brüchig. »Ach Oliver, warum haben wir es nur nicht geschafft?«

Er beugt sich nach vorn, den Kopf auf seine Hände stützend. »Ich habe immer versucht, Rücksicht auf dich zu nehmen, obwohl ich Stillstand hasse. Aber ich habe gehofft, dass du wieder zu dir zurückfindest und wir uns zusammen weiterentwickeln. Doch du hast dich kein Stück bewegt. Irgendwann waren wir festgefahren.« Oliver richtet sich wieder auf. »Erinnerst du dich noch an die Zeit vor dem Unfall? Wir wollten immer wieder Neues ausprobieren, uns engagieren, andere Menschen und Kulturen kennenlernen, nichts davon haben wir gemacht. Klar, du hast hinter mir gestanden, als ich die Praxis eröffnet habe, dafür bin ich dir dankbar. Aber ich wusste auch, dass du da nie mit vollem Herzen dabei warst – und trotzdem hast du nichts geändert.«

»Na klasse, dass wenigstens du das wusstest! Warum kannst du mir all das erst jetzt sagen, wo es zu spät ist? Außerdem weißt du doch ganz genau, warum ich nichts geändert habe! Ich wollte für dich da sein und für Emma! Ich wollte, dass wir es schön haben!«, schreie ich beinah und dann, wieder ruhiger: »Woher sollte ich denn wissen, was in dir vorgeht? Verdammt noch mal, warum hast du nie Klartext mit mir geredet?« Meine Finger krallen sich in den Stoff meiner Hose und in meine Haut.

»Ich habe es doch versucht!«

»Davon habe ich nichts gemerkt!«

»Vielleicht war ich nicht nachdrücklich genug, oder du wolltest es nicht hören. Ich habe dich geliebt. Und nur deshalb habe ich zu lange alles hingenommen. Genau das war der Fehler. Denn dadurch bin ich immer weiter von dem abgerückt, was mir einmal wichtig war, einschließlich dir. Dein Fokus war nur noch Emma. Irgendwann hatte ich den Eindruck, dass ich für dich in erster Linie der Financier ihrer teuren Hobbys bin, die dir so wichtig sind.«

Meine Kehle ist zugeschnürt. Ich schlage mit dem Hinterkopf ein paar Mal gegen das Holz. Im Nachhinein würde ich vieles anders machen. Aber wem nutzt diese Erkenntnis? Und vor allem ändert sie nichts. Das Leben kennt nun mal keine Generalprobe. »Vielleicht wollte ich damit etwas wiedergutmachen. Eigenes Pferd, Klavier und Tennis statt Schwester …«

»Du bist nicht die Einzige, die Emma über alles liebt. Ich würde mein letztes Hemd für sie hergeben. Aber du hast eindeutig zu viel von deinem Schmerz auf sie übertragen.«

»Worüber haben wir eigentlich all die Jahre geredet?«

»Das bringt nichts, wir können die Uhr nicht zurückdrehen.«

»Das weiß ich selber. Aber irgendwie ist es makaber, da kommt nun alles, was wir nie gesagt haben, auf den Tisch – und wir sind am Ende.« Ich schnäuze in mein durchweichtes Taschentuch. »Kannst du sagen, wann du das erste Mal an uns gezweifelt hast?«

Oliver zuckt mit den Achseln. »Es war eher ein schleichender Prozess. Irgendwann ist mir klar geworden, dass ich noch mehr vom Leben erwarte als ein perfektes Heim. Deswegen gab es für mich nur zwei Alternativen: Entweder ein Abschied oder weitermachen wie bisher, wohlwissend, dass mir etwas fehlt und du dich nicht ändern wirst.«

»Svenja ist also ein Abschied, hübsch, aber vor allen Dingen ziemlich einfach. Ach, Oli«, schluchze ich.

»Sie ist nicht der Grund für meine Entscheidung! Selbst nachdem wir uns nähergekommen waren, habe ich mir eingeredet, dass wir beide nicht einfach alles wegschmeißen dürfen. Aber das war falsch. Denn das, was mich mit dir verbindet, reicht nicht mehr für ein gemeinsames Leben.« *Ich liebe dich nicht mehr.* Oliver klingt so klar. *Gute Therapeutin!*

Es wird frisch. Er holt ein Handtuch aus seiner Tasche und legt es mir um die Schultern. Mücken umschwirren uns.

»Auch ohne Svenja wäre eines Tages alles aus mir herausgebrochen.« Oliver streichelt meine Hand. »Ich möchte nicht irgendwann unzufrieden zurückzuschauen und bereuen, dass ich nicht alles versucht habe, um meiner Glücksdefinition möglichst nahe zu kommen. Als du in Montana warst, da hatte ich ein Vorstellungsgespräch bei *Ärzte ohne Grenzen*. Katja! Sie haben mich in ihren Pool aufgenommen! Voraussichtlich Anfang nächsten Jahres werde ich meinen ersten Einsatz haben!« Oliver strahlt stolz wie ein kleiner Junge, der lange geübt hat und nun endlich Fahrradfahren kann. *Lebe dein Leben und nicht das der anderen.*

Ich denke an Theo und Josh und auch an meinen Vorsatz. »Das erzählst du mir so nebenbei? Es ... es ist ... wirklich toll! Und was wird dann mit der Praxis?« Mein Schädel dröhnt.

»Frau Jensen wird mich vertreten, und wir suchen uns noch einen Assistenzarzt für meine Abwesenheit. Weißt du, wie lange ich davon geträumt habe?«

»Ja, ich denke schon. Mir ... mir war wirklich nicht bewusst, wie ... wie sehr ich dich gebremst habe«, stottere ich.

Nun bricht Olivers Stimme. »Weißt du, was ich mir mein Leben lang vorwerfen werde? Dass ich es nach dem Unfall nicht geschafft habe, dich für irgendetwas zu begeistern.«

Er weint, und mir zerreißt es fast das Herz. »Es tut mir so leid! Ich wollte doch nur Sicherheit für uns! Außerdem wäre all das mit Kind doch gar nicht möglich gewesen«, schluchze ich und weiß, dass Oliver sich sehr wohl an Auslandseinsätzen hätte beteiligen können, wenn ich hinter ihm gestanden hätte.

Wie war das noch vor langer Zeit, als wir gemeinsam die Welt verbessern wollten? Ja, ich war die Bremse, so viele Jahre lang, in denen er Rücksicht auf mich genommen hat. Meine Tränen rinnen wie Sturzbäche über meine Wangen, aber ich bin ganz leise. *Es ist zu spät.*

Nun sitzen wir hier im Wald und weinen um unsere verlorene Liebe.

»Dass wir es nicht geschafft haben, ist wohl eine Spätfolge des Unfalls …«, setzt Oliver nach einer Weile an. Ich rücke ein Stück von ihm ab. Ein Anflug von Zorn steigt in mir auf und lässt mich ihm ins Wort fallen. »Den ich nicht hinter mir lassen konnte. Ja, so einfach ist das! Wie schön, dass die Vergangenheit für dich nur ein alter Mantel war, den man ratzfatz in der Altkleidersammlung entsorgen konnte!«

Oliver schüttelt den Kopf. »Was redest du da? Dein Vergleich ist völlig absurd.« Er senkt seinen Blick. »Es gibt auch heute noch Momente, da prasselt die Trauer auf mich ein wie ein Hagelschauer. Ja, Katja, auch ich lebe mit der Vergangenheit, aber ich halte sie nicht fest. Ich konzentriere mich auf die Gegenwart. Deswegen wollte ich mit dir nicht immer und immer wieder über Sophie, den Unfall oder die Fehlgeburten sprechen. Darüber ist alles gesagt, das ewige Hadern hält uns nur gefangen.«

Mein Zorn verebbt. »Wir hätten trotzdem öfter darüber sprechen sollen. Vielleicht wäre ich ohne unser Schweigen schon früher leichter mit dem Schicksal umgegangen.«

»Vielleicht gibt es auch irgendwann Weltfrieden. *Vielleicht* bringt uns gar nichts«, erwidert Oliver schnippisch. Ich schlucke und sage nichts. Nur die Geräusche des Waldes sind zu hören. »Entschuldige«, sagt er da.

»Schon gut. Ich weiß auch, dass uns *hätte, wäre, wenn* nicht weiterbringen.« Unruhig knete ich an meinen Fingern herum. »Wirst du mit ihr zusammenziehen?«

»Das weiß ich noch nicht. Hör auf, dich auf sie zu fixieren. Für mich geht es jetzt erst mal darum, meinen eigenen Weg zu gehen.«

Wenn ich ehrlich bin, dann bewundere ich Oliver dafür, dass er den Traum, der einmal uns beiden gehörte, nicht aufgegeben hat. »Ehrlich Oliver … Es tut mir leid, dass ich dich dabei nicht unterstützen konnte.« Inzwischen ist es stockdunkel geworden. »Rückblickend betrachtet waren wir zwar eine Familie, aber schon lange kein Paar mehr. Nur wollte ich das nicht wahrhaben. Erst nachdem Emma weg war, offenbarte sich das ganze Ausmaß unserer Eheruine«, resümiere ich und spiele bedrückt an meiner Kette herum. »Und obwohl ich weiß, dass es so wahrscheinlich besser ist für uns, tut es verdammt weh!« Ich schüttle mich.

Oliver streicht mir übers Haar. »Das wäre ja auch noch schöner, wenn wir unsere gemeinsame Zeit einfach streichen könnten wie den Namen auf einer Gästeliste. Mir geht es doch nicht anders! Aber der Schmerz vergeht, und wir beide haben es verdient, glücklich zu sein. Zusammen haben wir es nicht geschafft, nun kann jeder für sich noch einmal durchstarten«, sagt er.

»Ja, fantastisch. Ich freu mich drauf! Nur kann ich das jetzt noch nicht so zeigen«, sage ich und seufze. Dann brechen wir auf.

22

Nach einer schlaflosen Nacht sehe ich nicht nur aus wie hundertvier, sondern fühle mich auch so. Es ist kurz nach sieben, ich stehe im Bad, schalte das Radio ein und höre, dass es in Nordrhein-Westfalen in der letzten Nacht starke Gewitter mit Orkanböen gab, tausende Bäume sind umgestürzt, drei Menschen starben. Im Nahen Osten forderten erbitterte Kämpfe Hunderte Tote, und das war nicht mal der Aufmacher. Alles wie immer, die Welt dreht sich weiter.

Ich schalte das Radio aus und gehe zurück ins Schlafzimmer. Oliver ist weg. Unsere Ehe ist endgültig gescheitert. Auf dem Bett sitzend starre ich durch die Sonnenstrahlen, die durch die Ritzen der Jalousie dringen und sich wie Laserstrahlen einer Alarmanlage durchs Zimmer schlängeln. Ich bin der Schatz mittendrin. Nur ist niemand da, der mich hier rausholen kann, außer mir selbst.

Mit reichlich Selbstmitleid betankt, beiße ich in mein Kopfkissen und denke an Theo, der nun in London angekommen sein dürfte. Ich fahre mit der Hand über meine Wirbelsäule. Nach meiner Kollision mit dem Armaturenbrett beim Liebesakt mit Theo hat sich dort in der Mitte ein blauer Fleck gebildet. Nun beginnt er langsam zu verblassen, wie ich vorhin im Spiegel sehen konnte. Zärtlich streichle ich immer und immer wieder über die Stelle. Ich möchte nicht, dass der Fleck verschwindet, denn er ist ein Teil von Theo. Im Affekt schnappe ich mir mein Telefon und tippe: *Alles geklärt. Oliver und ich sind kein Paar mehr. Viel Erfolg in GB, K*

Bevor ich die Meldung absende, lösche ich sie wieder. Nein, so cool, wie ich mich da gebe, bin ich noch nicht, da möchte ich ihm nichts vormachen. Und was erwarte ich überhaupt? Dass Theo Knall auf Fall sein Leben ändert, zu mir kommt, mich errettet und bis ans Ende aller Tage liebt? *Träum weiter und verklappe erst mal dein Selbstmitleid!*

Ich rufe Lou an und heule mich bei ihr aus.

»Hey, es ist alles gut. Du wolltest doch wissen, woran du bist!«, sagt sie.

»Ja, Bingo! Aber obwohl ich das eigentlich schon lange vorher gespürt habe, geht's mir richtig mies!«

»Mensch, Katja, heute ist Tag eins nach der Offenbarung. Was willst du da erwarten? Dass du keine Lust dazu hast, tanzen zu gehen, ist völlig in Ordnung.«

»Wenn du das sagst.«

»Wir wissen doch beide, dass Oliver dir die Entscheidung nur abgenommen hat. Schätzchen, ich würde sagen, dir schlägt lediglich verletzte Eitelkeit auf den Magen.«

»Hm. Dabei sollte ich doch Grund zur Freude haben, dass Oliver mich nicht für Svenja, sondern für *Ärzte ohne Grenzen* verlassen hat.«

»Das hätte ich kaum treffender sagen können!«

Ich donnere ein Kissen ans Fußende. »Komm vorbei und lass uns eine Party feiern!« Ich rolle zum Fußende und lege mich bäuchlings auf das Kissen. »Vorhin wollte ich Theo schreiben, aber ich habe es gelassen.«

»Warum? Der könnte dich sicher ganz schnell rausholen aus dem Loch.«

»Genau deswegen habe ich es nicht getan. Es wäre zu einfach. Und noch dazu unfair, wenn ich mich jetzt sofort in seine Arme flüchten würde, um meinen Schmerz zu kompensieren. Nein, da muss ich erst mal allein durch.«

»Ach ja, der einfache Weg ist ja nicht mehr deiner. Bäh, klingst du vernünftig!«

»Lou! Lass mich das doch alles erst mal verarbeiten! Ich wünsche mir, dass ich es schaffe, ein freundschaftliches Verhältnis zu Oliver aufzubauen. Und für Theo empfinde ich nun mal zu viel, als dass er als schneller Tröster in Frage käme!«

»Wie du meinst. Du Süße, wir müssen die Party vertagen, ich muss an den Stuhl.«

Lou hat es tatsächlich geschafft, mich etwas aufzumuntern. Ich nehme die weiße Feder zur Hand, die auf dem Nachttisch liegt und berühre den weichen Flaum. Da wird mir jäh bewusst, was passiert wäre, wenn Oliver nicht die Reißleine gezogen, sondern um mich gekämpft hätte. Womöglich hätte ich nicht über meinen Schatten springen können, und wir wären wieder zusammengekommen. Was wäre dann aus meinen Gefühlen für Theo geworden? *Dann hättest du mal wieder den einfachen Weg gewählt, in einer Lüge gelebt und Theo bewirtet, wenn er zu Besuch gekommen wäre? Nein, unmöglich!* Die Erkenntnis trifft mich wie ein Donnerschlag: Es hätte für Oliver und mich gar keinen anderen Weg gegeben als die Trennung. Sinopas Worte kommen mir in den Sinn. *Habe Mut und vertraue dir selbst.* Das tue ich. Zuversichtlicher, als ich hineingegangen bin, steige ich aus dem Bett.

Da ruft Oliver mich an. Noch im Schlafanzug gehe ich mit dem Telefon nach draußen. »Kommst du klar?«, fragt er.

»Das wird sich zeigen. Die letzte Nacht war der Horror. Ich habe kein Auge zugekriegt. Dass es für uns wirklich kein Zurück mehr gibt, fühlt sich noch so unwirklich an.« Ich spaziere durch den Garten, als hätte ich das erste Mal nach langer Zeit Freigang. Begierig tankt mein fahles Ich das Licht.

»Wem sagst du das. Die Macht der Gewohnheit ist groß und unerschöpflich.«

»Aber wir wissen wohl beide, dass es besser so ist. Trotzdem kann ich heute nicht da weitermachen, wo ich gestern Nachmittag aufgehört habe ...« Ein Eichhörnchen huscht blitzschnell über den Rasen und verschwindet im Geäst des Pflaumenbaums. »Deswegen werde ich mich jetzt erst mal um mich kümmern und nicht für dich arbeiten.«

»Das habe ich mir schon gedacht. Ich muss mir ja ohnehin Ersatz suchen.«

»Oli?« Ich bücke mich und pflücke ein Gänseblümchen. »Wir werden es schaffen, das Leben des anderen zu akzeptieren und weiterhin gute Eltern zu sein!«

Er atmet schwer. »Das hoffe ich. Die Bälle liegen bei uns beiden. Bist du bereit zum Anstoß?«

Ich zögere einen Moment. »Gib mir noch etwas Zeit. Ich melde mich, wenn ich so weit bin.«

Zunächst glaubte meine Mutter an ein Déjà-vu, als ich sie Ende letzter Woche am Telefon über die aktuelle Situation unterrichtete. Obwohl der Zusammenbruch bei mir diesmal ausblieb und ich keinen Pflegeplatz brauchte, befand es meine Mutter für eine gute Idee, mir Beistand zu leisten.

Anfangs wollte sie mir ständig etwas Gutes tun, was ziemlich anstrengend war. Mir war weder nach zwei warmen Mahlzeiten am Tag und selbstgebackenem Kuchen, noch hatte ich Bedarf, dass mir jemand die Schränke aus- und umräumt oder Möbel im Sinne eines besseren Energieflusses verrückt. Nach vier Tagen vermeintlicher Optimierung akzeptierte sie mein Veto. Da gab es allerdings drinnen auch nichts mehr zu tun.

Seitdem sind wir viel draußen, wo meine Mutter eine unbändige Leidenschaft für Gartenarbeit an den Tag legt. So verbringen wir nun viele Stunden in den Beeten, zupfen Unkraut, säen Neues und ernten die ersten Früchte. Sogar auf dem Friedhof legen wir Hand an und bepflanzen Sophies Grab neu. Katzenpfötchen Rubra und Blaues Immergrün schmücken nun ihre Ruhestätte. Meiner Mutter entgeht nicht, dass ich auf einmal wesentlich unbefangener mit der Vergangenheit umgehe. Ihre Erleichterung und Freude darüber bestärken mich ungemein. Ich merke, wie ich immer mehr zur Ruhe komme.

Nach getaner Arbeit führen wir intensive Gespräche im Liegestuhl oder spazieren zur Ostsee, um bei angenehmen Temperaturen ein paar Runden im noch sehr kalten Wasser zu schwimmen. Meine Mutter befürwortet meine beruflichen Pläne und lauscht gebannt meinen Erzählungen von Theo.

Insgesamt empfinde ich es als sehr wohltuend, dass sie mich weder belehrt noch mir Vorwürfe wegen des Scheiterns meiner Ehe macht. »Im Leben fängt man dann und wann wieder mal von vorne an«, bringt es meine Mutter lapidar mit einem Wilhelm-Busch-Zitat auf den Punkt. Über ihre Coolness kann ich manchmal nur staunen. Ob Emma das eines Tages über mich wohl auch denken wird?

Ich liebe meine Mutter dafür, dass sie immer für mich da ist, wenn ich nicht ganz auf der Höhe bin. Ich beschließe, ab sofort auch mehr Zeit mit ihr zu verbringen, wenn es keinen speziellen Anlass für eine mütterliche Aufpäppelmission gibt. Als sie nach knapp zwei Wochen ihre Koffer packt, habe ich mich so an unser WG-Leben gewöhnt, dass mich der Gedanke an ihre Abreise traurig macht. Zugleich hat sie es aber geschafft, mich so zu stärken, dass ich nun bereit bin für *den Anstoß*, den freundschaftlichen Neubeginn mit Oliver.

Und dann beichtet mir meine Mutter kurz vor der Abfahrt sogar noch eine Geschichte. »Bevor ich deinen Vater kennenlernte, da war ich unsterblich in einen bekannten deutschen Pop-Sänger verliebt, der einen ziemlichen Frauenverschleiß hatte und immer für Schlagzeilen gut war.« Überrascht lasse ich ihre Tasche fallen, die ich ins Auto tragen wollte. »Wie bitte? Du hattest was?! Wer war es?!«

Ich lehne mich an die Kommode im Flur, meine Mutter setzt sich auf den Hocker daneben. »Sei mir bitte nicht böse, aber ich werde seinen Namen nicht verraten. Er ist noch immer populär. Wie gesagt, damals führte er ein wildes Leben, hatte überall seine Groupies, und eins davon war ich.«

»Mama! Das kann ich mir überhaupt nicht vorstellen!«

»Ja, auch ich habe meine Erfahrungen gesammelt. Jedes Mal, wenn er mich sah, schwor er mir seine Liebe. Aber obwohl ich so verliebt in ihn war, fiel es mir schwer, seine Worte ernst zu nehmen. Ich dachte, das sagt er zu jeder – und das tat weh.« Meine Mutter macht eine vielsagende Pause.

»Und dann?«, dränge ich.

»Eines Tages fragte er mich, ob ich ganz offiziell seine Freundin sein wolle. All die anderen Frauen würden ihm nichts bedeuten. Endlich wisse er, was Liebe ist, hat er gesagt.« Sie lächelt versonnen. »Er sprach sogar davon, mit mir eine Familie gründen zu wollen. Und ich dachte, wie soll ich ihm jemals vertrauen, nie im Leben wäre er dazu imstande, treu zu sein. Und so habe ich ihm aus Angst davor, enttäuscht zu werden, einen Korb gegeben. Du kannst dir nicht vorstellen, wie lange ich darunter gelitten habe.«

»Ich hatte ja keine Ahnung!« Meine Mutter, das unbekannte Wesen. Bei unserem letzten Wiedersehen erzählte sie mir von ihrer Affäre und nun das.

»Wie auch? Deinen Vater habe ich übrigens mit der Geschichte ebenfalls nicht behelligt. Jedenfalls las ich dann nach über einem Jahr in der Zeitung, dass er geheiratet hat. Das ist nun vierzig Jahre her. Von dem Tag an gab es keine negativen Schlagzeilen mehr. Er ist tatsächlich ein guter Ehemann und Familienvater geworden. Ich habe ihn vor fünf Jahren nach einem Konzert noch einmal getroffen. Auch davon weiß dein Vater natürlich nichts.« Sie sieht mich verschwörerisch an. »Wir waren uns ganz nah, rein platonisch versteht sich, er ist ein treuer Mann. Aber für einen Moment habe ich Wehmut gespürt. Ich habe auf die Liebe verzichtet, weil ich zu feige war, ein Risiko einzugehen. Mach es mir nicht nach.«

»Soll das etwa heißen, dass Papa nur ein Kompromiss war?«

»Nein, nein, so ist es nicht. Als ich ihn kennenlernte, da war ich über H... äh, also über ihn so gut wie hinweg. Ich habe deinen Vater aus Liebe geheiratet.«

»Na Gott sei Dank!«

Meine Mutter steht auf. »Was ich dir eigentlich nur sagen wollte: Auch ein unsteter Mann hat eine Chance verdient. Soll er doch erst mal beweisen, ob er wirklich auf Dauer so rastlos ist.«

»Danke, dass du mir das erzählt hast.« Ich sinke ihr in die Arme und fühle mich fast so wie mit zehn, als sie mich mit Karten für ein A-ha-Konzert überraschte, obwohl es ausverkauft war. »Ich liebe dich, Mama!«

Sie fährt mir zärtlich durch die Haare. »Mein liebes großes Mädchen, und ich dich erst!« Sie küsst mich auf die Wange, die Stirn und die Nase, so wie früher. Dann beladen wir den

Kofferraum und drücken uns noch einmal. Sie steigt in ihren kleinen Citroën, hupt dreimal und rollt vom Grundstück.

Ich laufe hinterher und winke ihr so lange nach, bis ich sie nicht mehr sehen kann. *Und trotzdem bist du immer da.* Es ist ein unglaublich wertvolles Gefühl, zu wissen, dass meine Mutter jederzeit hinter mir stehen würde, egal ob ich mir die Haare pink färben und mich von oben bis unten piercen lassen würde oder auf die Idee kommen sollte, ein Leben mit einem unsteten Mann zu wagen, der noch dazu Olivers Freund ist.

Es hat eine Weile gedauert, aber nun setze ich meinen Vorsatz endlich in die Tat um und besuche Mister Ed. Emmas Pferd hat sein Zuhause auf einem idyllischen Gut, nur ein paar Minuten Fahrtzeit von uns entfernt. Es ist ein weitläufiges, von alten Bäumen durchzogenes Gelände mit einem wunderschönen Herrenhaus samt imposanter Freitreppe und pittoresker Nebengebäude aus Backstein. Eine neugebaute Reithalle unweit der Pferdeställe deutet jedoch an, dass auch hier die Zeit nicht stehengeblieben ist.

Als ich auf Mister Eds Box zugehe, stampft er energisch auf. *Schön, dass du dich endlich mal blicken lässt!* »Ganz ruhig, du hast ja recht«, säusele ich und streiche besänftigend über sein Haupt, das er mir neugierig entgegenstreckt. »Bald ist Emma wieder da.« Ich stecke ihm einen Apfel zu, den er ruck, zuck verschlingt.

»Moin, Frau Petersen, welch eine Überraschung, Sie hier zu sehen!« Die Stimme kenne ich! Erschrocken fahre ich herum, vor mir steht Clara. Hellgraue Augen, blond, blass und dürr, genau wie ihre Mutter, schießt es mir durch den Kopf. Dabei hätte ich doch damit rechnen können, sie hier zu treffen. Emma hat ihrer Freundin während ihrer Abwesenheit die Patenschaft für Mister Ed übertragen. Aber es ist das erste Mal, dass ich Clara sehe, seit ich von Oliver und ihrer Mutter weiß, und das macht mich etwas nervös. *Hallo Clara, willkommen in unserer harmonischen Patchworkfamilie. Bitte nenn mich doch Katja.*

Nach einem vorgetäuschten Hustenanfall sage ich: »Hallo Clara, wir haben uns aber lange nicht gesehen. Du bist gewachsen! Wie geht's dir?« Je länger ich sie betrachte, desto hübscher finde ich sie. Ich kenne sie seit ihrem sechsten Lebensjahr – und nun ist sie herangereift zu einer kleinen Frau, genau wie Emma. Ich schlucke. Welchen Sprint hat die Zeit da nur hingelegt?

»Och, mir geht's gut. Ich freue mich schon so, dass Emma bald wieder da ist. Und wie geht's Ihnen?«

Oliver hat mir versprochen, dass Clara *es* nicht vor Emma erfahren wird. In ihrer Stimme schwimmt keinerlei Mitleid mit. Er hat ihr noch nichts gesagt. Dafür bin ich ihm dankbar. »Gut, gut, aber ich kann Emmas Rückkehr auch kaum mehr erwarten. Es sind nur noch drei Wochen!«

»Ja, aber leider habe ich nicht viel davon, weil sie ja gleich wieder segeln geht.«

Soweit der Plan. Ich nicke. »Darauf freut sie sich schon sehr. Aber die Ferien sind lang, danach könnt ihr ganz viel Zeit miteinander verbringen«, sage ich und lenke schnell vom Thema ab. »Wolltest du jetzt mit Mister Ed ausreiten?«

Clara scannt mich von der Reitkappe bis zu den Stiefeln, die ich genau wie sie bereits trage. »Ja, Sie auch?«, fragt sie.

»Wäre das okay für dich?« *Katja! Du kannst ganz normal mit ihr reden!*

Clara zuckt mit den Schultern. »Klar. Dann fahre ich jetzt nach Hause und komme eher an den Strand.«

»Klingt gut. Bis bald, Clara.« *Und viele Grüße an deine Mutter.*

Ich hole Mister Ed aus der Box und führe ihn ins Freie. Clara steigt auf ihr Fahrrad und winkt mir noch einmal zu. Ich quäle mir ein Lächeln ab und winke zurück. Ein unbeschwertes Leben als harmonische Patchworkfamilie, ja, das wäre was, aber es wird noch dauern.

»Komm, alter Junge, los geht's!«, raune ich Mister Ed zu und schwinge mich auf seinen Rücken. Ich reite über Wiesen, durch Wälder und über Feldwege bis hin zur Ostsee, zu der ich parallel ein Stück entlangtrabe. Auch ohne Berge werden auf Mister Eds Rücken all die Erinnerungen an Montana so lebendig wie eine Horde Kleinkinder. Theo! Die Geburt von Horizon, unsere Gespräche und Blicke, seine Berührungen, unsere Nacht – und all diese Gefühle. Schneller, immer schneller reite ich über Stock und Stein. Doch meine Sehnsucht lässt sich nicht abschütteln wie Dreck.

Längst ist mir klar, dass das, was ich für Theo empfinde, weit über einen Urlaubsflirt hinausgeht. Mister Ed springt mit hoher Geschwindigkeit über einen Graben, ich schreie auf, wir landen sicher. Und in diesem Moment beschließe ich, dass die Zeit, die ich mir nehmen wollte, um mit mir ins Reine zu kommen, ausreichend war. Weder das Verlangen nach Trost noch die Flucht vor einem Leben ohne Oliver treiben mich zu Theo. Es ist einzig mein Gefühl für ihn! Ja, ich akzeptiere, dass Oliver und ich kein Paar mehr sind. *Du weißt, dass du es auch allein schaffen kannst!* Dieses starke Gefühl, das mich im Galopp überkommt, gibt mir die letzte Gewissheit, dass es nun an mir ist, Kontakt zu Theo aufzunehmen. Gleich nachher werde ich ihm schreiben!

Auch ein unsteter Mann hat eine Chance verdient. Die Worte meiner Mutter hallen in mir nach. Sollte er mich enttäuschen, könnte ich darüber nachdenken, anstatt auf Singlepartys zu rennen, eine auf rastlose Lebenskünstler spezialisierte Serienkillerin zu werden oder eben für den Rest meiner Zeit enthaltsam zu leben. Einen Mangel an Alternativen gibt es nicht. Motiviert reite ich zurück und fahre nach Hause.

Beim Tippen der E-Mail an Theo tue ich mich dann allerdings doch etwas schwer. Unschlüssig lese ich noch einmal meine Zeilen.

Liebster Theo,
bei unserem Abschied habe ich Dir gesagt, dass ich Gewissheit brauche, ob es für Oliver und mich noch eine Chance gibt. Inzwischen weiß ich, dass wir keine gemeinsame Zukunft mehr vor uns haben. Und ich akzeptiere es. Selbst wenn Oliver sich gegen Svenja entschieden hätte, würde ich nicht mehr mit ihm zusammen sein wollen. Auch das weiß ich inzwischen. All meine Gefühle sind bei dir. Die Sehnsucht, die ich in mir trage, ist quälend und schmerzhaft. Ich würde alles dafür geben, dich so schnell wie möglich in meine Arme schließen zu können, trotz all meiner Zweifel. Denn ich weiß, dass es schwer wird, unsere unterschiedlichen Lebenswelten miteinander in Einklang zu bringen. Dabei möchte ich sie so gern zu einem gelebten Traum verschmelzen. Oh Theo, ich möchte dich riechen und spüren und schmecken. Jetzt! Und hier! Noch nie war ich mir so sicher über das, was ich wirklich will: Dich!

Sich unsagbar nach Dir verzehrend,
Deine Katja

Erneut lese ich meinen Text. Okay, vielleicht bin ich ja zu nüchtern, aber das soll kein Heftroman werden, sondern nur eine erste Nachricht, die ihn über meine neue Lebenssituation informiert. Da ist weniger sicher mehr. Ich kreise mit einem Finger über der Tastatur herum und drücke die Zurück-Taste. Weg damit. Dann fange ich noch einmal von vorne an.

Hallo Theo,
ich denke viel an Dich und bin mit Oliver schon einen Schritt weiter: Wir haben uns getrennt. Bist du noch in London? Wie verstehst Du Dich mit Abby? Konntest Du Collin schon kennenlernen? Ich würde mich sehr freuen, von Dir zu hören, damit ich weiß, wie es dir ergeht.

Alles Liebe
Katja

Nicht überlegen. *Senden.* Wie lange wird es dauern, bis er mir antwortet? Oder treibt er sich irgendwo herum, wo es keine Verbindung gibt? Herrje, bin ich aufgeregt! Aber es bringt nichts, wenn ich jetzt die ganze Zeit hier sitzen bleibe. Denn nichts anderes würde ich tun, sitzen und warten – und irgendwann würde ich einen Krampf kriegen, und wenn nach Tagen noch immer keine Antwort kommt, womöglich verdursten. Während mein Blick an meinem Postfach hängt wie Disteln an Wollpullovern, rufe ich Lou an und überrede sie dazu, mit mir Badminton spielen zu gehen. Ja, ich muss mich dringend bewegen – und vor allem raus hier!

23

Die körperliche Ertüchtigung mit Lou hat mir wirklich gefehlt. Nachdem ich ihr von meinen Zeilen an Theo erzählt habe, powern wir uns komplett aus. Das tut gut, es lenkt mich ab. Nur leider schlägt Lou mich mit einundzwanzig zu siebzehn Punkten. Ich bin so fertig, dass ich auf die Knie gehe. »Gratulation!«, japse ich. Zu mehr reicht es noch nicht.

»Wir brauchen eindeutig mehr Kondition«, sagt Lou.

»Du nicht, immerhin stehst du noch«, erwidere ich und lege mich lang hin. Lou kommt neben mich. Wir lauschen unserem Atem und den Spielgeräuschen der anderen.

»Wann willst du wieder arbeiten gehen?«, fragt Lou nach einer Weile.

»In die Praxis gehe ich nur noch zum Aufräumen. Oliver sieht sich bereits nach einer Nachfolgerin um.« Ich richte mich auf und lasse meinen Blick ruhelos durch die Halle schweifen.

Lou setzt sich nun ebenfalls hin. »Alles okay?«

»Na ja, du weißt ja: Abschied und ich, wir sind nicht so dicke miteinander ...«

Lou schmunzelt. »Aber er kann ein richtig guter Kerl sein.«

»Zumindest bin ich nach der Funkstille der letzten Zeit nun bereit dazu, mich Oliver wieder zu stellen.« Ich setze einen feierlichen Gesichtsausdruck auf. »Wir werden

Freunde! Also, zumindest werde ich daran arbeiten, und ich möchte, dass wir es schaffen, bis zu Emmas Rückkehr einen zivilisierten Umgang miteinander gefunden zu haben.«

»Klingt vernünftig. Schaffst du es schon bis zum Tresen? Darauf müssen wir einen trinken.«

Wir nehmen unsere Schläger in die Hand und setzen uns an die Bar. »Auf das Leben«, sage ich, nachdem wir zwei Fitnessshakes mit frischen Früchten geordert haben. »Und die Liebe!«, setzt Lou nach, bevor wir begierig unsere Drinks leeren.

»Hm, das war gut!«, sage ich und stelle das leere Glas ab. »Apropos Liebe, liebe Lou, leider hatte ich bisher noch keine zündende Idee für deinen Antrag.«

Plötzlich vollzieht sich in Lous Gesicht eine regelrechte Metamorphose. Ihre eben noch müden Augen funkeln, und sie strahlt über das ganze Gesicht. Dann platzt es aus ihr heraus: »Ha! Glaubst du etwa, wir stoßen nur deinetwegen an? Was glaubst du, wie viel Kraft es mich seit gestern gekostet hat, dichtzuhalten. Aber ich wollte es dir nicht am Telefon sagen, sondern in einem feierlichen Rahmen.« Sie räuspert sich.

Ich muss grinsen und schaue an uns herunter. *Feierlicher Rahmen.* Zwei verschwitzte Frauen, eine davon (ich) mit besonders rotem Kopf, trinken an der Bar einer Fitnesshalle Protein-Shakes.

Lou scheint meine Gedankengänge nachzuvollziehen und lacht. »Das hier *ist* feierlich!«

»Nun spann mich nicht länger auf die Folter!«

»Also, bitte sei nicht sauer, dass ich dich in meinen Plan nicht eingeweiht habe, aber ich hatte Angst, dass du mich auslachst ...«

»Was hast du getan?«

Lou räuspert sich erneut. »Okay, ich mache es kurz. Gestern, beim Frühstück, trug ich ein T-Shirt mit Aufdruck.« Lou tippt sich mit dem Zeigefinger gegen die Brust. »Da stand: Hauke, du bist die Liebe meines Lebens. Nie war ich mir sicherer. Hauke – dann kamen drei Punkte, und auf der Rückseite konnte er weiterlesen: Möchtest du mein Mann werden?«

Ich fange an zu grinsen. »Das ist nicht dein Ernst, oder?«

»Siehst du. Da habe ich ja alles richtig gemacht, indem ich es dir vorher nicht erzählt habe«, resümiert Lou trocken.

»Ich hätte eher gedacht, dass du einen Fallschirmsprung für euch beide organisierst und ihn im freien Fall fragst«, pruste ich. Die Vorstellung, wie Lou sich in diesem T-Shirt vor einem völlig überforderten Hauke im Kreis dreht, ist zu köstlich.

»Du glaubst nicht, wie lange es gedauert hat, bis Hauke realisiert hat, was ich ihm da sagen will. Und dann hat er ungefähr dreißig Mal gefragt, ob es sich um einen Fehldruck handelt. Ich habe immer wieder verneint, da ist er plötzlich aufgestanden und gegangen. In dem Moment habe ich gedacht, er gibt mir einen Korb. Aber dann kam er zurück, gewandet in ein weißes T-Shirt, auf das er mit schwarzem Edding *Du hast es so gewollt!* geschrieben hatte. Das war so süß!« Lou kichert.

Ich lege meine Arme um sie und schaukele mit ihr hin und her. »Unfassbar! Meine Lou ist eine Braut. Ich freue mich so sehr für dich! So sehr!« Vor lauter Rührung kommen mir die Tränen. »Du kannst mich jederzeit fragen, wie man es nicht machen sollte, okay?«, scherze ich.

»Rate, warum du meine Trauzeugin wirst!«

Wir drücken uns noch einmal, bevor wir unseren sportlichen Abend ausklingen lassen.

Leider gehöre ich noch zu der altmodischen Minderheit, die ihre E-Mails nicht auf dem Smartphone checkt, sondern am Schreibtisch. Kaum zur Tür rein, sprinte ich ins Arbeitszimmer und erlöse den PC aus dem Stand-by-Modus.

Ja! Da ist eine neue Nachricht! Von Theo! Mein Herz hüpft Trampolin, mit zittrigen Fingern öffne ich die Mail und lese:

Liebe Katja,

es ist schön, von dir zu lesen, obgleich ich gern mehr von dir erfahren hätte. Ich habe mit Oliver gesprochen. Er hat mir von Eurer Trennung erzählt. Seinen Worten entnahm ich, dass Ihr Euch darüber einig seid. Das freut mich sehr!

Du hast richtig vermutet, ich bin in London. Nach ersten Startschwierigkeiten verbringe ich inzwischen viel Zeit mit Abby und Collin. Früher hätte ich nicht geglaubt, dass ich jemals in einer Lüge leben könnte, aber nun weiß ich, dass es sich manchmal nicht vermeiden lässt. Abby hat mir angeboten, mich als ihren lange verschollen geglaubten Freund aus der Kindheit auszugeben. Sie wird sagen, dass ich der Sohn von engen Freunden ihrer Eltern sei, Gott hab sie selig. Damit gehöre ich quasi zur Sippe und kann Collin ab und zu beim Aufwachsen zusehen. Es ist alles neu und ungewohnt für mich, aber es fühlt sich ganz fantastisch an, mit dem Sohn der Tochter von Freunden meiner Eltern zu spielen.

Auch alles Liebe
Theo

Ich lese Theos Zeilen wieder und wieder. Dann schlage ich mit der Handkante gegen die Tischplatte. *Was hast du erwartet? Er lebt sein Leben und sitzt nicht frustriert auf dich wartend in der Weltgeschichte herum!*

Wie betäubt greife ich nach dem Telefon und rufe Lou an. Mit belegter Stimme lese ich ihr Theos Mail vor. »Nicht eine direkte Frage hat er mir gestellt, nicht eine Frage! Wie soll ich darauf reagieren?«

»Immerhin hat er dir gleich geantwortet. Und leg seine Worte nicht auf die Goldwaage. Er hat nun mal im Moment genug mit Collin – okay und mit Abby – zu tun. Gib ihm Zeit, du musst dich nicht gleich wieder bei ihm melden.«

Ich erwidere nichts, es herrscht absolute Stille in der Leitung.

»Katja?«

»Was?«

»Dir war doch aber klar, dass dein Ehe-Aus nicht nahtlos in ein Happy End mit Theo übergeht, oder?«

»Lass mich doch einfach ein bisschen unglücklich sein, okay?«

»Solange es dich nicht davon abhält weiterzugehen, sei es dir gegönnt.«

»Danke. Das ist wirklich großzügig von dir.«

Später trinke ich einen halben Liter heiße Milch mit Honig und warte auf eine beruhigende Wirkung. Vergebens. Auch nach Mitternacht dreht sich mein Gedankenkarussell noch immer viel zu schnell.

Mir wird noch einmal bewusst, dass ich nun wirklich zum ersten Mal in meinem Leben allein die Verantwortung für mich übernehmen muss. Da darf ich mich doch nicht von einer E-Mail aus der Bahn werfen lassen! Ja, Theo hat im

Moment in London genug zu tun. Er hat keine Zeit für mich. Ich möchte ihm nicht auf die Nerven gehen, deswegen werde ich auf Lou hören, so schwer es mir auch fällt, und mich nicht gleich wieder bei ihm melden.

In den nächsten Tagen unterschreibe ich meinen Ausbildungsvertrag und mache in der Praxis klar Schiff. Ab August werde ich die Schulbank drücken, bis dahin nutze ich die Zeit für mich – und bald auch für Emma.

Margit und Elli machen mir den Rückzug aus der Praxis nicht leichter. Sie betonen immer wieder, wie sehr sie mich vermissen werden. Das rührt mich. Wir geloben, dass wir uns weiterhin sehen werden. Margits Männergeschichten würden mir sonst auch wirklich fehlen. Inzwischen hat sie mit Timo wieder eine Affäre. Angeblich sei sie nun so weit, zu akzeptieren, dass nicht mehr daraus wird. Es bleibt spannend.

Währenddessen leben Oliver und ich tatsächlich schon ein Stück Trennungsnormalität. Wir reden miteinander und bereiten uns auf Emmas Rückkehr vor. Oliver betont immer wieder, wie gut er es findet, dass ich endlich etwas Neues wage, und sichert mir seine Unterstützung zu. Das bedeutet mir viel, auch wenn ich seine Hilfe nicht in Anspruch nehmen werde.

Inspiriert durch Lous Renovierungsaktion streiche ich eine Wand in der Küche türkis. Vor ihrer Abreise war es Emmas Lieblingsfarbe. Viel hat sich verändert, aber ich hoffe, *das* ist noch immer so, wenn sie heimkehrt.

»Als Farbexpertin kann ich dazu nur sagen: Schönheit, Heilung und Schutz; da hast du alles richtig gemacht«, kommentiert Lou meine Aktion.

Nun läuft der Countdown immer schneller, in vier Tagen landet Emma. Ich sitze vor der *Tagesschau* und kann kaum hinsehen, so sehr scheinen die Nachrichten aus aller Welt von der drohenden Apokalypse zu künden. Und mittendrin hocken wir mit unseren lächerlichen Alltagssorgen, nehmen uns dabei so wichtig und blenden aus, dass wir innerhalb von Sekunden pulverisiert werden können. Gerade als ich wieder einmal darüber nachgrübele, wie auch ich etwas ändern könnte, klingelt es an der Haustür. Es ist Oliver.

»Hey, was machst du denn hier?«, frage ich.

»Störe ich?«

»Nein, im Gegenteil, nun muss ich mich wenigstens nicht länger mit Weltuntergangsszenarien auseinandersetzen.«

Oliver folgt mir ins Wohnzimmer. Auf dem Bildschirm sind zerstörte Dörfer zu sehen und weinende Menschen; in China gab es ein schweres Erdbeben. »Was der Mensch nicht schafft, erledigt die Natur«, kommentiert Oliver trocken. Ich schalte den Fernseher aus.

»Gibt es einen speziellen Grund für deinen Besuch, oder war es nur die unbändige Sehnsucht nach mir, die dich zu mir trieb?«, frage ich.

»Morgen muss ich auf diese Fachtagung nach Mainz, und ich möchte gern noch einmal in Ruhe mit dir sprechen, bevor Emma zurückkommt«, sagt Oliver und lässt sich in seinen Sessel fallen. *Sein Sessel. Sein Haus.* Ich spüre einen Stich und stelle Gläser auf den Tisch. Dann gehe ich in die Küche und hole eine Flasche Weißwein aus dem Kühlschrank. Oliver entkorkt sie und schenkt ein. »Dir liegt doch etwas auf der Seele«, sagt er.

»An deine neue Feinfühligkeit muss ich mich noch gewöhnen.« Ich setze mich auf die Couch. »Aber es stimmt. Es macht mich traurig, weil mir bewusst wird, dass ich in diesem Haus nur zu Gast bin ...«

Oliver sieht mich voller Wärme an. Dieser Blick tut mir beinah weh, da liegt alles drin, was es nicht mehr gab zwischen uns. »Dieses Haus hat dir schon immer viel mehr bedeutet als mir. Wie ich neulich schon sagte, bleiben Emma und du selbstverständlich hier wohnen.« Oliver breitet seine Arme aus. »Du bist die Seele all dessen.«

»Das hast du schön gesagt«, murmele ich gerührt.

»Nur den Sessel möchte ich gern mitnehmen.«

»Klar, ich helfe dir beim Tragen.«

Oliver nimmt sein Glas in die Hand und schaut mir tief in die Augen. »Katinka, ich möchte in Zukunft nicht nur der Vater deiner Tochter sein, sondern auch dein Freund und der Dermatologe deines Vertrauens. Können wir das schaffen?«

Er sieht mich nun so eindringlich an, dass ich schmunzeln muss. »Yo, wir schaffen das«, höre ich mich antworten. *Können wir das schaffen? Yo, wir schaffen das*. Emma war früher einmal großer Fan von *Bob, der Baumeister.* Sobald in der Serie die zweifelnde Frage aufkam, antwortete der Chor optimistisch. Wie oft haben wir damals dieses Wortspiel benutzt!

Nun grinst auch Oliver. »Na dann, Helme auf und los!«, sagt er und trinkt noch einen Schluck.

Ich proste ihm zu. »Es war eine gute Idee von dir, vorbeizukommen.«

»Warum hältst du dich eigentlich die ganze Zeit an diesem wehrlosen Kissen fest?«, fragt Oliver da, und mir fällt es nun auch auf. Es liegt auf meinem Schoß und eine Hand umschließt es fest. »Du weißt doch, dass ich es mit dem Loslassen nicht so habe, also ich meine, nicht so hatte.« Ich lege das Kissen zur Seite. »Hast du deinen Eltern schon von unserer Trennung erzählt?«, frage ich.

»Nein. Sie sind in Malaysia. Es hat schon etwas Gutes, wenn Eltern nicht ausschließlich um ihre Kinder kreisen. Denn ich habe keine Lust, mich vor ihnen zu rechtfertigen.«

»Das musst du auch nicht. Sie werden es zur Kenntnis nehmen und weiterreisen. Ich glaube nicht, dass sie emotional werden. Allerdings wird sich deine Mutter sicher nicht verkneifen können, zu sagen, dass sie das hat kommen sehen.«

»Lass das nicht unser Problem sein.«

»Gott bewahre.« Ich seufze. »So, nun muss ich dir noch sagen, dass ich dein Engagement bei *Ärzte ohne Grenzen* großartig finde. Versprichst du mir aber, dass du wahnsinnig auf dich aufpassen und weder einer ansteckenden Krankheit noch einem Anschlag zum Opfer fallen wirst?«

Oliver streckt Zeige- und Mittelfinger nach oben. »Versprochen.«

»Dann haben wir das schon mal geklärt. Aber es macht mir immer noch keinen Spaß, mir auszumalen, wie du Svenja küsst, ihr das Frühstück ans Bett bringst oder ihr den Rücken massierst.«

»Wirklich nicht?«

»Blöder Witzbold!«

»Foltere dich doch nicht mit solchen Bildern!«

»Du hast ja recht. Eines Tages werde ich Svenja oder wen auch immer an deiner Seite akzeptieren, genauso, wie du meinen neuen Partner annehmen wirst.«

»Vorausgesetzt er passt zu dir, und ich mag ihn, und er hat gute Haut und keine Vorstrafen.«

»Das könnte schwierig werden.«

Oliver kommt neben mich auf die Couch und nimmt mich in den Arm. Warum hat er das früher nicht viel öfter getan? Aber ich möchte nicht mehr zurückschauen. Wir gehen in Würde auseinander – und dafür bin ich zutiefst dankbar.

»Übrigens habe ich es neulich ernst gemeint. Ich hoffe wirklich, dass du mitkommst zum Segeln«, sagt Oliver.

»Na ja«, überlege ich. »Vielleicht ist die Idee doch nicht so abstrus, wie ich dachte. Emma freut sich da schon die ganze Zeit drauf. Sie wäre sicher wahnsinnig enttäuscht, wenn wir nicht zusammen ablegen ... Okay, ich komme mit. Und dann reden wir auf hoher See ganz in Ruhe mit ihr und niemand kann abhauen.«

»Das ist ein guter Plan. Emma soll sich davon überzeugen, dass wir gut miteinander auskommen«, sagt Oliver.

»Können wir das schaffen?«, frage ich nun.

»Yo, wir schaffen das!«, erwidert Oliver und stößt sein Glas gegen meins.

»Aber es könnte ein bisschen langweilig werden, so ganz ohne Krieg und böse Worte«, witzele ich.

»Ich bin sicher, dass die eine oder andere Front noch auf uns wartet.«

»Deinen Optimismus habe ich schon immer bewundert.«

Oliver grinst. »Das hast du mir nie gesagt.«

»Ja, wie so vieles. Ach, lassen wir das besser. Da ist übrigens noch etwas, das ich dir sagen muss ...«

Oliver verteilt die letzten Tropfen Wein auf unsere Gläser. »Schieß los, ich bin ganz Ohr.«

»Also, Theo und ich, wir sind uns nähergekommen ...«

»Das dachte ich mir schon.«

»Wie bitte?«

»Ich habe mit Theo gesprochen.«

Mein Herzschlag setzt für einen Moment aus. »Ach so? Was hat er erzählt?« Oliver sieht mich lange an. Ich kann seinem Blick nicht standhalten und platze beinah vor Ungeduld.

»Ach, wir haben über dies und das geplaudert, über seinen Sohn und seine Ex-Affäre. Wir haben beschlossen, dass wir bald ein Wochenende segeln gehen werden. Und zwischendurch bist du immer wieder mal aufgetaucht. Du seist ein ganz besonderer Mensch, hat er gesagt und von Montana geschwärmt.« Oliver mustert mich. »Als ich ihm dann erzählte, dass wir uns getrennt haben, da brachte er nicht ein Wort des Bedauerns heraus. Also, reden wir nicht um den heißen Brei herum, du scheinst ihm wirklich etwas zu bedeuten, und dir geht es offensichtlich nicht anders.« Nervös nestle ich an meinem Ring herum. »Theo ist mein Freund. Wir waren viele Jahre lang durch ein Missverständnis voneinander getrennt. Ich möchte nicht, dass das noch einmal passiert«, fährt Oliver fort. »Was immer sich da zwischen euch anbahnen sollte, bitte sei aufrichtig zu mir, so schwierig das für mich zunächst auch sein wird.«

Nun schaffe ich es, Oliver in die Augen zu sehen. »Du hast keine Ahnung davon, was mir deine Worte bedeuten! Aber es sieht momentan nicht so aus, als ob sich zwischen Theo und mir mehr entwickelt.«

»Zumindest mag ich ihn, er hat eine gute Haut und ist nicht vorbestraft«, lockert Oliver die Atmosphäre auf. Diese Größe hätte ich ihm gar nicht zugetraut!

»Womit die Chancen gut stehen, dass du ihn an meiner Seite akzeptieren würdest?«

»Das habe ich so nicht gesagt.«

»Du bist wunderbar, obwohl du nur noch aus dem Papier mein Mann bist! Komm her«, sage ich und ziehe ihn an mich. Wir halten uns fest. Es waren keine vergeudeten Jahre, die ich mit Oliver verbracht habe, es waren geschenkte. Schöne und schmerzvolle Erinnerungen bleiben. Die Liebe zwischen uns ist gegangen, aber zurück bleibt ein tiefes Gefühl von Verbundenheit. Alles im Leben hat eben seine Zeit. Als Oliver geht, beginnt es bereits zu dämmern.

24

Morgen ist es endlich so weit. Emma kommt zurück. Ich koche eine Käse-Lauch-Suppe vor, die sie so gern mag, beseitige die letzten Spuren meiner Renovierungsaktion und bastele ein Transparent, auf das ich mit bunter Wasserfarbe *Welcome Home, Honey* pinsele. Ich befestige es über der Haustür. Daneben stelle ich ein großes Glas Honig von unserem Hof- und Wiesenimker. Emma liebt diesen Honig. Auch ein paar Luftballons blase ich auf und drapiere sie schon mal rund um den Eingangsbereich. Alles ist vorbereitet, Emma kann kommen. Ich mache ein Foto und schicke es Oliver.

»Beeindruckend! Das wäre doch nicht nötig gewesen. Allein dafür hat es sich gelohnt, dass ich so lange auswärts übernachtet habe«, scherzt er. Wir haben verabredet, dass er morgen ebenfalls hier schlafen wird, im Gästezimmer. So wollen wir erreichen, dass Emma sich unverkrampfter an die neue Situation herantasten kann und wir dabei nicht auf die Uhr schauen müssen.

Am späten Nachmittag gönne ich mir ein bisschen Entspannung auf der Terrasse und sinke in den Liegestuhl. Ich schließe die Augen und lasse mir die warme Juli-Sonne ins Gesicht scheinen. Bienen summen, in der Ferne bellt ein Hund, und meine Lider werden immer schwerer … und schwerer.

Ding Dong, Ding Dong. Der schallende Gong der Klingel reißt mich aus meinem Nickerchen. Warum habe ich nur die Terrassentür offengelassen? Womöglich hätte ich sonst nichts gehört. Soll ich das Läuten ignorieren? Zu spät, ich bin zu wach. Sicherlich war bei Künnes mal wieder niemand zu Hause, und ich darf ein Paket entgegennehmen. Warum müssen Postboten einen auch immer mit der Bestellwut der Nachbarn behelligen, frage ich mich, bevor ich schwungvoll die Tür aufreiße und mir der Atem stockt. *Du schläfst doch! Kneife dich, das kann nicht sein!*

»Theo!?« Ich zwicke mich, aber er ist immer noch da. »Was um alles in der Welt machst du denn hier?«

»Du hast mich schon erwartet?« Er deutet auf das Willkommensschild, das ich für Emma gebastelt habe. »Ich war rein zufällig in der Gegend, und da dachte ich mir, ich schaue mal vorbei.«

»Morgen kommt Emma zurück ... ähem ... Gottseidank habe ich meine Lockenwickler und die Gurkenmaske gerade entfernt«, stammele ich, noch immer wie vom Donner gerührt, dass Theo wirklich vor mir steht. »Ich dachte, also, äh, du bist doch in London!«

»Das war ich auch, aber nun nicht mehr. Entschuldige, dass ich dich überfalle, aber hast du ein bisschen Zeit für mich?«

Ja, alle Zeit dieser Welt und die des ganzen Universums noch dazu, falls es da überhaupt Zeit gibt! Ich muss dringend meine Fassung wiedergewinnen. »Äh, ja. Möchtest du reinkommen? Oder gehen wir spazieren?« Ich merke, dass ich vor lauter Aufregung zittere. Ist das schön! Nie zuvor in meinem Leben bin ich von einem Mann so überrascht worden!

»Gern beides«, sagt Theo.

»Okay. Dann fangen wir mit Spazierengehen an.« Langsam werde ich wieder Herrin meiner Lage. »Mensch Theo, wie ich mich freue, dich zu sehen!«

Etwas verzögert fallen wir uns zur Begrüßung in die Arme. Dabei fühle ich mich, als würde ich auf einer Wolke schweben. »Warte kurz«, sage ich, stürme ins Haus, schließe die Terrassentür und tausche meine Badelatschen gegen Sneakers ein. Dann ziehe ich die Haustür hinter mir zu.

Mist! »Oh nein! Der Schlüssel steckt von innen!« Im nächsten Augenblick beginne ich zu lachen. »Kaum bist du hier, gerate ich komplett durcheinander. Du hättest besser vorher anrufen sollen.«

»Es wäre aber schade gewesen, wenn ich das verpasst hätte.«

Als ob es etwas nutzen würde, rüttele ich an der Tür. »Die Nummer vom Schlüsseldienst habe ich dummerweise nicht im Kopf«, sage ich.

»Hast du ein Fenster offen?«

»Ja, oben im Schlafzimmer.«

Wir laufen ums Haus, und ich zeige es Theo. »Das wird ein Kinderspiel«, sagt er.

»Oje«, entfährt es mir. Und da hangelt sich Theo auch schon an der Hauswand hoch. Er findet Halt am Mauerwerk und vorstehenden Balken und ist schneller vor dem Fenster als jeder Actionheld. »Ich hätte auch eine Leiter gehabt«, rufe ich und möchte mir gar nicht vorstellen, welch leichtes Spiel Einbrecher hier hätten.

»Eine Leiter? Was ist das?«, ruft Theo zurück und öffnet das Fenster weiter. Dann dreht er sich noch einmal zu mir um. »Ist es okay für dich, wenn ich jetzt in dieses Haus eindringe?«

»Nur zu. Demnächst lasse ich die Fenster aber vergittern und platziere einen Ersatzschlüssel unterm Blumentopf.«

Und dann ist Theo drin. *Genauso schnell, wie er in dein Leben kam.* Ich laufe zurück zur Haustür, die Theo von innen öffnet. »Ich war zufällig in der Gegend, und da dachte ich mir, ich schau mal vorbei«, sage ich.

Theo lächelt, Schweißperlen glitzern auf seiner Stirn. »Das ist eine wunderbare Idee. Gehen wir spazieren?«, fragt er und drückt mir den Schlüssel in die Hand, bevor die Tür wieder ins Schloss fällt.

Wir laufen unter einem azurblauen, von Schäfchenwolken gespickten Himmel *meinen Weg* entlang in Richtung Ostsee.

»Seit wann bist du schon hier?«, frage ich.

»Seit gestern Abend. Meine Mutter hat mir ihren neuen Freund vorgestellt, einen kleinen Dackel.«

»Wie entzückend! Dann geht es ihr besser?«

»Sie ist voller Lebensmut. Zwar kann sie ihren linken Arm noch immer nicht richtig bewegen, aber auch das kann mit der Zeit besser werden. Es ist wirklich ein Segen, dass sie weiterhin ein selbstständiges Leben führen kann, nun sogar mit Hund.«

»Das freut mich sehr. Leider hört man solche Geschichten viel zu selten.« Im Vorbeigehen beuge ich mich zu einer träge am Wegesrand liegenden Katze herunter und streichele sie. »Hast du Oliver schon getroffen?«

»Nein, noch nicht. Mir war auch nicht klar, dass Emma morgen zurückkommt. Da habt ihr ja erst mal volles Programm. Aber ich hoffe, dass ich ihn noch sehe. Wie läuft es zwischen euch?« Theo dreht sich um und läuft einen Meter vor mir rückwärts weiter. Er mustert mich. »Zumindest siehst du wirklich nicht aus wie eine deprimierte, verlassene Ehefrau.«

»Danke! Bist du enttäuscht deswegen?«

»Ein bisschen. Vielleicht hätte ich dich erretten können«, scherzt Theo und gesellt sich wieder neben mich.

»Mich kann und muss niemand retten, so schade ich das auch finde. Irgendwie ist es ein spannendes Gefühl, noch einmal auf *Los* zu gehen.«

»Wem sagst du das«, erwidert Theo vielsagend.

Wir laufen über eine große Wiese. Ich könnte ihren blumigen Duft stundenlang inhalieren. Hier riecht es genau so, wie es sich für einen wunderschönen Sommertag, der langsam in den Abend übergeht, gehört. Grillen zirpen und Vögel zwitschern. Und inmitten dieser Idylle sind wir.

»Auf diesem Weg hier habe ich schon alle Facetten meiner Seele spazieren getragen. Ich liebe ihn, in guten wie in schlechten Zeiten, und daran wird sich sicher nie etwas ändern«, gestehe ich.

Theos Blick schweift in die Ferne. »Ich genieße es sehr, mit dir hier auf deinem Weg spazieren zu gehen. Irgendwie kann ich es nachvollziehen, dass dein Herz an dieser Gegend hängt.«

Ein wahres Hochgefühl durchströmt mich. »Wirklich? Und das sagst ausgerechnet du?«

»Ja, man mag es kaum glauben, aber auch mir ist noch bewusst, wie reizvoll dieser Landstrich ist.« Da sieht mich Theo plötzlich amüsiert an. »Übrigens habe ich mich über deine beiden Mails sehr gefreut ... Aber eigentlich hätte die erste gereicht«, sagt er.

Abrupt bleibe ich stehen. Die Hitze, die in mir aufsteigt, dürfte der im inneren des Erdkerns entsprechen, und dazu schießt mir wie eine Fontäne das Blut in den Kopf. Nein, das kann nicht sein! *Tja Katja, Augen auf bei der Tastenwahl!*

Ich bohre meinen Blick in meine Schuhspitzen und bemühe mich spontan um Souveränität. »Oh nein! Und das sagst du mir erst jetzt!« Ist das peinlich! »Ähem, ich bin riesiger Rosamunde-Pilcher-Fan, und da dachte ich mir, ich probiere es auch mal, in diesem Stil zu schreiben. Es sollte eine Rund-Mail an alle meine Freundinnen werden …« Das wird nichts, da komme ich nicht raus. Ich hüstle in meine vorgehaltene Hand.

»Du hast Talent, keine Frage. Leider konnte ich mir schon denken, dass du mir nicht absichtlich zwei Mails geschickt hast.« Theo hält kurz inne. »Katja, das muss dir nicht peinlich sein. Abgesehen davon hat mir noch nie eine Frau solche Zeilen geschrieben …«

Er lächelt, und ich räuspere mich verlegen. »Wir sind keine fünfzehn mehr. Lass uns unsere Zeit nicht mit Spielchen vergeuden, sondern zu unseren Gefühlen stehen«, höre ich Theo sagen. Wie benommen hebe ich meinen Blick und kann nur nicken, während ich in seinen wasserblauen Augen zu versinken drohe. »Deswegen bin ich hier«, spricht Theo weiter. Was kommt jetzt? Mein Herz schlägt schneller, immer schneller. *Du bist eine wunderbare Frau, aber da sind Abby und Collin. Mach dir bitte keine Hoffnungen, lass uns Freunde sein.*

Meine Kehle schnürt sich zusammen, ich laufe weiter, und Theo folgt mir. Wir sind schon fast am Wasser angelangt. »Du bist hier, um mit mir über deine Gefühle zu reden?«, frage ich gequält.

»Ja. Nachdem ich deine Mails gelesen hatte, war mir klar, dass wir uns sehen müssen.«

»Aber das ist doch schon eine Weile her. Außerdem klang deine Antwort ziemlich … unverbindlich.« *Sag mir nicht, dass wir Freunde sein können!*

»Deswegen hast du dich also nicht mehr gemeldet. Ich dachte mir schon so etwas.«

»Oje! Daran sieht man wieder einmal, wie wichtig es eben ist, von Angesicht zu Angesicht miteinander zu sprechen«, erwidere ich voller Anspannung. »Und was willst du mir sagen?«

»Durch unsere Zeit in Montana habe ich erkannt, dass ich endlich bereit dazu bin, mich wieder auf etwas einzulassen. Warum sonst habe ich mich in dich verliebt ...«

Theo macht eine Pause. Ich weiß nicht, wie mir geschieht, und möchte ihm um den Hals fallen, aber da spricht er weiter. »Auch die Reise nach London war wichtig. Abby und Collin in ihrer vertrauten Umgebung erleben zu dürfen, hat mir viel gegeben. Ich wünsche mir wieder einen Mittelpunkt. Kurzum, ich habe das Angebot meines Onkels angenommen.«

Ich starre Theo ungläubig an. »Ehrlich?«

»Ja!«

Nun kann ich nicht anders und stürze mich in seine Arme. Dabei schüttet mein Körper tonnenweise Dopamin aus. Theo hat mir gezeigt, dass es im Leben noch etwas anderes gibt, als sich mit seinem Schicksal abzufinden. Handeln! Liebe leben! Es ist niemals zu spät für Veränderung!

Ineinander verkeilt laufen wir weiter. Da kann ich das Meer sehen. Ich höre die Brandung und die kreischenden Möwen, und vor lauter Glück möchte ich schreien. Stattdessen sage ich aber: »Daran habe ich kaum zu denken gewagt! Weißt du, das, was wir in Montana hatten, das war so groß. Aber es war nicht das Leben. Ich habe gedacht, dass du womöglich nur ein Stück wohlriechender Seife bist. Ich möchte nicht ohne sie sein, aber sie kann mir jederzeit aus den Händen gleiten.«

»Das nenne ich aber mal einen netten Vergleich. Da kommen mir sehr schöne Bilder ...«

»Du bist unmöglich!«

Theo zieht mich noch enger an sich. »Wir beide haben

lange genug mit unserem Schicksal gehadert. Und glaub mir, ich bin keine Seife, ich benutze sie nur!«

Ich vergrabe meinen Kopf in der Kuhle zwischen seinem Hals und seiner Schulter. »Stimmt, du riechst viel besser! Aber duschen würde ich trotzdem mit dir. Okay, vielleicht habe ich mich ja wirklich geirrt.«

Wir lachen übermütig, halten uns an den Händen und rennen die letzten Meter bis zum Strand. Wie Kinder tollen wir dort herum. Es ist so schön, dieses Leben, so schön!

»Dass du ausgerechnet einen Tag vor Emmas Rückkehr hier auftauchst, mit solchen Neuigkeiten«, jauchze ich.

Theo läuft hinter mir her und fängt mich ein. »Du hast mir so gefehlt, Katja.«

Ich schlinge meine Arme um ihn und schließe die Augen. Der Wind, das Meer und Theo. Und ab morgen ist sogar Emma wieder da. Mehr brauche ich nicht!

Inzwischen hängt die Sonne wie ein orangefarbener Ball über dem Horizont. Wir lassen die Schönheit des Abends noch einen Moment auf uns wirken, dann laufen wir zurück, um den zweiten Teil unseres Wiedersehens einzuleiten: *Reinkommen*.

Wir machen es uns im Wohnzimmer gemütlich, ich serviere etwas von Emmas Lieblingssuppe, vorausschauend habe ich reichlich davon gekocht. Nach dem Essen hole ich Sinopas Feder und setze mich neben Theo auf die Couch. »Jetzt fühle ich sie endlich, diese Leichtigkeit«, sage ich und streiche ihm damit übers Gesicht.

»Oh ja! Ich auch. Wo stünden wir nur ohne Sinopa?«

Nachsichtig überhöre ich die Ironie in Theos Stimme. »Wie geht es mit dir, Abby und Collin weiter?«, frage ich.

»Mehr als ein Freund der Familie werde ich nie sein. Es

steht mir nicht zu, mich tiefer in ihr Leben zu drängen. Es ist nicht meins.«

»Und es sind keine alten Gefühle zwischen Abby und dir neu aufgeblüht?« Diese Frage untergräbt für den Moment meine Leichtigkeit.

Theo lächelt, und allein dadurch wird mir wieder wohler ums Herz. »Oh nein. Und überhaupt, jetzt ist ein für alle Mal Schluss mit überflüssigen Gedanken an alte Gefühle«, sagt er bestimmt, beugt sich zu mir und küsst mich ... und wie! Bis wir eins werden.

All die aufgestaute Leidenschaft bricht ungestüm aus uns heraus. Wir brauchen keine Worte mehr. Wir lassen unsere Körper in einer Sprache sprechen, die keine Bedenken kennt. Als Theo im Morgengrauen geht, weil er darauf drängt, dass ich noch ein paar Stunden schlafe, bevor ich Emma abhole, spüre ich, dass ich nichts anderes für ihn empfinde als Liebe. Und diese Liebe ist frei von Ängsten und Zweifeln. Mit einem seligen Lächeln im Gesicht schlafe ich ein.

Oliver und ich warten in der Ankunftshalle. Wir haben es geschafft. Wir haben all das ausgesprochen, was wir nie gesagt haben, und hoffentlich einen neuen Weg gefunden. Im Januar stand ich mit einem Gefühl von Unsicherheit und Verlustangst am Flughafen, wollte alles dafür tun, um unsere Ehe wieder in Schwung zu bringen und die Leere, die Emmas Weggang reißen sollte, zu füllen. Damals hob nicht nur Emma ab, sondern auch mein altes Leben, aber ich ahnte es noch nicht. Heute weiß ich, wie wichtig es ist, einen Schlussstrich ziehen zu können, und dass es keine unbezwingbare Herausforderung ist, sich aus alten Mustern zu lösen und die einbetonierte Vergangenheit freizulegen und, ja, anzunehmen. Dass ich dabei auch noch die Liebe gefunden habe, ist das wohl größte Geschenk in diesem Tohuwabohu, auch wenn ich nicht weiß, was die Zukunft für Theo und mich bringen wird. Genau wie Oliver und Svenja es nicht wissen. Aber wäre das Leben nicht schrecklich langweilig, wenn wir seinen Lauf kennen würden?

Erst als sich die Automatiktür öffnet und Emma samt Gepäckwagen heraustritt, werde ich aus meinen Gedanken gerissen. Meine Tochter! Endlich! Sie bleibt noch kurz hinter der Absperrung stehen und nestelt an ihrem Pferdeschwanz herum.

Wie lang ihre dunkelblonden Haare geworden sind! Ich registriere, dass mein mageres Mädchen ein paar Kilo zugenommen hat. Das steht ihr. Ihre löcherige Lieblingsjeans sitzt weniger locker, und in dem kurzärmeligen blau-weiß gestreiften Shirt zeichnet sich zart ihre neue Oberweite ab. Über ihren schmalen Schultern hängt locker mein grauer Schal. Ich bin gerührt, dass sie ihn auch bei der Ankunft trägt. Tränen steigen in mir auf, nun kenne ich kein Halten mehr. Ich breite meine Arme ganz weit aus, so wie früher, als Emma es liebte, so schnell sie konnte auf mich zugerannt zu kommen und sich von mir durch die Luft wirbeln zu lassen, wieder und wieder. Das würde ich heute wohl nicht mehr schaffen. Sie ist kein Kind mehr, aber meins wird sie trotzdem immer bleiben!

Diesmal also stürme ich auf Emma zu. Sie lächelt, ihre süßen Grübchen zucken. Etwas verschlafen sieht sie aus und wunderschön. »Emma! Emma!«, rufe ich, bevor ich ihr um den Hals falle und sie so fest an mich drücke, dass kein Elementarteilchen mehr zwischen uns passt.

»Mama! Ich freue mich auch, dich zu sehen, aber deswegen bringe ich dich nicht gleich um!«, röchelt sie. Wir lachen, und ich weiß in diesem Moment einmal mehr, wie großartig und kostbar mein Leben ist. Und dass Emma uns verstehen wird. Es gibt nichts zu bereuen, im Gegenteil. Endlich lebe ich *mein* Leben, mit allen Höhen und Tiefen, die es so einzigartig machen.

Oliver kommt dazu, wir umarmen uns zu dritt, stehen ineinander verschlungen da wie Wurzelwerk eines Baumes, der jedem Unwetter trotzt. Ja, wir sind für immer miteinander verbunden, auch wenn jeder von uns seiner Wege geht.

Liebe ist wie Fußball – nach vielen Vollpfosten landet man auch mal einen Treffer

Petra Hülsmann
WENN SCHMETTERLINGE
LOOPINGS FLIEGEN
Roman
416 Seiten
ISBN 978-3-404-17272-6

Na, das kann ja heiter werden! Als Karo ihre neue Stelle bei einem großen Hamburger Fußballverein antritt, muss sie feststellen, dass sie nicht wie geplant im gehobenen Management anfangen wird, sondern sich ausschließlich um den Spitzenspieler des Vereins kümmern soll – als Chauffeurin und Anstandsdame. Denn Patrick ist zwar ein Riesentalent, steckt seine Energie aber momentan lieber ins ausschweifende Nachtleben als ins Training. Von der ersten Begegnung an ist klar, dass Patrick und Karo sich nicht ausstehen können. Doch irgendwann riskieren die beiden einen zweiten Blick – und das Gefühlschaos geht erst richtig los …

Bastei Lübbe

Zwei Frauen, zwei Männer und immer das alte Problem: die Liebe

Erica James
MEIN SOMMER MIT DIR
Roman
Aus dem Englischen
von Ulrike Moreno
560 Seiten
ISBN 978-3-404-17213-9

Der Lago di Como: wunderschön, bezaubernd, romantisch. Für Floriana ist es der Ort, an dem die Liebe ihres Lebens seine Hochzeit feiert – zu der sie eingeladen ist. Für Esme ist es der Ort, an dem sie sich vor über sechzig Jahren zum ersten Mal verliebte – in den Mann, mit dem sie nie zusammen sein und den sie trotzdem nie vergessen konnte. Und für Adam ist es vielleicht der Ort, an dem er über die Trennung von seiner Ex-Freundin hinwegkommen kann. Am Ufer des Sees suchen alle drei nun gemeinsam Antworten auf alte Fragen und Hoffnung auf ein neues Leben ...

Bastei Lübbe

15.12.24 J. schön
15.02.25 K. "